EL SOL Y TODAS LAS OTRAS ESTRELLAS

EL SOL Y TODAS LAS OTRAS ESTRELLAS

KARLA MONTALVÁN

Elizabeth & Minnie

LCCN: 2026903206

ISBN libro de bolsillo: 978-1-7356469-2-3

Libro electrónico: 978-1-7356469-5-4

Audiolibro (inglés): 978-1-7356469-4-7

Publicado por **Elizabeth & Minnie Publishing,** Los Ángeles, California
www.elizabethminnie.com

Impreso en los Estados Unidos de América

Créditos: Ilustración de portada por Sol Cotti

A Mar, gracias por mostrarme el amor más puro que jamás he sentido.

A Milo y Lucy, el sol de mis días.

Y a Mami, Mima y Pipo, las personas más importantes en mi vida.

"... pero ya giraban mi deseo y mi voluntad como rueda que igualmente es movida por el amor que mueve el sol y las demás estrellas".

- Dante Alighieri, Paraíso

1

DÍA DE LA BODA

Mar

Madrid, España – 2023

La alarma sonó puntualmente a las 7:30 a.m. el día de mi boda.

"Chapel of Love" de las Dixie Cups retumbaba en las bocinas Bluetooth de mi *loft*, inundando el apartamento con su alegre coro. Desde la cama, podía ver la silueta de mi vestido de novia colgado al otro lado de la puerta de cristal tintado del escaparate.

Estaba despierta desde las cinco, cuando el nudo en mi estómago no soportaba otra pesadilla inducida por la melatonina y me desveló. Me parecía una extensión de esas pesadillas, un inquietante recordatorio del día que me esperaba.

"Apagar". Gemí, virándome hacia el lado vacío de la cama. Quizás, solo quizás, si vuelvo a dormirme, cuando despierte, estará llena.

Últimamente no era solo la cama la que estaba vacía.

No había comida en el refrigerador.

No quedaba dinero en mi cuenta bancaria.

Había un armario vacío donde debería haber estado la ropa del novio.

Era el día de mi boda y no podía levantarme de la cama.

¿De verdad tenía que levantarme? ¿A alguien le importaría si no lo hiciera?

Busqué doxepina en mi mesita de noche. Eso me bastaría. Eso, sin duda, me haría volver a dormir lo antes posible. Justo cuando me estaba metiendo la pastilla en la boca, sonó el timbre.

—¡Maaaar! —Tania, mi mejor amiga, tocó con fuerza. —Abre la puerta.

Me deslicé fuera de la cama, alisando las arrugas de la camiseta de Britney Spears que había usado como pijama. Encontré un pantalón de chándal sucio pegado a la escalera y me lo puse mientras corría a abrir la puerta.

Tania parecía salida de un catálogo de El Corte Inglés. Cabello castaño rojizo, perfectamente alisado con el secador que compró la semana pasada, gafas grandes sobre una nariz llena de pecas y un vestido de jersey que se ajustaba a su escultural figura como un guante.

—Te ves fatal. ¿Qué haces? —Entró en mi desván como bailando un vals.

Comencé a sacar ropa sucia de los muebles y a acomodar los cojines, apenada de ver mi desorden al descubierto.

—Eh... me estoy despertando. —Escapé de su mirada y fui a la cocina, fingiendo buscar café. —¿Qué haces aquí tan temprano? Ni siquiera son las 7:45.

Ella se burló. —Créeme, sé qué hora es. La única persona por la que me levantaría tan temprano eres tú. Pero como es... —

—El día de mi boda—. Detuve mi búsqueda del café que sabía que no iba a encontrar en esta cocina. No podía mirarla.

En cuanto nuestras miradas se cruzaran, tendría que afrontar la realidad. Y, siendo honesta, no quería hacerlo.

—El día de tu boda —dijo Tania con un tono ligeramente juzgón.

Acercó una silla del comedor y apartó los pinceles aún manchados de pintura para reposar su bolso. Suavizó su tono.

—Pensé que hoy necesitarías un poco más de apoyo de lo habitual, Mar...

Me viré hacia ella. Le sonreí nerviosa, apoyando las manos en mi cintura. Finalmente, encontré el coraje para darle la cara.

—¿Yo? Qué va, estoy bien —dije, atragantándome las palabras. Sentía el llanto subiendo por mi pecho—. De verdad. Estoy bien.

Las lágrimas me nublaron la vista.

—¿Por qué no iba a estarlo?

Tania se acercó y colocó sus manos sobre mis hombros.

—Porque, aunque sea el día de tu boda, hoy no te vas a casar, mi vida.

2

NUBES EN EL CAFÉ

Mar

Madrid, España – 2023

La mañana del día de mi boda, me senté en La Vaquería, el café de mi barrio, esperando respuestas que aún no tenía.

Era cierto: hoy no me casaría.

Ni mañana.

O tal vez nunca.

Observaba cómo la espuma de la leche formaba nubes en mi café. Mientras tanto, Tania sostenía su café americano con una mano mientras buscaba solteros para mí en una aplicación de citas.

—Es hora de pasar página, Mar. Sé que esto es un rollo, pero tienes que salir adelante. No es que te haya dejado ayer; han pasado casi tres meses.

Tania no siempre era así. Ella solía ser la amiga que iba por el camino correcto, animándome a perdonarme y enviándome *podcasts* de autoayuda. Pero como mi estado zombi no había cambiado desde la ruptura, ella optó por el amor duro con el que crecimos como latinas. Ese "una lloradita y seguimos". Pero esa actitud tampoco estaba funcionando.

Le dio un sorbo a su café mientras navegaba por las "Páginas Amarillas" de citas modernas (o sea, una aplicación de citas) para encontrarme un "limpia paladares".

Era un término que le encantaba usar para describir a un hombre que llegaría a mi vida con el único propósito de acostarse conmigo y borrar la huella que mi ex prometido había dejado en mi cuerpo.

—No... no... por Dios, no. Esto es ridículo... —Su rostro no me daba muchas esperanzas mientras seguía buscando a alguien que pudiera sacarme de mi depresión.

Abrir una aplicación de citas te da la impresión de que hay millones de personas disponibles que, como tú, buscan al "indicado". Esa persona perfecta que llegará a tu vida y simplemente sabrás que es la correcta. Que todo es cuestión de números y de tiempo. El proceso parece sencillo, pero cuando estás en medio de las citas, se siente como estar despierto durante una cirugía.

Deslizas el dedo sobre alguien; haces *match* o no.

Si hacen *match*, es posible que chateen unos días y se conozcan. O, lo más probable, es que nunca lleguen a conocerse.

En cambio, se limitarán a vigilar tu Instagram como si fueran viejos amigos.

En algunos casos, saldrán a un par de citas donde tendrás sexo apasionado, solo para darte cuenta de que fue una aventura de una noche, ya que después te dejan el visto para siempre.

Este proceso se repite una y otra vez, hasta que te cansas de sentir que tu vida amorosa no va a ninguna parte y borras la aplicación por 500.ª vez.

Fue el furor durante la pandemia, pero tres años después se ha convertido en un círculo vicioso: juzgar antes de conocerse, desaparecer y desconectarse antes de tener la oportunidad de saber quién era realmente la otra persona.

A veces, es porque no encajas en los estándares de belleza poco realistas de nuestra época, que nos reducen a simples avatares. O, en la mayoría de los casos, terminas conociendo a personas que creen que quieren conectar, pero en realidad no tienen ni idea de lo que buscan.

Eso no quiere decir que a las parejas les vaya mejor. Como mujer que estuvo comprometida hasta hace poco, puedo decir con propiedad que no todo lo que brilla es oro. Incluso quienes parecemos haber encontrado a la persona perfecta podríamos estar equivocados. Y todo lo que creías querer de la vida y del amor, hasta ahora, pudo haber sido una ilusión.

Las relaciones, los hijos, la carrera, la casa, las vacaciones a crédito... ¿Realmente queríamos esas cosas? ¿O pensábamos que queríamos simplemente porque en algún momento de nuestras vidas alguien nos dijo que debíamos hacerlo? Con este dolor en el pecho que me robaba el aire de los pulmones, no tenía mucha claridad sobre ninguna de estas preguntas. Lo que sí tenía clarísimo era que lo último que necesitaba era meterme en la cama con nadie.

La cafetería estaba casi vacía, salvo algunos de los clientes fieles de siempre, incluyéndome. Joshua y su perro Thor estaban sentados en una mesa en la esquina junto a la ventana. Una pareja de ancianos compartía una porción de churros y de pan tumaca. Lola, mi vecina de abajo, estaba trabajando en su ordenador. A su lado, un cortadito que se le había enfriado. Mario, uno de los baristas, aprovechaba la mañana tranquila para ponerse al día con sus lecturas de la facultad. De vez en cuando, me miraban con lástima.

¿Cuál es el denominador común entre todas tus relaciones?

Las palabras de mi terapeuta me vinieron a la mente. Nunca había encontrado ese denominador común. En cambio, mi mente siempre recordaba mi cumpleaños número trece, cuando mi abuela Cristina, mi abuela paterna, me transmitió la maldición de la familia Varela.

Hasta hoy, no había pensado mucho en aquella tarde húmeda en su casa de Miami, donde me dijo que debía cargar con el destino de nuestras antepasadas y jamás amar ni ser amada.

¿Qué fue lo que dijo ella?

—*Puede que conozcas a alguien, mijita. Parecerá que estás enamorada y que esa persona te corresponde. Pero cuando menos te lo esperes, ¡zas! Ese amor desaparecerá por completo.*

Di un respingo y me viré hacia Tania, que seguía revisando un perfil de citas en mi teléfono. —¡Tania! ¿Alguna vez te conté sobre la maldición de mi familia?

Ella arqueó las cejas. —Eh... no. Creo que lo recordaría.

Me incliné hacia ella por si alguno de mis vecinos nos oía y me tildaba de loca. Ya me conocían como la novia abandonada; no quería echarle más leña al chisme.

—Me había olvidado de la maldición como si fuera una tontería. Pero me quedé pensando en lo que me dijo mi psicóloga el otro día sobre identificar patrones en mis relaciones y todo eso y me hizo *clic*. Mi abuela paterna me contó lo de la maldición cuando yo tenía trece años. Fue mucho después de que mi padre falleciera y nunca lo había comentado con nadie. Todos en la familia pensábamos que la abuela Cristina estaba un poco loca...

Me mordí las uñas ansiosamente.

—Pero con todo lo que ha pasado, estoy empezando a creer que quizás lo que me dijo era cierto.

Tania me miró como si me hubiera salido un tercer ojo, pero para seguirme la corriente, continuó:

—¿Y cuál es la maldición? —Le hizo señas al camarero para que le trajera otro café—. ¿Dice que te vas a quedar soltera para siempre?

—No, no, no es nada de eso. Era algo que le había transmitido *su* abuela.

Cerré los ojos, intentando acordarme de las palabras exactas de la abuela Cristina. —Fue algo así como que una ancestra, Dios sabe cuándo, allá en Cuba, lanzó una maldición para todas las mujeres que vinieran después de ella. Que nunca nos enamoraríamos ni nadie se enamoraría de nosotras. Básicamente, cuando pareciera que todo iba bien en nuestros romances, fracasarían. Se supone que era para librarnos del mal de amores.

Tania me miró con preocupación y puso su mano sobre la mía.

—Mar, sé que el amor moderno es una porquería. Sé que estás sufriendo porque tu boda no sucederá hoy. Todo lo que ha pasado con tu ruptura y cómo sucedió es un golpe bajísimo. Pero no será así para siempre. No estás maldita. Todo el mundo está agotado con las citas y el amor últimamente. Yo pasé por lo mismo hasta que, por fin, conocí a Juan hace dos años. ¡Y tengo treinta y cinco años! Tú ni siquiera has llegado a los treinta.

La frustración me invadió.

—¡No! No es eso.

Las respuestas a mis preguntas empezaron a fluir como una cascada.

—Ahora que lo pienso, ninguna mujer en mi familia ha tenido una relación exitosa. Los hombres siempre mueren, se pierden o se van con otra. —Entré en pánico—. ¡Ay, Dios, Tania! ¡¿Y si la maldición es de verdad?!

—Bueno, bueno, vamos a calmarnos. —Mario, el barista, le trajo su segundo café. Ella lo llevó a sus labios, dio un sorbo y reflexionó antes de ofrecerme otra perspectiva. —Quizás deberías tomarlo como una bendición. Si no puedes enamorarte y nadie puede corresponderte, entonces no hay mal de amores, ¿cierto? Quizás simplemente es un bache que tienes que superar. Vuelve a concentrarte en tu arte. Usa las aplicaciones...

. . .

Hice un gesto de asco ante su último comentario.

—No, qué va. Mi vida amorosa siempre ha sido un desastre.

—Mira, para ser una mujer con una maldición, creo que has salido con más tipos que yo. Eso sin contar tu compromiso. Otras chicas soñarían con tener una vida sexual tan plena. Sabes que la mayoría de las personas que lucen sus relaciones "perfectas" en internet lo hacen solo para el *feed* de Instagram.

Pensé nuevamente en mi cuenta bancaria vacía.

El vestido de novia de mil euros colgado en el armario.

El depósito de cinco mil euros por un salón que hoy está vacío.

Los trescientos euros extra que le pagué al repostero por el pastel de tres pisos con los sabores que le encantaban.

Había gastado mis ahorros en una boda que nunca se celebraría. En un hombre que me dejó. Es probable que quienes recibieron la invitación de la boda ya la hayan tirado a la basura. La gente que reservó pasajes a España y usó sus vacaciones para venir a la boda...

Todo eso se esfumó. *¡Zas!*

Tal vez las respuestas que había estado buscando habían estado ahí todo el tiempo, en el decreto de la maldición de mi familia.

3

GUILLE

Mar

Madrid, España – 2023

Guillermo Bauer, mejor conocido como mi ex prometido, entró en el café unos minutos después. No llevaba esmoquin. Lucía un corte de pelo y un afeitado impecables que le hacían ver más guapo que el día que me dejó.

Me miré en el espejo frente a la mesa donde Tania y yo nos habíamos sentado. Tenía el pelo recogido en un moño despeinado, con un rizo que se resistía por un lado. El acné hormonal en la barbilla y las ojeras delataban que no dormía bien desde hacía meses.*Mierda. ¿Por qué tenía que verse tan guapo?*

Incluso después de que me había destrozado el corazón, se me revolvía el estómago cada vez que me tropezaba con él. Giré mi silla para evitar su mirada y le arrebaté el teléfono a Tania.

Nos conocimos en este mismo café hace tres años, recién salidos del confinamiento por la pandemia. Los dos nos habíamos quedado hasta la hora del cierre, trabajando. Yo dibujaba frenéticamente los borradores finales para una propuesta de un mural en la Torre de Espadas mientras me tomaba una copa de vino tinto. Él estaba terminando una llamada con un jefe de Estado, a quien entrevistaba para un documental. Justo cuando cerraba su laptop y se dirigía a la barra para pagar, mis dibujos le llamaron la atención.

—¿Eres artista? —preguntó con su acento andaluz. Levanté la vista y lo vi mirándome fijamente.

Sorprendida, respondí nerviosa.

—Sí, soy muralista.

—Mmm, qué interesante —dijo—. ¿Hay algo tuyo que deba conocer?

Era alto y serio, con una confianza contagiosa. Tenía una fuerza gravitatoria que te hacía querer formar parte de su sistema solar.

—Depende —le dije—. ¿Te gustan las cosas buenas o *aparentar*?

Él soltó una risa pícara.

Nunca lo había visto por el barrio, pero llevaba varios años viviendo aquí. Antes que yo, sin duda. Como me mudé a Madrid en plena cuarentena, me había costado mucho hacerme amiga de los demás vecinos.

—Tienes dos perros, ¿no? —preguntó.

—Sí, Sirius y Romina —le dije.

Frunció el ceño y bajó la mirada.

—Yo también tenía un perro. Lo perdí en mi divorcio.

Divorcio.

—Ay, lo siento —dije mientras recogía mis papeles y el camarero avisaba que ya cerraban.

—No pasa nada. —Encogió los hombros—. Así es la vida, ¿sabes?

Sí. Sabía algo sobre la vida.

Salimos juntos del café, charlando un rato hasta que nos dimos cuenta de que íbamos hacia el mismo lugar.

—Vivimos en el mismo bloque. Soy Guillermo —dijo.

—Guillermo —repetí—. Yo soy Mar. Nunca te había visto.

Caminamos hacia casa. Lo dejé en el edificio de la esquina antes de seguir hacia el mío, preguntándome si alguna vez lo volvería a ver.

4

EL VELO

Mar

Madrid, España – 2023

La percepción de la intimidad puede resultar complicada. Sobre todo cuando recuerdas los momentos en que creías estar realmente enamorada de alguien. Para mí, eso fue creerme que Guille, como le decía cariñosamente, era el amor de mi vida.

Años antes de conocerlo, solo había tenido una relación seria que había terminado mal. La ruptura me había dolido tanto que había descartado a los hombres como parejas, manteniéndolos cerca solo por placer sexual.

Tania tenía razón en cierto modo. Mi problema no era conocer gente, sino que mis relaciones funcionaran.

Conocía a muchísimos hombres.

Salía con ellos.

Nos besábamos.

Nos acostábamos.

Mi ganado parecía la lista de "30 antes de los 30", pero en

lugar de emprendedores, estaba compuesta por hombres emocionalmente inaccesibles. Podrían ser el hombre ideal, pero yo no sentía ninguna conexión. Todo empeoró durante la pandemia, cuando el confinamiento nos llevó a desconectarnos aún más que antes. Mi cuerpo ansiaba la atención masculina, sus cuerpos, pero en el fondo tenía miedo de que me hicieran daño. Tuve todo el sexo que quise, pero nada de intimidad.

Hasta que llegó Guille.

Al principio solo éramos amigos. Al ser vecinos, nos veíamos con frecuencia. Tres semanas después de nuestro primer encuentro, nuestros días comenzaron a terminar compartiendo una copa de vino y muchas risas. Nos reíamos mucho. Él me preparaba cenas en su apartamento, contándome historias de su abuela sevillana y de su infancia en Andalucía. Le encantaban los vinilos, especialmente los de flamenco, que ponía y bailaba para mí.

— No dejes que estos *madrileños* te engañen. El flamenco es de Andalucía —decía.

Pronto se convirtió en mi único confidente después de Tania. Se transformó en la persona a la que siempre podía llamar, pedirle un paseo por el parque cuando el día pintaba mal o simplemente tomarnos un café. Un día, al año de conocernos, él llevó nuestra amistad un paso más allá durante un viaje a Mallorca.

Estábamos a bordo de un velero de uno de sus amigos del trabajo. Se acercó a mí con su amplia sonrisa, tapando el sol por un instante mientras yo yacía bronceándome en la cubierta.

—Mar— dijo—. No creo que podamos seguir siendo amigos.

Sobresaltada, me quité las gafas de sol para mirarlo. — *¿Qué?* ¿Por qué? —Me incorporé.

Con una copa de vino blanco en una mano, tomó un rizo suelto que me cubría la cara y lo apartó. —Mmm... quizás porque en el último año que te he conocido, me he enamorado perdidamente de ti.

Dijo *perdidamente enamorado.* O sea, *ENAMORADO, ENAMORADO.*

Con mi propio '*Yo también estoy enamorada de ti*', Guille y yo ideamos un plan perfecto para nuestro futuro.

A los seis meses, nos mudamos juntos a mi *loft* y pusimos su apartamento en alquiler. Mis perros, Sirius y Romina, lo habían aceptado como parte de la manada. Conocí a su familia en Sevilla. Voló a Miami para el interrogatorio cubano por el que todo novio nuevo tiene que pasar. Y, para mi sorpresa, al final de ese viaje, con la ayuda de mi madre, Tania, y de mis primos, me propuso matrimonio.

Era el tipo de persona que uno llamaría el *amor de su vida*.

Hasta que no lo fue.

5

LA TRAICIÓN

Mar

Madrid, España – 2023

Guille me dejó por Silvi. Nueve meses después de nuestro compromiso y a solo tres de nuestra boda, se apareció en nuestro apartamento, empapado de pies a cabeza, para terminar conmigo. Durante los casi tres años que llevábamos juntos, nunca había mencionado a Silvia, o como él la llamaba, *Silvi*. Su *ex*. La que lo había dejado por otro hombre durante la pandemia, quien ahora había regresado después de "darse cuenta" de que él era el indicado para ella.

Todavía no se me había aliviado el nudo que sentí en la boca del estómago cuando me sentó, con aquella cara de piedra, para decirme que se iba.

—Ella es el amor de mi vida, Mar. Tengo que intentarlo —dijo, sin que le temblara la voz.

Sentí que me faltaba el aire mientras él divagaba, intentando justificar su razonamiento. Su relación con Silvi había terminado meses antes de conocerme. Él había sido su amante mientras ella luchaba por salvar su matrimonio. Ella había elegido a otro, sacando a Guille de su vida por completo. Y ahora, como por arte de magia, ella reaparecía.

—¿Qué quieres que haga? —soltó él.

Sus palabras y la ausencia de las mías retumbaban en bucle en mi cabeza.

—No te vayas. —Es lo que debí haber dicho en aquel momento. En cambio, dejé que el dolor abarcara cada célula de mi cuerpo.

El regreso de Silvi arruinó nuestra relación, que parecía tan estable y feliz, hundiéndome en la depresión profunda que yo había logrado mantener a distancia por tanto tiempo. Fue como si Guille hubiera levantado un velo, y de repente pude ver que él también cargaba con miedos que nunca hablaba. Me había enseñado solo una faceta de sí mismo, usando nuestra relación como refugio contra el dolor que otra le había causado. Un dolor que nunca me contó ni compartió, aunque yo creía conocerlo mejor que nadie. Y ahora, él volcaba sobre mí el mismo daño que ella le había hecho años atrás.

Esa noche él durmió en otra parte. Yo no dormí.

Me quedé despierta, concentrándome en mi respiración y en lo difícil que me resultaba. Sentía los pulmones oprimidos por el dolor punzante de mi corazón. Las lágrimas llegaron días después.

Esa misma semana, él se mudó con Silvi, dejando atrás todo lo que habíamos construido.

6

UNA PETICIÓN INESPERADA

Mar

Madrid, España – 2023

A pesar de evitar su mirada, sentí los ojos de Guille clavados en mí. *Todos* en el café parecían notar cómo me observaba. Su mirada delataba que yo era la verdadera razón por la que él estaba allí.

Llevábamos meses sin vernos, pero la cafetería le brindó una oportunidad que mi lista de contactos bloqueados no le permitía. Guille se acercó con su café expreso en la mano, con total indiferencia.

—Mar. Tania.

Tania soltó una burla de puro desprecio. —No me lo creo, chaval.

Ignorándola, él se dirigió a mí.

—¿Crees que podría pasarme por el *loft* mañana a recoger el resto de mis cosas?

Podía oler el humo de cigarro en su aliento. Él había dejado de fumar cuando estábamos juntos.

Supongo que Silvi es tan venenosa para el cuerpo como lo es para el alma, pensé.

Sentía mi cara caliente, irritada por el salitre de las lágrimas que no habían dejado de caer en meses. ¿O era porque parecía que nuestra separación no le había afectado en absoluto? ¿Acaso sabía qué día era hoy? ¿Se había dado cuenta de que si no hubiera abandonado nuestra relación, estaríamos a dos horas de convertirnos en marido y mujer?

Ahí estaba él, con mejor aspecto que nunca, pidiendo que le devolviera sus cosas. Ojalá pudiera ser tan insensible como él, fingiendo que todo estaba bien y que la vida seguía normal. Como si nunca hubiéramos existido.

—Claro, da igual —dije—. Creo que Tania estará allí mañana.

Tania levantó la mirada de golpe, articulando en silencio: "¡Ni de coña!"

—Si no te importa —Guille bajó la mirada hacia sus manos —, me gustaría que habláramos.

Su petición me tomó por sorpresa. Había tenido tres meses para hablar; tenía las llaves de nuestro apartamento, las manos para escribir una carta...

—¿Sobre qué? —pregunté, fingiendo amnesia—. Yo no tengo nada más que decirte.

Guille me conocía demasiado bien. Sabía que estaba fanfarroneando.

—Mar —dijo—. Por favor. Solo unos minutos mientras recojo mis cosas.

—Mañana a las siete de la noche. No llegues tarde, o te lo dejo todo en la puerta.

7

SEGUNDAS OPORTUNIDADES

Mar

Madrid, España – 2023

Al día siguiente, me acerqué a Lucas Brown, que estaba de pie bajo el arco de entrada de la Torre de Espadas. Era el proyecto en el que había trabajado durante los últimos tres años y que estaba casi listo para ser presentado al público en uno de los edificios recién restaurados de Madrid.

El edificio histórico, que en algún momento fue el hogar de diplomáticos, se vendió a inversionistas que lo convirtieron en el nuevo sitio de moda para locales y turistas. Aunque el edificio todavía irradiaba el esplendor y la arquitectura de sus antiguos dueños, tres artistas seleccionados —incluyéndome a mí— fuimos convocados para darle un aire “moderno pero antiguo”.

La reforma finalmente tomaba forma, transformándose en algo que ni siquiera Lucas podía comprender. El atardecer madrileño se filtraba por el vitral de la entrada, formando un arcoíris en el vestíbulo que trepaba por la escalera hasta el primer piso.

Vi a Lucas cerrar los ojos y respirar hondo mientras el calor del sol lo envolvía, y las mariposas pintadas en el mural de la entrada, que antes revoloteaban a su alrededor, volvieron a su lugar en la pared. Era exactamente como él lo había imaginado. No. Era mejor. Ahora solo faltaba terminar los dos últimos murales y así abrir las puertas al público. El único problema era que la artista encargada no había estado allí para terminarlos y él estaba a punto de despedirla.

Pero yo no podía permitir que hiciera eso. Porque esa artista era yo.

Caminando de puntillas por la entrada principal, traté de no perturbar su concentración, pero cualquiera que fuera el hechizo que la luz del sol había lanzado sobre él, se rompió cuando la puerta se cerró detrás de mí.

Sus ojos se abrieron de par en par, sorprendido, al verme aparecer.

—¡Marisol Varela! ¿De verdad eres tú o estoy viendo un fantasma?

Lucas era una de las personas más respetadas y peculiares del arte europeo. A sus treinta y seis años, ya había ganado varios premios de arquitectura y diseño en Londres, Berlín, Copenhague y, ahora, en España. Trabajar con él era el sueño de todos. Un privilegio excepcional que yo había desechado, junto con casi todo en mi vida, hacía tres meses, cuando mi mundo se derrumbó.

—Lo siento, he estado un poco perdida —le dije—. Han pasado muchas cosas últimamente... y...

—Y me hiciste *ghosting* —dijo con su elegante acento londinense—. Cariño, me cuesta creer que la mujer que luchó tanto para conseguir este contrato se diera por vencida tan fácilmente. Supongo que vienes por tu próximo pago.

No era por eso. Pero la verdad, me vendría de maravilla

poder costearme la vida de nuevo. La mayor parte de mis ahorros y mis ingresos se había ido en pagar los gastos de cancelación de la boda, en liquidar pedidos sin devolución y en perder los depósitos de seguridad.

Lucas me había conocido en uno de los momentos más cruciales de mi vida. Antes de mudarme a España, me gradué en Derecho por la Universidad de Miami. Conseguí trabajo en uno de los bufetes más prestigiosos del mundo, gestionando cuentas en Latinoamérica. Compré un coche. Rescaté a dos perros. Pero bajo la fachada de la hija cubana perfecta, con un armario lleno de blusas de manga larga y chaquetas para ocultar mis tatuajes; me sentía miserable.

Tras años reprimiendo mi identidad, decidí que ya era suficiente y solté todas mis pertenencias como quien se quita una piel vieja. Dejé mi trabajo con todos sus beneficios, sus vacaciones y su café quemado, y en su lugar, me postulé para este proyecto de Lucas. Le envié docenas de muestras del trabajo que había hecho mientras pintaba como pasatiempo. Lo que realmente lo convenció fue el mural de la orisha Oshún que pinté en las paredes de Wynwood. Se había vuelto viral en las redes sociales y él quería esa misma relevancia para su proyecto.

—En realidad, esperaba que pudieras perdonar mi actitud tan poco profesional de dejarte colgado con la inauguración encima, y que tal vez me permitieras terminar lo que empecé —le dije sin respiro.

—Mmm... —Se cruzó de brazos, pensándolo un momento. Sabía que era orgulloso; todo el mundo lo sabía. No le gustaba cometer errores y yo le había asegurado que no se arrepentiría de contratarme. Claro, no contaba con que terminaría en una depresión clínica justo cuando estaba a punto de cumplir el sueño de mi vida.

—Por favor, Lucas. —Me acordé de que le había traído *croissants* de una panadería húngara en Chamberí que le encantaban. Los saqué de la bolsa y se los entregué como una ofrenda de paz—. Estoy trabajando en mí misma. Incluso traje mis pinturas, los pinceles y las latas de spray hoy. Si me dejas, puedo ponerme con esto ahora mismo.

Sacó un *croissant* de la bolsa de papel y se detuvo antes de darle un mordisco.

—Mar, ¿sabes por qué te elegí a ti entre los cientos de candidatos que se presentaron para este proyecto?

—¿Por qué te gusta correr riesgos? —pregunté nerviosa.

—No. Porque tu arte era diferente. Tus murales tenían alma; transmitían algo. Aquí estaba alguien con casi ninguna experiencia en el mundo de la pintura, una graduada en Derecho de la Universidad de Miami que un día decidió dejarlo todo para pintar murales.

Le dio otro mordisco al *croissant* y miró el mural del techo que yo había terminado apenas tres días antes de que Guillermo me dejara.

—En aquel entonces pensé: "¡Guau, esta mujer tiene ovarios!" Normalmente, me recomiendan a algún muchachito engreído de familia rica, cuyo padre cree que es el próximo Picasso o Renoir. Muy pocas veces me encuentro con una mujer cubana cuyas obras se centran en iluminar su historia cultural, en representar el poder de las diosas yorubas y en no mostrar a las mujeres como objetos sexuales. Es más, esa persona es escasamente una muralista que se encarama a lo más alto de una estructura para decorarla. La pregunta no es si puedes hacer esto hoy o mañana, Mar. La pregunta es: ¿tú de verdad crees que puedes? Porque cualquiera puede terminar esto y hacerlo lo suficientemente bien. Yo confié en que tú podías, pero tú no confiaste en mí para pedirme lo que necesitabas.

Sus palabras me golpearon. Tenía razón. Pude haber llamado. Pude haber pedido más tiempo y no lo hice. No por falta de ganas, sino por miedo a perder otro aspecto importante de mi vida. O peor aún, a estropearlo.

Los primeros días después de la ruptura, ni siquiera podía salir de mi casa. Malamente, me levantaba de la cama para ir al baño. Casi ni comía. En algún momento perdí el cargador del teléfono y ni me molesté en buscarlo. Cuando eventualmente lo encontré y lo cargué, estaba tan abrumada por cientos de mensajes que apenas podía responderle a nadie.

Sin darme cuenta, había perdido mi identidad en esa relación, como si una parte de mí hubiera desaparecido, y en ese proceso, también había olvidado a la mujer de la que Lucas estaba hablando.

—Déjame quedarme hoy. Te prometo que no te voy a fallar.

8

PEDAZOS DE ÉL

Mar

Madrid, España – 2023

Aunque esperaba a Guille, el timbre me asustó. Había llegado a la casa media hora antes, cubierta de pintura, después de que Lucas me dejara terminar el mural de la entrada de la Torre de Espadas.

Fue como un bálsamo volver a coger los pinceles, sentir la pintura deslizarse sobre el lienzo de la enorme pared de yeso y crear algo nuevo. La pieza de la entrada estaba diseñada para sumergir al público en el mundo del agua; era similar a mi mural de Oshún, que fue lo que cautivó a Lucas. Oshún es la orisha de los ríos y yo le di vida con una complejidad que no suele verse en los murales.

Siempre me había sentido conectada con el agua, una fascinación profunda que convivía con un terror absoluto. Cada vez que me acercaba al mar, a un río o incluso a una piscina, me invadía un miedo espeluznante. Evitaba el agua a toda costa.

Quizás fue el ahogamiento de mi padre cuando yo era niña lo que me sembró ese miedo.

Aun así, el agua y yo teníamos una relación única que plasmaba en mi arte. La furia de una tempestad que desprende una oscuridad mortal en aguas previamente tranquilas. Las profundidades incomprendidas de los lagos, cuya oscuridad espantaba a la gente. La claridad que emana de la quietud. Mezclé diferentes tonos de azul para lograr esa profundidad cósmica de un océano que aún no revelaba sus secretos.

Regresar a casa fue un recordatorio de que, aunque mi arte seguía siendo mi refugio, en lo más profundo de mí aún había sentimientos sin resolver. Tuve una crisis de llanto en la ducha, con el agua tibia corriendo por mi rostro, mientras la ira y la tristeza se mezclaban en lágrimas que parecían no parar.

Observé cómo los tonos de pintura azul teñían el suelo de la ducha al resbalar por mis brazos. Tenía los puños apretados, estrujando la esponja al recordar las palabras de Guille, su desapego. Qué fácil había sido dejarme y dejar nuestra vida atrás. Solté la esponja cuando me di cuenta de que le había abierto un hueco.

Nunca se le da el crédito suficiente al vacío que te deja la decepción. El agujero que te abre en medio del pecho, la forma en que te quita el hambre, ya sea de vida o de comida.

Cerré la ducha, puse mis rizos en un turbante y salí al baño, que estaba envuelto en vapor. Limpié la humedad del espejo, revelando una cara hinchada que aún no reconocía, pero sabía que era mía. O una versión de mí. Mis ojos redondos, uno verde y otro marrón, me devolvieron la mirada y sentí que las lágrimas regresaban. Sentí cómo el dolor inevitable me envolvía, mostrándome las heridas que seguían abiertas. Quizás la sanación empezaría por aceptar que Guille ya había seguido adelante y que yo tenía que hacer lo mismo.

Me vestí rápido antes de ir a la sala a recoger sus cosas. Dos bolsas de basura lo contenían todo: sus cascos de moto, las Polaroids de aquel viaje que hicimos en el carro, el suéter que me prestó un día que hacía frío cuando caminábamos hacia nuestro apartamento, el corcho de la botella que nos tomamos en nuestro primer viaje juntos, donde nos emborrachamos y tuvimos que tomar una siesta en un campo de amapolas rojas antes de irnos al hotel, y por supuesto, mi anillo de compromiso.

Mientras recogía los restos de su presencia en mi hogar, me preguntaba si mi amor le habría bastado alguna vez; si, en algún momento de nuestra relación, él llegó a pensar: "Menos mal que no funcionó con Silvi para poder conocer a Mar". Ese pensamiento reavivó el dolor punzante que me absorbía al inicio de nuestra ruptura.

Pero él ya estaba aquí. Y yo estaba cerrando este capítulo de mi vida para siempre. Sabía que nunca volvería a contarle las pecas de la espalda ni a cantarle para que se durmiera.

Abrí la puerta. Su rostro, que ayer estaba recién afeitado, ya tenía esa sombra de barba que tanto me gustaba. Frunciendo los labios, intentó entrar, pero lo frené.

—Hola. —Agarré las bolsas de basura y se las puse a los pies—. Tus cosas.

—Vale —dijo—. ¿Mi casco, la sudadera...?

Asentí.

—Sí, todo.

Nos quedamos uno frente al otro en un silencio sofocante. Soltó una bolsa y me miró. Se le llenaron los ojos de lágrimas y se mordió el labio. Quise correr para abrazarlo, pero me aguanté.

—Lo siento, Mar. —Recogió la bolsa y llamó al ascensor—. Lo siento mucho.

Pausó antes de atravesarme con una última frase:

—Quiero que te enteres por mí y no por los vecinos —

suspiró, evitando mi mirada—. Le pedí a Silvi que se casara conmigo.

De repente se me olvidó cómo respirar.

Durante tantos años, me aferré a la idea de que lo nuestro era real, el tipo de amor e intimidad que la gente busca toda la vida, sin darme cuenta de que había ignorado todas las banderas rojas. ¿Cómo pude ser tan tonta? ¿Cómo pude obviar las mentiras, la distancia? Me dije a mí misma que el amor moderno requería un nivel de desapego con el que nunca me sentí cómoda, pero que acepté. Que, en el fondo, Guille me había elegido y yo lo había elegido a él como un amor eterno. Parte de mí todavía anhelaba que todo esto fuese una fase pasajera. Que él siguiera siendo esa persona. Pero todo se vino abajo con esa frase. El hombre que tenía enfrente no era del que me enamoré.

Y al verlo ahora sin el filtro de la esperanza, viéndolo superar tan rápido todo lo que construimos, me di cuenta de que lo único que quería era que desapareciera. No quería volver a verlo. Me di cuenta de que tal vez... ya ni siquiera lo deseaba.

—Adiós, Guille.

Cerré la puerta y, de una vez por todas, lo solté.

9

LA CADENA

Mar

Madrid, España – 2023

Una hora después, Tania apareció en mi apartamento con una botella de vino y una propuesta.

—A ver, Varela, ya traje los suministros; mi hombro está listo para que llores y me apunto a lo que quieras ver en la tele. Pero primero, tengo que hablarte de algo.

Se fue directo a la cocina, en busca de un sacacorchos. Yo todavía no tenía fuerzas para soltarle la bomba de Guille.

—Oye, ¿te acuerdas de cuando fuimos al Museo del Prado en verano a ver la exposición sobre las pintoras del Renacimiento?

Ese verano nos habían invitado a ver "Las mujeres secretas del Renacimiento". Fue ahí donde supe de artistas increíbles que formaban parte de sociedades secretas; mujeres que se veían obligadas a disfrazar su identidad y dependían de otros artistas para dar a conocer sus obras. Algunas incluso ayudaban a pintores famosísimos con sus cuadros.

—Sí, estuvo espectacular.

Me apoyé en la meseta de la cocina, cruzándome de brazos mientras ella destapaba la botella.

—¿Te acuerdas de que te comenté que me tropecé con una doctora especializada en regresiones a vidas pasadas cuando fui al baño? La reconocí por una charla TED que me salió de la nada en YouTube y, bueno, una cosa llevó a la otra, y me dio su tarjeta para que estuviéramos en contacto.

—Vale. ¿Y qué me estás queriendo decir con eso? —le pregunté.

—Mira, yo sé que esto te va a parecer una locura, pero ella fue quien me ayudó a arreglar mis problemas con Juan, y yo creo que deberías ir a verla —me dijo, pasándome una copa—. Se me ocurrió ayer, cuando me contaste aquello de la maldición familiar y todos tus líos.

—Espera a que te cuente mi último "lío"...

—Ay, Dios mío. —Le dio un trago a su copa—. ¿Qué pasó ahora?

—Guille se va a casar con Silvi.

Tania escupió el vino.

—¡¿QUÉ?!

—Lo que oyes. —Estaba tan drenada de tanto llorar que apenas reaccioné ante su sorpresa. A estas alturas, ya nada me asombraba—. ¿Ves lo que te decía ayer: que a lo mejor la maldición es real?

—¡Bueno! Con más razón tienes que ir a ver a esta doctora. Has estado yendo a terapia, trabajando en ti, llorando lo que no está escrito... y ahora te acordaste de la maldición de tu abuela. Toda esa mierda sin resolver que tienes con tu familia y con tu papá. A lo mejor es esto, Mar. A lo mejor lo que necesitas es regresar a tus vidas pasadas y ver dónde empezó todo.

Arqueé una ceja.

—¿Me estás diciendo que tú crees que yo tengo que

regresar a mis vidas pasadas para ver cómo puedo cambiar mi futuro?

—Yo creo que deberías ir a ver a Almaguer. Todo lo que te ha pasado en estos tres años, todo lo de Guille, el desastre que has sido últimamente... Mar, la semana pasada tuviste pintura amarilla en la frente durante tres días y te cortaron la luz porque se te olvidó pagar la factura. Es como si....

—¿Estuviera desesperada?

—Se siente como si te estuvieran guiando a algún lugar. Creo que hay cosas que no estás viendo y que vas a seguir repitiendo hasta que rompas el ciclo —me dijo—. Y creo que esto podría ayudarte. No te lo sugeriría si no pensara que de verdad puede marcar la diferencia. Tú sabes que yo contigo voy hasta la muerte, pero creo que aquí tenemos que pedir refuerzos, hermana, refuerzos *del más allá*. Lo que te está haciendo la zancadilla es más profundo de lo que podemos entender.

—Está bien, mándame la charla TED —suspiré—. No te prometo que vaya a verla, pero voy a escuchar lo que tiene que decir.

10

VIDAS PASADAS

Mar

Madrid, España – 2023

Puse en YouTube la charla TED que me mandó Tania sobre la doctora Adriana Almaguer, mientras trabajaba en uno de los murales del techo de la Torre de Espadas. La exposición abriría en unos tres meses, lo que significaba que pasaría la mayor parte del día trepada en los andamios para terminar las últimas piezas.

Una de las mejores partes de ser muralista era el silencio. Esos huecos de tiempo que tenía para sumergirme en el mundo del color y de las formas. En raras ocasiones compartía el espacio con los arquitectos o los escultores que venían a trabajar en otras instalaciones, pero la mayor parte del tiempo éramos solo mis sprays, mis pinceles, mis audífonos y yo.

La voz clara de la doctora Almaguer rompió a través del rugido de aplausos que abrían la charla. Su tono era firme y pausado, con una seguridad en su cadencia que te dejaba claro que no estaba allí para jugar, sino para sanar. Sentí que mis hombros se relajaban y que mi respiración se calmaba por primera vez en meses mientras ella le lanzaba una pregunta al público:

—¿Alguna vez han sentido que ya habían estado aquí antes? Quizás caminan por una calle y tienen una sensación de *déjà vu*, o conocen a alguien y sienten que lo conocen de toda la vida. En las últimas décadas, la terapia de regresión a vidas pasadas se ha vuelto cada vez más popular. Primero, con el auge de la Sociedad Teosófica liderada por Helena Blavatsky. Luego, el psiquiatra e hipnoterapeuta Brian Weiss presentó sus hallazgos en el famoso libro *Muchas vidas, muchos maestros*, y el doctor Ian Stevenson documentó miles de relatos de niños con recuerdos de vidas pasadas.

Había oído hablar de Weiss antes; su libro había tenido un gran éxito internacional, incluso fuera del ámbito de la psicoterapia. Si, como yo, no tenías idea de qué se trataba la regresión a vidas pasadas, al menos habías oído mencionar su nombre de pasada.

—El concepto de la reencarnación va mucho más allá de Weiss, remontándose hasta el siglo VIII antes de Cristo —continuaba la doctora—. Podemos encontrar información sobre la reencarnación en los Upanishads, los textos fundacionales del hinduismo. Los egipcios veían la muerte como un portal hacia un nuevo mundo. Los budistas y los jainistas creen que nuestras almas reencarnan, regresando después de cada visita a la Tierra. Aunque un día nuestros cuerpos nos dejen, nuestras almas continúan y no lo hacen solas. Siempre viajan con "familias de almas" a las que son fieles. No es raro que regresemos como los padres de nuestros padres, o incluso como hermanos de personas de nuestra propia familia, ya que estamos aquí para cumplir nuestros contratos de alma.

Solté el pincel y me incorporé para repetir lo que acababa de decir.

Siempre viajan con familias de almas a las que son fieles.

—En la regresión a vidas pasadas, trabajamos bajo la premisa de que algunos de los patrones que vivimos, especialmente los que sentimos que son "más grandes que nosotros mismos", pueden estar enraizados más allá de nuestra conciencia. Incluso más allá de nuestra propia historia personal. Quizás hayan notado que los mismos patrones se repiten a lo largo de las generaciones: abandono, escasez, traición. Se siente como algo inexplicable en esta vida, pero a través de la regresión, podemos encontrar su origen.

Ella siguió explicando cómo esta terapia era una ventana para entender no solo el pasado, sino también para ayudarnos a integrar lecciones en el presente que evitaran que repitiéramos patrones en el futuro. Pensé en la maldición.

Las mujeres de mi familia se la habían tragado y la habían vivido como una verdad absoluta durante siglos. ¿De dónde vendría esa creencia tan arraigada de que nunca podríamos enamorarnos? ¿Habría alguna forma de quitarse esa maldición si fuera real? ¿Tendría yo algún día que heredarle esto a mi propia nieta?

Hasta ahora, yo achacaba mi falta de madurez emocional a esa crianza tan rígida que recibí de mujeres fuertes; mujeres que solo habían vivido destellos de felicidad, entre tanto sufrimiento, pérdida y adaptación. Durante siglos, nuestras madres y abuelas se vieron obligadas a elegir la fortaleza como motor, no la alegría ni el amor. Como si la única forma de ser fuerte fuera ser de piedra.

Mi bisabuela no tuvo tiempo de criar a su hija con mimos y afecto. Viviendo en una dictadura, lo único que podía hacer era sobrevivir. Y la supervivencia no es tierna; es filosa; no sonríe. A mi abuela Cristina no la criaron con palabras dulces, sino con mandos. Las manos de su madre nunca le dieron una caricia porque estaban llenas de callos por tanto trabajar. El cariño no era un lujo que ella pudiera costearse, así que les enseñó a sus hijos a estar alerta, a nunca ser vulnerables.

Mi otra abuela, Mariana, crió a mi madre y a mi tía sola mientras mi abuelo cumplía una condena como preso político. Nunca mostró su angustia delante de sus hijas. ¿Quién tiene tiempo para lágrimas cuando hay dos bocas que alimentar, dos niñas que vestir y un techo que pagar? Ella les dio todo lo necesario para sobrevivir, pero nunca suavidad. Así era como mantenías a salvo a tus hijas.

Y así, el ciclo se fue repitiendo, como una herencia familiar que se transmitió de mano en mano: el decreto de la maldición de la abuela Cristina, la rigidez de mi propia madre. Cuando Papi se ahogó en el estrecho de la Florida, solo vi a mi mamá desmoronarse una vez. Nunca más volvió a hablar de él ni intentó rehacer su vida tras su muerte. Tenía que criarme en un país extraño, con o sin él. Conocí su inflexibilidad mucho antes que su calidez; casi tenía que mendigarle un poco de cariño. Ella me enseñó que, para sobrevivir, a veces hay que olvidarse del amor.

11

DRA. ADRIANA ALMAGUER

Mar

Madrid, España –2023

Un mes después de haber escuchado la charla TED, recorrí las profundidades cavernosas del metro de Madrid hasta mi primera sesión de terapia de regresión a vidas pasadas. Observaba a la gente en el andén, preguntándome a dónde irían. ¿A alguno le interesaría saber qué le pasó en una existencia anterior? Como si lidiar con la vida actual no fuera ya suficiente castigo.

El metro es un lugar curioso. Todos en la ciudad se aventuraban por ese laberinto para llegar a su destino final. Nunca sabes con quién te vas a tropezar al entrar en un coche. A veces tienes suerte y te encuentras casi sola; te sientas, viajas unas cuantas paradas en silencio y llegas a tu salida antes de darte cuenta. Otras veces, sobre todo cuando vas más allá del centro, ya sea por algún trámite burocrático pesado o a casa de un amigo en las afueras, te encuentras con todo.

Un grupo de amigos yendo de fiesta. Una pareja que ansía

estar juntos en cuanto el tren frene. Músicos inmigrantes de todas partes del mundo tocando por unos euros para llegar a fin de mes. Siempre llevaba un par de monedas sueltas para ellos.

Ni siquiera sé por qué elegí el metro hoy. Normalmente, cuando tengo prisa, tomo un Uber o un taxi. Pero hoy sentía que el metro era parte necesaria del camino. Viajé cinco paradas hasta la estación de San Bernardo, a solo unos pasos de la oficina de Almaguer en la Plaza de Olavide, en Chamberí.

—Está justo encima de la vinoteca de la esquina. No la de las catas, la otra —me había aclarado por teléfono.

Salí de la estación bajo un cielo azul despejado. Después de dos semanas de lluvia sin parar, Madrid había vuelto a su clima de "sol todo el tiempo". Es el sueño de cualquiera, a menos que sea verano y te estés asfixiando de calor. El otoño, sin embargo, tiene una manera de hacerlo todo más lindo. Las hojas ya eran un caleidoscopio de rojos, naranjas y amarillos. Algún que otro pino se colaba por ahí, como un recuerdo de lo que antes fue un calor eterno.

En la plaza, seguí las instrucciones de Almaguer y vi su oficina encima de la tienda de vinos. La entrada estaba por un lado, casi escondida a plena vista, con una puerta blanca que se fundía con las paredes de concreto del edificio colonial. Pulsé el botón del A1.

—¿Sí?

—Hola, soy Mar.

La puerta zumbó y el intercomunicador pitó, dándome paso. Al ver aquellas paredes blancas y señoriales por fuera, uno jamás esperaría el interior tan ecléctico que le aguardaba. Un pasillo largo, con paredes de piedra en arco, conducía a un patio interior gigante donde colgaban helechos silvestres. En el centro, una fuente de mármol decorada con diseños árabes, heredada de los moros que vivieron en España durante ochocientos años. Hiedra cubría toda una sección del patio. Los vecinos habían montado un jardín en medio del Madrid urbano, su propio paraíso.

Todavía maravillada, subí la escalera al primer piso, donde Almaguer me esperaba. Era alta, casi escultural, de piel muy blanca. Sus ojos eran de un azul brillante que me recordaban a las aguas del Caribe, asomándose tras unos espejuelos de media luna con montura roja. Transmitían una bondad que me hizo sentir como si la conociera desde hacía años.

Su elegancia relajada reflejaba mi propio gusto por la comodidad. Llevaba unos pantalones anchos de sastre y una blusa de seda azul, con las mangas dobladas hasta los antebrazos, revelando constelaciones de pecas. Llevaba una cadena con una luna de plata al cuello y un pañuelo fino con gardenias sobre los hombros. En el video parecía una figura de autoridad muy seria, pero de cerca, tenía un aire bohemio.

La seguí a una habitación pequeña con un sofá verde salvia, una silla y un estante lleno de libros. Colgaban filodendros del techo, creando un ambiente de selva tropical que dejó asombrados a mis sentidos de artista. Una lámpara de sal iluminaba tenuemente el cuarto, aunque entraba bastante luz por una ventana que daba a la plaza.

—Siéntate en el sofá, hablemos —empezó ella, acomodándose en su silla.

Dejé mi bolso en el estante y me desplomé en el sofá. Era suave, acogedor, casi terapéutico. ¿Era posible sentirse relajada antes de empezar? No pude evitar una sonrisa nerviosa mientras ella me observaba asimilarlo todo.

—Así que una maldición. —Arqueó las cejas, apoyándose en su silla—. Eso fue lo que mencionaste por teléfono.

Sentí que aparecía la resistencia. No me gustaba admitir que el romance o la posibilidad de una maldición me quitaran el sueño. Me criaron creyendo que el romance era un deseo de segunda mano, que era de débiles llorar por un tipo, y mucho menos venir a una consulta para ver si esto era algo con lo que venía luchando desde hace varias vidas. Además, era abrir una caja de Pandora que no estaba segura de querer enfrentar.

—Bueno, no es solo una maldición. Ni solo el amor. He estado pensando en todas esas áreas de mi vida en las que me siento... estancada. Es como si, justo cuando las cosas van bien, de repente todo se destruyera —puse los ojos en blanco, tratando de restarle importancia.

—Nunca es "solo una maldición". La mayoría de las veces pensamos que nuestra vida va bien hasta que algo nos sacude y nos hace ver las cosas desde otra perspectiva. ¿No es eso lo que está pasando ahora? —Ella leyó perfectamente mi jugada.

Suspiré hondo.

—Se podría decir que sí. Sinceramente, estoy cansada de ser esa mujer que siente que nunca sabrá lo que es ser elegida, o tener una pareja, o enamorarse de verdad. Cuando te escuché hablar sobre las familias de almas, algo de eso simplemente...

—... ¿tuvo sentido?

Asentí, frunciendo el ceño.

—Me hizo darme cuenta de que esto no es solo algo mío. Puede estar conectado con toda mi familia, y si es así, quiero saberlo. No quiero cargar con ese peso el resto de mi vida, o, peor aún, pasárselo a la siguiente generación.

—Interesante. ¿Y por qué es tan importante para ti ser elegida por alguien más? —preguntó—. ¿Qué significa el amor para ti, Mar?

—No sé —continué, mirándome las manos y encontrando restos de pintura amarilla bajo las uñas—. Quizás es porque ninguna de mis relaciones ha funcionado, tal como decía la maldición. No creo haberme enamorado de verdad de alguien, sino de una idea de falsa intimidad. Y ahora va más allá de eso, porque me estoy cuestionando cosas en las que antes ni siquiera pensaba.

—¿Cómo cuáles?

Me mordí el labio.

—Como que tal vez he estado cargando con el peso de algo mucho más grande. Después de mudarme a España y dejar mi vida atrás, me consideraba una persona que se había rebelado contra todo lo que se suponía que debía querer. Contra lo que me enseñaron a querer.

—¿Y qué era eso?

—La "vida perfecta".

Ella arqueó una ceja.

—La vida perfecta... curioso. ¿Qué pasó en tu última relación que te llevó a querer venir a verme?

—Rompió el compromiso y volvió con su exnovia. Ahora se va a casar con ella.

—Siento mucho oír eso. ¿Ha exacerbado esto tu sentimiento de no ser elegida?

—Sí, claro. Pero ya lo superé —dije, restándole importancia a la ruptura.

Tampoco le dije que desde que todo se derrumbó con Guille, había estado evitando mi barrio por completo. Daba rodeos para pasear a los perros, iba a otro parque, hacía mis bocetos en casa en vez de en la cafetería. Había abandonado a Alberto, el señor de noventa y seis años, con quien desayunaba tres veces por semana. Incluso cuando su hija me llamó para preguntar si estaba bien, mentí diciendo que tenía un catarro horrible para no pegárselo. No fue hasta que Tania me obligó a volver a La Vaquería que retomé mis rutinas.

Almaguer hizo un gesto sutil con los labios antes de bajar la vista a su libreta para escribir.

—¿Hay algo más que deba saber antes de empezar? ¿Algún trauma o algo que te dé miedo mencionar? Este es el momento.

—No. Trauma personal: ninguno. Solo que le tengo pavor al agua. A los ríos, al mar...

Ella lo anotó en su diario.

—¿Sabes cómo funciona la regresión a vidas pasadas?

—No —confesé—. He leído un poco, he visto videos, pero

te mentiría si dijera que entiendo cómo funciona. La verdad es que estoy nerviosa. No tengo idea de qué esperar. ¿Me va a pasar algo? ¿Puedo quedarme trabada en una de ellas?

—Es normal estar nerviosa. —Almaguer cerró su libreta y me miró fijamente—. Pero no hay nada de qué preocuparse. Estaremos juntas unas dos horas. Siempre me gusta charlar un poco antes y después de la sesión para asegurarme de que estés cómoda.

Almaguer se inclinó hacia mí, como si estuviéramos sellando un pacto.

—Esto es una forma de sanación suave. Durante la sesión, viajarás de forma segura a tus vidas pasadas mediante la hipnosis. Yo te haré preguntas, pero nunca te sugeriré nada. Este es tu viaje, no el mío.

—¿Cómo es posible que podamos explorar esto?

—Nuestros cuerpos pasan un tiempo limitado en la Tierra, pero nuestras almas son eternas; ellas recuerdan. Cuando naces, tu cuerpo adopta una forma física nueva, pero carga con las memorias de vidas anteriores.

Mi corazón se aceleró cuando Almaguer se levantó y cerró las persianas, oscureciendo el cuarto. Cerré los ojos, apretándome el estómago con la mano.

—Mar, sé que estás nerviosa y todavía no nos conocemos bien, pero vas a tener que confiar en mí si quieres que esto sea efectivo —me dijo—. Seré tu guía todo el tiempo.

Pensé en todas las veces que lloré hasta quedarme dormida, en la soledad y en la decepción por mis decisiones amorosas. En mi vida. Quizás este era el comienzo de la sanación. Respiré hondo.

—Está bien, hagámoslo.

—Bien. Recuéstate en el sofá. Ponte lo más cómoda posible —me indicó—. Quítate los zapatos. Puedes utilizar la manta que tienes detrás si sueles tener frío.

Me relajé en el sofá. Olía a lavanda y a otra hierba que no

supe identificar. Mirando al techo, solté todo el miedo que pude en ese instante.

—Estoy lista.

—Una cosa más. ¿Te parece bien si grabamos las sesiones? Nos ayudará a documentar tu proceso.

Acepté.

Ella se acomodó y empezó:

—Mar, empieza por tomar tres respiraciones profundas y suavizar la mirada... —Su voz comenzó a desvanecerse mientras yo me enfocaba solo en sus palabras—. Al contar hasta diez, permitirás que tu subconsciente te guíe a cualquier recuerdo de una vida pasada que sea relevante para nosotros hoy...

Respiré profundamente varias veces, relajándome mientras Almaguer me pedía que bajara por una escalera.

—Despacio, cada escalón te lleva a una relajación más profunda mientras cuento hacia atrás. *Diez.*

Su voz se volvió distante mientras mi cuerpo se sentía ligero, casi como si me quedara dormida.

—Nueve. Estás a salvo. Toma otra respiración profunda mientras tu cuerpo suelta toda la tensión; tus ojos se sienten pesados.

Ocho. Siete. Seis.

—Cinco. Casi estás al final de la escalera. Ves una puerta a lo lejos. Camina hacia ella.

Podía verla claramente: una puerta y una luz. Mi cuerpo me llevaba hacia ella como por inercia.

Cuatro. Tres. Dos.

—Uno. Abre la puerta, Mar. Detrás hay un recuerdo, una vida que ya viviste. Dime, ¿qué ves?

12

BEATRIZ VELÁZQUEZ DE CONCEPCIÓN

Beatriz

Florencia, Italia – 1484

¡Quédate quieta, *cara*! —dijo Sandro mientras yo alternaba el peso de una pierna hacia la otra mientras posaba en su *bottega*. —La luz debe incidir en tu cuerpo a la perfección para emular los gestos de Simonetta.

El olor a yema de huevo, plomo y óxido de hierro rojo me quemaba las fosas nasales. Se me revolvió el estómago y la vista se me nubló al sentir los restos de mi desayuno subir y bajar por mi garganta. Él estaba trabajando en una pintura en honor a la diosa Venus, que emergía del océano en una concha, con la espuma del mar acariciándole los pies. Era divina, etérea y perfecta en todos los sentidos... tal como vivía Simonetta Vespucci en la imaginación de Sandro.

Mezcló ocre amarillo y plomo blanco para crear diferentes tonos en la piel de la diosa; el aroma que emanaban los minerales aumentaba mi malestar. A pesar de las ventanas abiertas que enmarcaban la *bottega* de Sandro, no corría ni una brisa, lo que hacía que aquella lección pareciera una tortura. —Algún día seré enterrado a sus pies. Se lo he pedido a su marido y ha aceptado.

—¿De veras? —Aproveché un momento para sentarme en un taburete y respirar mientras él buscaba algo en la *bottega*.

El esposo de Simonetta, Marco, era reconocido en la sociedad florentina por su estrecha relación con la familia Medici.

—Así es. Oh, Beatrice, mientras ella vivía, Marco le permitía posar para mí... en secreto, por supuesto. ¿Cómo podría una mujer de su alcurnia posar para un joven pintor como yo? Me encantaba. *Mia musa*. Ahora es el deber de mi amor inmortalizarla a través de mi arte.

Simonetta había fallecido años atrás a causa de la tuberculosis, que se la llevó en la primavera de 1476. El amor secreto de Sandro por ella se había transformado en una obsesión, una melancolía prohibida que exudaba en sus cuadros. La *bottega* estaba cubierta de dibujos y recuerdos de su rostro. La temática no importaba: en alguna parte de sus cuadros, ella aparecía. Era evidente que el amor que nunca vivió perduraría en su arte.

Simonetta y yo no nos parecíamos. Mis ojos, para empezar, no eran azules y mi cabello no era cobrizo. Éramos similares en estatura y porte, y eso era suficiente para que yo posara como ella para Sandro a cambio de lecciones de pintura. Todo en secreto.

A diferencia de Simonetta, yo no provenía de una familia rica genovesa ni florentina. Mi padre, Luis Arturo Velázquez de Concepción, fue invitado por el Papa, en nombre de la monarquía castellana, a difundir la noticia de la conquista de España por los católicos frente a los moros. Yo tenía diez años cuando llegamos a Florencia. Mis hermanas gemelas menores, Margarita e Isabel, tenían tres y mi hermano, Luis Lorenzo —a quien llamábamos Enzo—, tenía trece. Fuimos recibidos por familias cercanas a los Medici, no por nuestras riquezas, sino por la proximidad de mi padre a las artes. Me sentía orgullosa de ser su hija.

En España, Isabel la Católica lo eligió como su servidor real en la corte. Se le encargó viajar por toda Europa coleccionando las piezas de arte más exquisitas para ella. Los moros habían gobernado gran parte de la Península Ibérica durante casi ochocientos años. Quisiera la monarquía católica o no, cristianos, judíos y musulmanes se habían mezclado a lo largo de los siglos, creando un tapiz cultural que corría por mi propia sangre y era evidente en mi imagen. Mi piel tenía un matiz dorado oscuro. Esta era una de las razones por las que mi padre estaba entusiasmado con su nuevo puesto: tener una hija de piel oscura era un blanco que no deseaba para su familia.

En las reuniones de Papá, yo me deslizaba entre la oscuridad de nuestra casa para vislumbrar a las mentes más brillantes de Florencia que honraban nuestros salones. Esperaba algún día revolotear entre ellos, no como una niña escondida, sino como alguien a quien consideraran un contemporáneo. Fue en una de esas reuniones, hace dos años, que conocí a Sandro.

Casi amanecía, pero los músicos aún tocaban en el patio de nuestra casa. Las notas flotaban hasta mi habitación, donde yacía inquieta, evitando el sueño. Sabía que la cocina era un refugio ideal para espiar a nuestros invitados, pues se encontraba justo encima del patio. Bajé de puntillas la escalera de piedra que usaban los sirvientes para llegar a los dormitorios, que descendía directamente al sótano. En silencio, me subí a un taburete de madera situado justo debajo de una ventana secreta que daba a los festejos. De repente, me sobresaltó la voz de un hombre.

—Andar a escondidas no es propio de una dama. O eso tengo entendido, *signorina*.

—¡Madre mía! —maldije mientras caía del taburete,

golpeándome el dedo gordo del pie. Me recompuse rápidamente, apretando bien mi bata.

—*Sei la figlia di Luís?* —preguntó en un tono juguetón. Noté que no estaba escandalizado por mi presencia.

—Sí. Soy la mayor de sus hijas, Beatriz... o Beatrice, como me llaman aquí.

Él soltó una risita. —Tienes suerte de que sea yo quien te encuentre, Beatrice. No estoy seguro de que mis contemporáneos reaccionaran con amabilidad ante una joven de...

—Quince años —tartamudeé. Mi cuerpo se tensó ante su presencia.

—*Quindici*... Deambulando en bata a estas horas de la noche. —Dejó la manzana y limpió el jugo de su cara con un paño.

—Alessandro Botticelli —dijo extendiendo la mano—. *Ma*, puedes llamarme Sandro.

Mis ojos se agrandaron. ¿¡SANDRO BOTTICELLI?! El mismísimo Sandro Botticelli. —¡Oh! Vuestra obra suscita mi más profunda admiración, *Signore* Botticelli—balbuceé. Una cosa era conocer a los contemporáneos de mi padre y otra, muy distinta, conocer a mi ídolo.

—*Veramente?* Interesante, para una señorita.

Seguí hablando sin parar sobre mi profunda admiración por su técnica, sobre mis propios y modestos intentos en la pintura, y sobre cómo la vida, para mí, era como un lienzo esperando a que alguien lo iluminara con color y forma.

Me había cautivado la obra de Sandro desde la infancia, anhelando ser pintora algún día. No me interesaba aprender un nuevo oficio para complacer a un marido. Quería que mi obra colgara en los pasillos de palacios y hogares. Quería mi firma estampada al pie del sello "Velázquez de Concepción y Higuero".

—Sé que la sociedad concede poco espacio a las mujeres para profundizar en tales oficios, pero en lo más profundo de mi corazón, estoy segura de que esto es lo que debo ser. Deseo inmortalizar Florencia y España. Pintar los reflejos del sol en el Arno... la gente.

Él se apoyó contra la pared de la cocina. —No se ofrece espacio alguno a las mujeres en las artes, querida. La única vez que he visto a una mujer ejercer disciplina alguna ha sido para el entretenimiento de su marido y sus invitados. ¿Tienes alguna experiencia en la pintura?

—¡Un poco! Quiero decir... ¡Sí! He pintado algo con carboncillo en las lecciones que Papá me permitió tomar. No mucho más, pero me encantaría aprender más.

Escuchó mis palabras con una atención que pocos hombres habían mostrado en el pasado. Con esmero.

—*Hmmm...* —Se llevó la mano a la barbilla—. Bueno, regresaré a los festejos, pero espero verte por aquí, *signorina.*

—*Maestro* Botticelli —susurré en voz alta—. Ni una palabra de esto a mi padre, *per favore.*

Él soltó una carcajada. —No te inquietes, *cara.* Este será nuestro pequeño secreto.

Pasaron unas semanas antes de que tropezara con él de nuevo, esta vez en un mercado.

——*Signorina* Velázquez —susurró, fingiendo observar muestras de cuero—. No temas, no le he contado a nadie nuestro encuentro en la cocina.

Miré a mi alrededor antes de responder cortésmente: —Está bien, *signore. Il nostro segreto.*

—Tu padre me mataría si se enterara de esto, pero creo que tengo una solución para ti, *Signorina* Velázquez. Si eres lo suficientemente valiente como para aprovecharla.

Dudé antes de preguntarle qué era. Sacó un pedazo de papel de sus ropas, asegurándose de que nadie lo mirara.

Cordial invitación al grupo de costura de Signora Clarice.

—No tengas miedo. Debes aprender a guardar secretos. Si te interesa, envía a tu doncella al barrio de Santa María Novella, por Via Nuova. Dile que se acerque a la ventana junto a mi taller y le diga a *Signora* Clarice: *Firenze è viva.*

~

—Beatrice —llamó Sandro, sacándome de mis pensamientos.

—Lo siento, lo siento. ¿Cuánto tiempo más tendré que aguantar? A este paso, me pareceré a Simonetta en sus últimos días.

Soltó un grito ahogado, escandalizado. —Nunca vuelvas a hablar así de *mia amata*. Jamás.

Me alejé de la ventana buscando mi túnica. Daria, mi doncella, vendría pronto para acompañarme a casa. Durante los últimos dos años, habíamos engañado a Papá haciéndole creer que recibía lecciones de tejido en casa de *Signora* Clarice. La anciana era florentina de pura cepa y amaba a Sandro como a su propio hijo. Tras la prematura muerte de su esposo, se dedicó a dos cosas: a sus hijos y al coleccionismo de arte. Ella era una escultora frustrada; siempre deseó haber podido dedicarse a su arte o posar para otro, asumiendo las consecuencias de las habladurías de la sociedad. A menos que una mujer estuviera posando para un retrato oficial, se consideraba indecente; era un trabajo para esclavas o para quienes necesitaban un florín o dos para sobrevivir.

—¿Cuándo crees que terminarás el cuadro? —pregunté mientras me acercaba al gran lienzo. Admiré la absoluta perfección de los tonos azules del cielo y del océano, así como el detalle en el cabello de Venus.

—Muy pronto. Después de hoy, creo que he avanzado en las partes más importantes: su cuerpo y sus manos. *Grazie*. —Me guiñó un ojo—. Eres muy valiente, ¿sabes? No todas estarían tan dispuestas como tú a posar, o incluso a sentarse a solas con un hombre en un taller.

—Lo sé, pero también sé que tienes otras preferencias —le devolví el guiño.

Ambos nos reímos. —Vaya, ¡qué listilla eres! ¿Y cuáles son esas preferencias, *signorina*?

—Digamos que es otro de nuestros pequeños secretos.

Los secretos nos unían a Sandro y a mí, y yo sabía que Simonetta era quizás la única mujer a la que Sandro había amado jamás.

Escuchamos los pasos de Clarice acercándose al taller. Por precaución, me escondí en un pasillo secreto tras una estantería llena de figuras de yeso. Ella llamó a la puerta.

—Alessandro... eh, *Signore* Botticelli —dijo en voz baja—. Hay alguien aquí que quiere verte... un hombre.

Pude oír a Sandro cubriendo su obra. Detestaba la idea de que alguien entrara en su taller y viera un trabajo inconcluso, a menos que fuera yo o alguno de sus aprendices de la *bottega*.

—¿Un hombre?

—Sí, es bastante... eh... escultural —la interrumpió una voz grave—. *Sono io*.

Sandro abrió la puerta bruscamente, dejando escapar un fuerte:—¡Eyy!

Unos pasos ligeros y el aroma a bergamota inundaron el taller. La fragancia era cautivadora: profunda, almizclada y suave.

—Sandro, ¿puedo salir ya? —pregunté desde mi escondite.

—*¡Cara!* ¡Sí, sí, sal! Me gustaría presentarte a alguien —dijo con un tono lleno de alegría.

Me acomodé la túnica y el corpiño, cubriendo lo que minutos antes había quedado expuesto a la luz del sol, y salí del pasillo.

La figura que tenía ante mí se alzaba con la gracia de una estatua de mármol recién pulida. El desconocido levantó la vista hacia los bocetos en pergamino que colgaban del techo secándose y su mirada se posó en mí al descender. Unos ojos oscuros y profundos me envolvieron y, por un momento, me quedé sin aliento.

—Beatrice, te presento a mi maravilloso amigo, que acaba de llegar de Roma —dijo Sandro—. Uno de los escritores más prometedores de nuestro imperio. Es poeta.

Me sequé la mano sudorosa en la falda, di un paso adelante y tendí la mano derecha. —Es un placer. Soy Beatriz.

—Beatriz... —Pauso para besarme la mano. Luego murmuró: Soy Dante.

13

DANTE LUPO

Beatriz

Florencia, Italia – 1484

Dante. Su nombre era tan sencillo y, sin embargo, resonó como una melodía en mi mente durante semanas tras nuestro encuentro inicial. Aunque apenas habíamos intercambiado unas pocas palabras, aquellos momentos me dejaron con ansias de saber más. En algún lugar profundo de mi ser, sentía como si ya le conociera.

Abandoné la *bottega* turbada, deseosa de saber cuándo volvería a cruzarme con él. A excepción de mi hermano y de Sandro, rara vez había pasado tiempo en compañía de otros hombres. La presencia de Dante se percibía distinta. Pensaba en sus ojos negros, en sus labios rozando mis nudillos y en su cabello azabache captando la luz en el taller soleado de Sandro. Me moría de ganas de preguntarle a Sandro por él, pero él se encontraba en Siena, lo que detuvo nuestras lecciones en el taller y, con ellas, mi única esperanza de volver a verle. Al no poder soportarlo más, acudí a Daria en busca de ayuda.

—Necesito que hagas algo por mí —dije.

—Por supuesto, *signorina*, ¿de qué se trata? ¿Se encuentra bien? Ha estado atribulada últimamente.

—Sí, estoy bien. Es solo el calor. El verano no me sienta nada bien. —Daria era lista, pero fácil de distraer—. Necesito que vayas a casa de la *Signora* Clarice. Simula que buscas algo para mí; di que olvidé un pañuelo o algo parecido. Luego, pregúntale cuándo regresará el *Maestro* Botticelli. Dile que debo verle de inmediato.

Confiaba mi vida a Daria. Ella era la única persona que sabía de qué trataban realmente las lecciones en la *bottega* de Sandro. Sin pedir demasiados detalles, accedió, diciendo a los demás sirvientes que salía a buscar algo para mis labores de tejer y que regresaría pronto.

Horas más tarde, entró en mi alcoba portando en silencio una bandeja con un vaso de agua. El susurro de sus pasos me despertó. Me había quedado dormida, contemplando un boceto que hice en la *bottega,* en los primeros días de nuestros encuentros secretos.

—Bea... —Daria se sentó al borde de mi cama, retirando los mechones de cabello de mi frente—. Fui a casa de *Signora* Clarice, como me pediste.

Me desperté completamente. —¿Qué ha dicho? ¿Cuándo puedo volver?

—El *Signore* Botticelli regresará la próxima semana. Al parecer, su estancia en Siena se ha prolongado.

—Alabados sean los cielos —suspiré. Por fin, buenas noticias.

—Hay más —se acercó, bajando la voz hasta convertirla en un susurro—. Había un joven allí. Preguntó por usted.

¿Podría ser...? —¿Dijo su nombre? —Mi corazón se aceleró con anticipación.

—Sí, eh... ¿Dani? ¡No, DANTE!

Di un chillido de alegría, agarré sus manos y las besé, lo que la hizo sentir un poco incómoda. Aun así, lo permitió.

—Dijo que si deseaba ir a la *bottega* antes del regreso del *Signore* Botticelli, él le abriría las puertas.

—¡Daria! ¡Es maravilloso!

La forma tan natural con que Daria hablaba de este encuentro me calmó. Tal vez realmente era mi cómplice. Después de todo, sabía que yo iba a la *bottega* de Sandro y no a tejer en casa de la *Signora* Clarice. Sabía que todos los calcetines, bufandas y mantas que yo traía de vuelta eran prendas que la propia Clarice tejía y me entregaba para ocultar mis verdaderas acciones.

Me levanté de la cama, trazando un plan para nuestro próximo encuentro.

—Esto es lo que haremos —dije—. Mañana le diremos a Mamá que vamos al mercado y quizá a la modista. Después, haré acto de presencia.

Daria y yo nos dirigimos al mercado al día siguiente con mis hermanas gemelas a cuestas, bajo el pretexto de buscar lana para tejer. Mamá sabía que tramábamos algo y pensó que enviar a un ejército de criadas me mantendría a raya. Poco sabía de la hija que había criado.

Me entrelacé del brazo de Daria.

—¿Está nerviosa, *signorina*? —preguntó, lo suficientemente bajo como para que el resto del grupo no lo oyera.

—¿Te ha gustado alguien alguna vez, Daria?

Ella se ruborizó. —A decir verdad, sí.

—¿Qué se siente?

Sus ojos trajeron la luz del sol a aquel día nublado, mientras me miraba. —Sentí como si me reconociera en el otro. No sé cómo explicarlo, pero sentía que necesitaba con urgencia estar cerca de él. ¿Es así como se siente?

—¿Cómo lo has...?

—Mi trabajo es anticipar cada una de sus necesidades y deseos antes de que se materialicen. La conozco.

El mercado bullía a nuestro alrededor. Los olores de jazmín, carne y cuero se hacían más prominentes a medida que nos acercábamos a las docenas de puestos que rodeaban Santa María del Fiore. De inmediato, las gemelas se vieron envueltas en el ajetreo, llevando a sus nanas de un puesto a otro. Probaban de cada vendedor: una uva pasa, unas almendras, una pizca de aceite en la muñeca.

Llegamos a un puesto con telas anchas y cintas. Era mi oportunidad para escapar. Daria se soltó de mi brazo. Rápidamente me escondí tras una gran tela violeta, me cubrí la cabeza con el chal y me dirigí hacia la casa de *Singora* Clarice. Los adoquines se sentían pesados bajo mis zapatillas. El ruido del mercado era distante en comparación con el latido de mi corazón que retumbaba en mis oídos. Doblé la esquina de la calle y vi la puerta de madera del lugar donde siempre podía ser yo misma.

Llamé tres veces, siguiendo nuestro código secreto. Las manos de *Signora* Clarice abrieron la puerta con cuidado; una amplia sonrisa adornaba su rostro al verme. —*Allora, ragazza!* Has vuelto al fin. —Abrazándome, añadió—: Él te ha estado esperando desde hace muchas semanas; deja que te lleve.

Me guio por el camino habitual hacia la *bottega* de Sandro; sin llamar, abrió la puerta, revelando a Dante bajo la luz tenue. Las gotas caían sobre el cristal de la ventana, proporcionándonos una pequeña cortina de privacidad en aquella estancia, por lo demás vacía.

—Ah, he olvidado el fogón —dijo la *Signora* Clarice—. Ahora vuelvo.

Varios pedazos de pergamino se desplegaban ante él,

cubiertos de una caligrafía elegante. Sus antebrazos estaban manchados de tinta.

—Beatrice —se puso de pie, dirigiéndose hacia mí—. No creí que vendrías, *ciao*. Sandro no ha vuelto, pero estoy cuidando la *bottega* por él.

Me quité el chal, dejando a la vista los mechones rebeldes de mi cabello cascadeante. El olor a lluvia y almizcle llenó la habitación. El viento soplaba a través de las ventanas abiertas, trayendo flores del almendro del exterior.

—Te agradezco que le dijeras a Daria que podía venir. Amo venir a la *bottega*. Debes saber que no solo poso para Sandro; yo también soy artista.

Él se apoyó en un taburete de madera, cruzando los brazos.

—Lo sé. Él me lo contó y supuse, desde el día en que nos conocimos, que no eras el tipo de dama que visitaría la *bottega* de Sandro Botticelli solo para ayudarle a pintar con más claridad la diosa Venus. Aunque debo decir...

—¿Qué debes decir?

—Nada, nada. —Caminó por la habitación, pasando los dedos por su largo cabello negro, creando ondas desordenadas alrededor de su rostro. Su barba había crecido desde la última vez que le vi. No se parecía a los hombres que frecuentaban la alta sociedad. Parecía libre.

Acercándose, se detuvo a un paso de mí, quedando por encima de donde yo estaba sentada. Mis manos sudaban ante su proximidad.

—Beatrice, hay una cosa más que debo decir si vamos a compartir este espacio. No sería educado por mi parte negarte el conocimiento de esto.

Un hormigueo me invadió. Lo único en lo que podía concentrarme era en la forma de sus labios mientras hablaba.

—Desde el momento en que te vi, lo único en lo que pude pensar fue en cuándo volvería a verte. Cuando estés aquí, ten en cuenta que tengo tu belleza en tan alta estima como la de

Venus. Eres alguien cuya presencia es lo que un simple humano como yo anhela tener cerca.

Sus ojos marrones me envolvieron. Sus palabras aún viajaban por mí mientras mi mano buscaba la suya. ¿De verdad me comparaba con Venus? Recobrando la compostura, hablé primero en un susurro. —Si tú estás aquí, yo vendré.

Mi mano descansaba en la suya, sintiendo que pertenecía ahí. Las yemas de nuestros dedos se rozaron suavemente. Nos miramos sin hablar, simplemente reconociéndonos.

Recordando a mis hermanas y a Daria en el mercado, me retiré lentamente.

—Volveré.

14

EL VIAJE SIN RETORNO

Beatriz

Florencia, Italia – 1485

En el año transcurrido desde nuestro primer encuentro, Dante y yo nos habíamos unido como ramas entrelazadas. Su profunda sinceridad y su pasión me atraían hacia él como una fuerza de la que no podía desprenderme. En todo ese tiempo, él había sido más que la persona con quien compartía mis secretos más íntimos; era también el único lugar donde sentía que podía ser yo misma. Nuestro amor me liberaba de las ataduras de la sociedad.

Mi decimoctavo cumpleaños se cernía sobre nosotros. Sabíamos que nuestro tiempo juntos terminaría pronto, pues la amenaza de que mi madre concertara un matrimonio era inminente. Pero yo confiaba en que Papá cumpliría su promesa de esperar hasta que yo cumpliera los diecinueve años antes de hablar del tema. Aun así, eso no nos impedía aprovechar cada oportunidad posible para estar juntos.

Con la ciudad aún recuperándose de la peste, mis padres se marcharon de Florencia con las gemelas después de que yo anunciara que me sentía mal y que necesitaba que la madre de Daria, Apolonia, me ayudara en mi recuperación. Mi supuesta enfermedad era, en realidad, un deseo oculto de pasar la noche con Dante.

Nos encontramos en una cabaña con una puerta de color ladrillo, totalmente oculta entre los árboles. Alguien podría haber pasado de largo si no fuera por el hombre sentado en los escalones de la entrada esperándome. Daria me acompañó hasta la parte baja de la colina, donde se encontraba la cabaña, prometiendo venir a buscarme por la mañana para que pudiéramos regresar a casa juntas sin que nadie notara mi ausencia.

Corrí hacia Dante como una niña, saltando a sus brazos, y él me elevó hasta la copa de los árboles. Esta sería nuestra primera noche juntos. En sus aposentos en Florencia, solo nos veíamos unas pocas horas antes de que yo tuviera que regresar a casa, y por mucho que Sandro fingiera ignorar nuestra conexión, jamás permitiría que nos quedáramos en la *bottega* más tiempo de lo que duraban mis lecciones.

—*Amore. Amore mio.*

Se me erizó la piel. Las ramas se mecían vigorosamente mientras la esencia de nuestro amor se filtraba entre nosotros.

—Te he echado de menos —susurré, mordisqueando la parte inferior de su labio. Él me cargó por el umbral de la cabaña hacia una habitación cálida con paredes de piedra. Una chimenea se alzaba en el centro de la casa, con la leña ya ardiendo para mantener cálido el aire, todavía frío, de la primavera.

La cabaña era pintoresca, con hierbas secas colgando de la estructura de madera que sostenía el techo circular. El aroma a lavanda y rosas perfumaba el aire, embriagándome de asombro y deseo.

En una esquina tras el fuego, oculta por una cortina, había

una tina grande. Al mirar a Dante, comprendí que aquello no era una coincidencia; quizás hoy nos bañaríamos el uno en el otro.

—Es una tina interesante. ¿El agua está hirviendo junto al fuego para un baño o me estás preparando una cena?

Su voz profunda soltó un tímido "uh" y luego se aclaró la garganta.

—Bueno, podría ser para ambas cosas. Aunque he intercambiado algunas traducciones en las que he trabajado por un queso delicioso y otras frutas. Mi *nonna* también preparó algo para nosotros, sin saber que traería a una dama a nuestra cabaña familiar, *certo*.

—Eres bastante astuto, ¿no? —le dije, empujándolo suavemente—. Invitar a una *signorina* a esta cabaña bajo el pretexto de intercambiar ideas y conversar, solo para prepararle un baño con flores secas.

Inclinándose hacia mi cuello, presionó sus labios ligeramente en el espacio bajo mi oreja.

—¿Ese siempre fue el plan? ¿Intercambiar... ideas?

Cerré los ojos ante la delicadeza de su tacto; sus manos ahora presionaban mis caderas contra él mientras permanecíamos en el centro de la habitación.

—Eso es... lo que... yo pensaba... —Un gemido silencioso se me escapó—. También me parece bien cualquier otra cosa que tengas planeada.

Sus labios recorrieron mi cuello hasta que, finalmente, nuestras bocas se encontraron. Puede que aún no hubiera podido viajar a un mundo nuevo ni convertirme en la famosa artista que anhelaba ser, pero nadie podría arrebatarme este viaje.

Al caer la noche, Dante encendió velas como si fueran estrellas y llenó la tina con las mismas flores secas que decoraban el techo sobre nosotros. Se suponía que debía permanecer casta hasta el matrimonio, pero me negué a otorgarle a mi futuro esposo el privilegio de mi virtud. Era mía para hacer con ella lo que quisiera. Quería amar bajo mis propios términos y no había nadie a quien quisiera amar más que a Dante.

Nos acercamos a la tina con nuestras ropas todavía pesándonos. Nuestros latidos rebotaban rítmicamente contra las paredes, haciendo que el agua hirviente vibrara con cada pulsación. Dante se acercó más; sus manos buscaron la trenza en forma de corona que Daria me había hecho en la mañana para evitar que se me enredara el cabello durante la caminata. Quitó cada horquilla con delicadeza, colocándolas sobre una mesa hecha del tronco de un árbol cerca de la bañera. Lo observé mientras tiraba de la cinta que lo mantenía todo unido, dejando que mis mechones cayeran por mi espalda. Ante esto, su respiración se hizo más profunda y sus manos empezaron a juguetear con los botones de mi corpiño. Uno a uno, fue retirando cada capa de ropa hasta que solo quedó mi camisa entre nosotros.

Luego, al desabrochar su propia camisa, reveló su piel de marfil cálido, salpicada de pecas; su abdomen era una combinación de cañones y valles, donde un rastro de vello oscuro conducía al resto de él, oculto en sus pantalones. Hechizada, me quité la camisa y mis pechos saltaron como naranjas recién recogidas de una cesta. Las palabras de mi madre resonaron momentáneamente en mi mente: "Un hombre nunca debe ver a una mujer desnuda. Es pecado". ¿Cómo podía ser esto pecado, cuando se sentía como el acto más natural del mundo?

—*Dio*... ¿Puedo tocarte, Beatrice?

—Puedes.

Con eso, nuestros cuerpos se unieron, convirtiéndose en uno solo. Olvidando el agua hirviendo por un instante, nuestras pieles se fundieron.

—¿Estás segura de que estás lista para hacer esto? No tenemos que...

—Quiero. *Voglio te* —le tomé el rostro, atrayéndolo hacia mi boca.

Él respiró dentro de mí.

—*Non ci ritorna da questo.*

—*Non voglio tornare.*

15

EL PRECIO DE LA VIRTUD

Beatriz

Florencia, Italia – 1485

Las lluvias torrenciales inundaron Florencia durante los días siguientes, obligándonos a quedarnos dentro. La lluvia se había apoderado de toda la región toscana, lo que hacía que Papá estuviera más tiempo en casa, algo que me encantaba.

Papá bromeaba diciendo que si el tiempo seguía así, no sabría distinguir nuestra ciudad de Venecia. Pero nadie, salvo unos pocos sirvientes que habían viajado con nosotros, entendía el chiste. Después de todo, muchos de ellos nunca habían salido de las murallas de la ciudad, ni siquiera a los pueblos cercanos, mucho menos a otro reino.

Él no era un padre típico, o al menos no como los que veía en las familias con las que nos relacionábamos. Papá era alegre y cariñoso; era abiertamente afectuoso con todos sus hijos. Mientras muchos padres descuidaban la compañía de sus hijas para pasar tiempo solo con sus hijos varones, él se dedicaba a todos por igual. Se interesaba por nuestros pasatiempos, nos preguntaba por nuestro día y escuchaba lo que teníamos que decir... incluso si eran sus hijas quienes lo decían. Mi madre lo culpaba de mi carácter rebelde, a menudo sugiriendo que él me había malcriado, haciéndome creer que las mujeres podían tener opiniones o gobernar sus propias vidas. Mientras ella intentaba continuamente casarme o enviarme lejos, él abogaba por mi liberación —dentro de lo posible, por supuesto— diciendo: "Ya le encontraremos un pretendiente pronto".

Desde que Mamá y yo discutimos sobre el tema meses atrás, yo había evitado por completo las conversaciones sobre el matrimonio. Me escapaba al jardín y fingía cortar flores para un ramo. Iba a la *bottega* dos veces por semana. Incluso fingía dormir cuando ella se acercaba a mi alcoba. Sabía que no podría mantenerla alejada para siempre. Después de tres días de lluvia ininterrumpida, convocó a una reunión familiar en el salón con Papá. Tenían un anuncio importante para todos nosotros.

Uno a uno, los seis entramos en el salón, buscando nuestros puestos habituales en el gran espacio rectangular. Mi rincón favorito era junto a los enormes ventanales que daban al árbol de magnolia. Las gotas de lluvia pesaban sobre sus ramas, acumulando hojas y flores alrededor del tronco. Embelesada por el paisaje, apenas noté que Mamá había comenzado la reunión hasta que me mencionó.

—Beatriz, ¿te gustaría hacerle compañía al árbol allá afuera? —dijo ella.

Quise poner los ojos en blanco, pero opté por ignorarla.

—Como bien sabéis, vuestro padre y yo nos hemos estado reuniendo con otras familias respecto a vuestros matrimonios. Enzo y Beatriz, hace ya tiempo que fuisteis presentados en sociedad y aún no se ha concertado ningún enlace. En parte ha sido porque vuestro padre insistió en que ambos estudiarais —particularmente tú, Enzo—. Hemos vivido fuera de España tanto tiempo que desearía que os hubierais casado allí, pero vuestro padre ha considerado más prudente que nos unamos a una familia florentina. Él desea que nos convirtamos en un componente más sólido de esta sociedad. Enzo, conocerás a tu prometida mañana.

Hasta que escuché el nombre de Enzo y no el mío, contuve el aliento, anticipando que me apuñalaría con la noticia de mis nupcias. Miré a mi hermano, quien solo observaba sus manos, asintiendo en silencio en señal de aceptación.

—Su nombre es Giovanna Baldovinetti, hija de Constantino y Simona Baldovinetti. Cenarán con nosotros mañana para vuestro encuentro y, después, concertaremos el matrimonio lo antes posible.

La habitación quedó en silencio, excepto por nuestra respiración y el golpeteo de la lluvia. Ella nos observaba, contemplando si la noticia traía alegría a alguno. Papá se apoyaba en el gran piano de madera en el centro del cuarto, rascándose la barba con los labios apretados. Miró a Enzo, quien le devolvió una mirada preocupada. Él le guiñó un ojo y gesticuló: “Hablaremos luego”.

Sin decir mucho más, nos levantamos al unísono con poco interés en quedarnos para el té. Ni siquiera Margarita, a quien le encantaba fingir que era la anfitriona, estaba de humor. Caminé hacia Papá, apoyando mi frente en su pecho para recibir un beso o una palmadita en la espalda. Aunque mi corazón sufría por Enzo, el inmenso alivio de mantener mi soltería me reconfortaba, llenándome de una paz inconmensurable. Pero duró poco.

Al separarme de Papá, comencé a caminar hacia la puerta para unirme a mis hermanos, pero Mamá pronunció mi nombre, deteniéndome. Su tono me hizo tropezar con mi vestido. Me volteé para enfrentarla.

—Beatriz, sé que probablemente has estado pensando

mucho en tus propias nupcias, pero no te preocupes, hija, ya lo hemos arreglado.

Podía sentir el placer en su tono. Disfrutaba imponer su voluntad a los demás, especialmente a sus hijas. Alimentaba su naturaleza controladora. Mis ojos buscaron a Papá, que seguía apoyado en el piano, con la mirada fija en las gotas de lluvia que se pegaban al gran ventanal.

—La última vez que intentamos hablar de tu compromiso, no te encontrabas bien, pero ¿qué mejor momento para hacerlo que justo después de compartir la noticia de la prometida de tu hermano?

—Papá —susurré, pero él fingió no oírme. No levantó la vista. Nunca me había ignorado antes, y los únicos momentos en que permanecía en silencio eran cuando estaba de acuerdo con una decisión de la que Mamá lo había convencido.

Las aletas de la nariz de Mamá se dilataron.

—Beatriz, te casarás con Niccolò de Rossi. Este no es un pasatiempo tonto en el que tu padre pueda apoyarte ni en el que te permita manipularlo. Esto es lo mejor para ti y toda la familia. Fin de la discusión.

—¡No, no es el fin de la discusión! No me casaré. Prefiero que me lleves a un convento, pero no me casaré con un hombre al que ni siquiera conozco —me volví hacia Papá—. ¿Cómo puedes permitir esto?

Ignorando mis súplicas de ayuda a Papá, Mamá continuó.

Niccolò de Rossi. El nombre de mi prometido brotaba de su lengua como una maldición lanzada por el destino. Seguido de otras frases que sonaban igual de amargas: hijo de Filippa y Quintino de Rossi, de una familia prominente en el Reino de Bolonia. —Tienes mucha suerte y tales oportunidades no se presentan a menudo.

Una cúpula de cristal invisible descendió sobre mí, reduciendo su voz a un balbuceo incomprensible. Solo podía mirar a Papá, que mantenía la vista en el suelo. Detrás de él, una tormenta rugía afuera; las ramas de la magnolia se mecían con violencia contra el viento mientras la lluvia. Un trueno perforó mi escudo, forzando de mis labios una sola súplica.

—Papá. —Él levantó la mirada al fin—. Dí algo, te lo suplico.

Se enderezó, apartándose del piano y pasándose las manos por la barba.

—Bea, como bien sabes, mi deseo era que te casaras cuando te sintieras lista...

Mamá intentó interrumpir, pero él levantó un dedo para callarla.

—*Pero* la familia de Rossi se interesó en tu compromiso con su hijo Niccolò, y tu madre ha presentado argumentos muy sólidos a su favor. Son una familia de gran fortuna. Niccolò será conde en poco tiempo; por ahora, es el vizconde de las tierras de su familia. Eso, mi amada hija, te proporcionará un refugio seguro. En este asunto, no estoy dispuesto a negociar contigo.

—No quiero seguridad. No deseo estar casada —dije con firmeza—. Diste tu palabra de esperar hasta que cumpliera al menos diecinueve años para hablar de ello. Este año aún está ante mí, Papá.

—Di lo que quieras de mí, pero ten por seguro que soy un hombre de palabra. Sobre todo en los asuntos que conciernen a mi hija. Tendrás diecinueve años cuando se celebren las nupcias, Beatriz. Nuestro acuerdo con la familia de Rossi se mantiene firme: no te casarás hasta que Niccolò regrese de la guerra en Francia.

Mi corazón brilló con una pequeña gota de esperanza al escuchar sus últimas palabras; el alivio me inundó.

—Si por mí fuera, estarías casada antes de que él volviera de la guerra. Sin embargo, tu padre cree que es mejor esperar a confirmar si Niccolò ha sobrevivido. Debemos asegurarnos de que tu virtud no se dañe —bufó Mamá.

—¿Mi virtud? ¿Todo esto es un negocio por mi virginidad?

—me burlé—. Por supuesto, cambiarías a tu hija mayor por una posición y favores.

—No es más que asegurar tu futuro, ingrata. ¿Qué esperas que te ocurra si llega la guerra y tu padre no está aquí para protegerte? ¿De verdad creías que nuestra posición era ¿inexpugnable? Eres solo una niña tonta, Beatriz. Siempre lo has sido. ¿No ves cuántas doncellas más jóvenes que tú darían lo que fuera por estar en tu lugar? ¿Cuántas están rezando para que sus padres les aseguren matrimonios y poder formar un hogar propio? —se levantó del borde de la silla—. ¡Dios mío, esta cruz que me ha sido dada! Rezo para que algún día despiertes y veas la verdad. Que agradezcas de rodillas todo lo que hemos logrado en tu nombre. Ten esto claro, niña insolente: el matrimonio no nace del amor. Es un contrato. Un asunto de alianzas y patrimonio. Eres una mujer y debes hacer lo que las mujeres nacen para hacer: casarte, parir un heredero y honrar la casa de tu esposo. Cuanto antes aceptes esto, más ligera será tu carga. Ahora, si me disculpáis, debo atender los preparativos del banquete de compromiso de tu hermano mañana.

Miré a Papá una vez más, dándome cuenta de que mi héroe me había traicionado y no me salvaría.

16

EL REGRESO

Mar

Madrid, España – 2023

Jadeé, regresando al olor familiar de la lavanda en el consultorio de la doctora Almaguer. Me quedé acostada y quieta por un momento, procesando lo que acababa de presenciar. Tenía el corazón a mil.

—Bienvenida —dijo Almaguer mientras yo parpadeaba al abrir los ojos—. ¿Cómo te encuentras?

—Mal. Tengo el corazón disparado. ¿Eso... quién era? ¿Quién era esa mujer? ¿Quién era esa gente? —Mi tono rozaba la histeria.

—¿Quién, Mar? Toma, deja que te sirva un poco de agua.

Empecé a recoger mis cosas de un tirón.

—Yo pensé que usted había dicho que esto era una sanación suave. De suave no tuvo nada. Sentí todo lo que ella sentía...

—¿Todo lo que Beatriz sentía?

Me giré hacia ella, asombrada de que supiera su nombre.

—¿Cómo lo...?

—Te hago preguntas durante las sesiones. Tú misma mencionaste su nombre. Es normal sentirse un poco trastocada; este viaje requiere mucha energía de tu parte.

—No creo que esto sea para mí. Lo siento mucho, de verdad, pero pensé que esto me iba a sanar, no a darme más angustia y tristeza... y ahora... siento rabia.

—Tal vez no se trata tanto de poner expectativas sobre cómo "deberías sentirte", sino de simplemente sentirlo. Estás haciendo un viaje que te lleva a lugares desconocidos para tu conciencia, pero conocidos para tu subconsciente. A veces, esos eventos del pasado no son lo que esperábamos. Pero dime, ¿qué recuerdas?

—Era una mujer joven durante el Renacimiento. Estaba posando para alguien... Yo... yo misma era artista, como lo soy ahora. Yo— *ella*—era pintora. Y conoció a ese hombre del que yo— *ella*— se enamoró, pero no podían estar juntos porque sus padres le habían arreglado un matrimonio con otro. Estaba aterrada. ¿Cómo es posible que sea tan parecido a mi vida de ahora? ¿Al final terminaron juntos o qué?

—Todo es posible, Mar. Lo importante es no juzgar las experiencias. Al igual que en tu vida normativa, estamos aquí para vivir, no para cuestionar cómo lo hacemos a cada paso; de lo contrario, viviríamos nuestra vida lamentándola en lugar de disfrutarla...

—Eso es una porquería, Almaguer. Yo no vine a esto. ¿Qué pasó con entender por qué me pasan estas cosas, por qué nada me sale bien y saber si esa maldición es real?

—Las cosas *sí* te están saliendo bien, Mar. Solo que no de la manera en que tu mente racional cree que deberían, y eso no solo es aterrador, sino que a menudo resulta difícil de comprender. En las próximas sesiones, puede que obtengamos las respuestas o que surjan fuera de este espacio. Tómate un tiempo para alejarte de lo que ha sucedido hoy aquí, y antes de que nos volvamos a ver, veremos qué ocurre.

—No. —Me giré hacia la puerta—. No voy a volver. Quédese con el depósito de las otras sesiones. Ya de por sí estoy en la quiebra. Gracias, pero esta mierda esotérica definitivamente no es lo mío.

17

MUSEO DEL PRADO

Mar

Madrid, España – 2023

Me desperté en mitad de la noche sintiendo que me ahogaba. Me pasa a menudo. A veces siento que estoy en el fondo del océano, desesperada por respirar, intentando llegar a la superficie sin lograrlo. Mirando al techo, respiré hondo varias veces, cerrando los ojos, e intenté conjurar pensamientos que me calmaran.

Estás bien. Estás en tu cama. Estás a salvo. Todo está bien.

Después de la cuarta respiración profunda, sentí que la tensión en la boca del estómago cedía, abriéndose como una flor. Abrí los ojos lentamente, asimilando el vacío bajo los techos altos de mi loft. Puse una mano sobre mi corazón y la otra sobre mi estómago, donde parecía acumularse toda la tristeza de mi mundo.

No podía dejar de pensar en la sesión de regresión y en lo que acababa de experimentar. Salí de allí tan rápido, tan grosera. Incluso le escribí a Tania para decirle que había sido una pérdida de tiempo. Pero todavía tenía preguntas.

Cogí el móvil para ver la hora. Coño, las cinco de la mañana. Otra vez.

Me levanté, me quité las sábanas de encima, fui a la cocina y me preparé un cafecito. Con mi regreso al trabajo, había logrado cobrar una parte de mi comisión y podía permitirme comprar café de nuevo. Un pequeño paso para el hombre, un gran salto para Mar. O algo así.

Todavía había muchas áreas de mi vida en las que me sentía un fracaso, pero preparar café era una de esas cosas que podía hacer con los ojos cerrados. Me dejé llevar por la rutina sin pensar: agarrar el recipiente donde guardaba el café colombiano de grano fino que tanto me gustaba, abriéndolo para liberar ese aroma familiar que me hacía sentir en casa de inmediato. Luego, la moka italiana: apretar el café en el filtro, cerrarla y ponerla al fuego.

Esperé a que brotara la primera gota concentrada. Puse dos cucharadas de azúcar en una jarrita, las manché con unas gotas de café y batí rápido para formar el símbolo de la victoria de un café cubano: una espumita perfecta. En el calentador, los chorros de leche se convertían en nubes suaves antes de encontrarse con el café. Dejé que todo tocara mis labios y sentí el calor del hogar —aunque mi hogar no siempre fuera tan cálido—. Es el abrazo que desearía tener ahora mismo, las palabras de consuelo que suelo saber dar a otros, pero no a mí misma. El tipo de palabras que los demás no parecen entender que yo también necesito de vez en cuando.

Ese era el problema de ser fuerte todo el tiempo: parecer que lo tienes todo bajo control. Que "puedes con ello". Porque incluso cuando puedes, rara vez te dan espacio para desmoronarte. Para mí, ese espacio era este café y el vapor de consuelo que me recorría.

Cogí mi cafecito y caminé hasta el sofá. Los perros me

siguieron y nos desplomamos todos en el seccional de color mostaza. Apoyé la taza en la mesita de centro y saqué el móvil, buscando más información sobre regresiones a vidas pasadas. Aparecieron miles de vídeos, muchos de personas que habían pasado por ello y les había ayudado muchísimo. Pero los que más me interesaron fueron los TikToks de niños que decían recordar sus vidas pasadas, cómo elegían a sus padres y todas esas cosas que Almaguer me había contado antes de entrar en hipnosis. Estos niños nunca habían experimentado una regresión, pero afirmaban recordar cosas de sus vidas anteriores.

Un niño argentino de tres años insistía en que había sido marinero. Tenía una obsesión por los barcos y dibujaba secuencias de números que sus padres luego descubrieron que eran coordenadas. Al principio, la madre se reía, pero luego él dio detalles tan específicos de su vida como marinero, de las rutas que recorrió durante la Primera Guerra Mundial y de lo que vivió, que era imposible que el niño lo supiera si no lo hubiera vivido. Yo seguía siendo escéptica. Podría haber visto documentales o películas en algún momento. Seguí buscando.

Me topé con uno de una niña de siete años con un miedo irracional a los aviones. Nunca se había subido a uno, pero les decía a sus padres que eran peligrosos. A menudo se despertaba en mitad de la noche gritando: "¡Nos vamos a estrellar, nos vamos a estrellar!". Cuando le preguntaron, les dijo que había estado en un accidente aéreo en 1998, cerca de un campo en Virginia, y les explicó la ruta exacta del avión. Sentí un escalofrío por la espalda cuando vi que sus padres investigaron y que la información era real. Un avión se había estrellado exactamente donde ella decía.

—Vale, vamos a ver uno más —les dije en voz alta a los perros.

El último me dejó fría. Una niña brasileña le decía a su familia que recordaba el momento en que dejó su vida anterior para venir a esta. Les contaba historias sobre cómo ella había sido su abuela, la madre de su madre. "Volví para estar contigo, mamá", decía. "No quería dejarte la primera vez, cuando eras pequeñita. Así que volví como tu hija". Su abuela había muerto de una enfermedad rara cuando su madre era apenas un bebé. Su madre nunca la conoció; la crió su madrastra. El relato de la niña sobre la enfermedad y cómo observaba a su madre desde otro plano me hizo llorar. Todo lo que Almaguer había dicho sobre las familias de almas y sus lealtades, de repente, se sintió real.

Me senté en el sofá con las piernas cruzadas y miré hacia mi tranquilo barrio, dándole vueltas a todo. Me sumergí en el silencio que contenía mi dolor, ahora más intenso tras la sesión, y dejé que me envolviera.

¿Y si lo que probé fue real? ¿Y si nada de esto era una porquería, como le había dicho a Almaguer? Después de todo, yo lo había sentido.

Aun así, no me entraba en la cabeza cómo coño una mujer del año mil cuatrocientos podía tener algo que ver con lo que me estaba pasando ahora. Yo estaba luchando con las relaciones del siglo XXI en un mundo pospandemia. No tenía sentido que la raíz de mis problemas fuera de hace tanto tiempo. Quizás les había funcionado a otros, pero a mí no me serviría.

De cualquier forma, hoy tenía cosas que hacer y ya tenía suficiente con mis propios rollos personales como para andar dándole vueltas a algo que pudo o no haber pasado.

~

Alberto era un viudo de noventa y cuatro años que conocí en La Vaquería. Si había algo que extrañaba de vivir lejos de Miami, eran mis abuelos, así que cuando el café empezó una "hora de abuelos", fui la primera en apuntarme. Era un militar retirado con un gran sentido de la moda y una gran filosofía de vida. Desde el momento en que nos emparejaron, supe que era mucho más que un amigo; era el nuevo integrante de mi familia española.

Desayunábamos juntos todas las mañanas —o casi todas—. Me había saltado los últimos meses. Él siempre pedía lo mismo: una porra, un sobre de azúcar moreno y un café con leche para mojarla. Unos días me esperaba él, otros le esperaba yo. Todavía tenía un móvil de esos con tapa que no recibía mensajes de texto, así que nuestras citas dependían de la confianza, de la rutina y de esperar lo mejor. Esta mañana de invierno, en particular, cambiamos nuestro plan habitual por una visita al Museo del Prado.

—Lo siento, sé que he estado desaparecida unos meses y no había encontrado el momento de ponerme al día contigo —le dije por teléfono hace dos días cuando lo planeamos—. He pasado por mucho, pero estoy intentando superarlo. Puedo pasar a buscarte el jueves por la mañana si te viene bien.

—Ya me he enterado de lo que ha pasado, Mar; no hace falta que me des explicaciones. Entiendo que estas situaciones son terribles —me dijo—. Son los vaivenes de la vida. Y la respuesta es sí, sí, ven a por mí. No sabemos cuánto me queda. Mejor aprovecharlo.

Ya ves, cuando tienes noventa y cuatro años y has vivido tanto como Alberto, cada día es la esperanza y el peligro de que sea el último. Caminé hasta su edificio, a solo una manzana del mío, donde ya me esperaba, apoyado en su bastón.

—Alberto, te dije que tocaría el timbre. Hace un frío que pela —le regañé.

—Bah —agitó el bastón—, a mi edad no tengo tiempo para esperar a que suene el timbre. Además, tengo que volver pronto a mi cita con el médico. No sé por qué me siguen haciendo todos estos chequeos locos. Ya sé que mi hora llegará pronto.

Ese tipo de charlas me ponía nerviosa. Sabía que la muerte era inminente a su edad, pero recordarlo me dejaba un sabor amargo en la boca. Y él lo sabía. Nos subimos a un taxi hacia el museo, esperando que la cola no fuera demasiado larga.

—Mar —me miró—. Ya sé que no te gusta hablar de la muerte, pero que sepas que no me da miedo morir.

Me reí entre dientes. —Lo sé, pero no tiene por qué darme la lata con eso, señor. Me gusta que estés aquí. Eres como mi familia.

—Ay, Mar, cuando hayas vivido tanto como yo, te darás cuenta de que todo eso de las maravillas del envejecimiento es una sarta de tonterías. Sí, estás vivo. Pero ya casi no tienes el control de tu vida. Tienes que disfrutarla y hacer todo lo que quieras ahora, mientras todavía tienes tiempo de llevar el timón adonde tú quieras. Ojalá no tardes tanto en darte cuenta, porque para entonces no podrás hacer nada y necesitarás que alguien te acompañe al museo.

Pensé en todas las preguntas sin respuesta que todavía tenía.

—Vale, vale, ya basta de charla. —Pagué el taxi y le ayudé a bajar.

Hay algo tan majestuoso sobre el Museo del Prado; podrías venir durante días y aun así no verlo todo. A veces venía solo para sentarme en la cafetería y sentir la energía del arte que la rodeaba. Las Pinturas Negras de Goya eran mi instalación favorita. Como muralista, ¿cómo no me iban a enamorar unas piezas sacadas de las paredes de su casa mientras se volvía loco ante los horrores de la guerra?

No hacían falta líneas ni formas perfectas. El color solo se usaba cuando era estrictamente necesario. En la guerra y el duelo, las únicas muestras disponibles son sombras de blanco, negro y rojo —en ningún orden particular—. Cuando el miedo y la muerte mandan, todo es borroso.

Caminamos por las galerías al ritmo de Alberto. Se detenía de vez en cuando para hacer algún comentario. Tenía sus favoritos. Entre ellos, *El jardín de las delicias* de El Bosco, *Las meninas* de Velázquez y *La maja vestida* de Goya.

También tenía sus propias opiniones sobre cómo se podía mejorar el arte, algo que nunca dejaba de compartir conmigo.

—Una cosa que sigo sin entender de la humanidad es que todo este arte es genial y tal, pero gran parte sigue sin representar a la mayoría de la gente a lo largo de la historia. Mira este cuadro de Felipe IV a caballo. ¿A quién le importa su caballo? Muy pocas obras muestran las penurias de la gente fuera de la monarquía. Lo mismo con los libros; cada obra literaria —al menos las que yo he leído— trata sobre gente de la alta sociedad. ¿Qué pasa con todas las demás clases? ¿Acaso no merecen también su propio aplauso?

—Bueno, para eso estamos los artistas modernos, ¿no? ¿Gente como yo? Quizás yo no acabe en un museo como este, Alberto, pero tal vez no hace falta que algo se preserve para que tenga un efecto duradero —dije.

Para entonces, llegamos a la parte trasera del museo, más allá de las esculturas, a un espacio tan apartado que casi podrías pasarlo por alto. Aprovechando para descansar en aquel espacio tenuemente iluminado, Alberto se sentó en un banco mientras yo seguía caminando por la sala.

Fue entonces cuando la vi.

Sentí una atracción, casi como la gravedad, que me llamó hacia una esquina donde un cuadro pequeño colgaba casi imperceptible entre dos lienzos enormes. Cualquiera habría pasado por delante sin notarlo. Pero una vez que te acercabas, era imposible ignorarlo.

El marco dorado del lienzo parecía antiguo, con poca restauración para preservar su forma original. Quizás se hizo a propósito, o quizás estaba más allá de toda reparación cuando lo encontraron. La madera estaba tallada con lirios y vides, y en el interior del marco había una inscripción en latín, borrosa, que no logré descifrar del todo. *Vincit omnia*, "lo vence todo", eran las últimas palabras, pero la primera seguía siendo ilegible para mí.

Pero lo que más me impactó fue la mujer. Mirándome fijamente, había un par de ojos idénticos a los míos. Uno verde, uno marrón. Labios entreabiertos y un hoyuelo en la barbilla. Reconocí la pintura de inmediato; tuve un flashback a mi sesión en el despacho de Almaguer, donde la mujer que yo era en una vida anterior estaba pintando una pieza muy similar.

—No me lo puedo creer —murmuré. La habitación se me vino encima.

Al mirar la descripción, confirmé mi sospecha: "BVR 1493". ¡Beatriz Velázquez! ¡Ese era su nombre!

Estaba tan embelesada con el retrato que apenas noté que Alberto se me acercaba. El *tic-tac* de su bastón golpeaba el suelo de mármol del Prado. Se puso a mi lado, apoyándose en su bastón, y se quedó mirando el retrato. Soltó su habitual suspiro de cansancio mientras estaba junto a mí, pero entonces se quedó sin aliento.

—Ave María, Marisol. —Volteó para mirarme, sus ojos como platos—. ¿Quién te ha pintado este retrato?

18

LA BÚSQUEDA

Mar

Madrid, España – 2023

Caminaba de un lado a otro por mi apartamento mientras los perros me seguían con la mirada desde sus camas. En todos mis estudios de historia del arte y del Renacimiento, nunca me había topado con una pintora llamada BVR. Y si ese retrato estaba colgado en el Prado, entonces tenía que ser importante. Quienquiera que fuera BVR, desde luego no era ningún pelagatos.

Me estrujé el cerebro tratando de encontrar algún rastro de esas iniciales, sacando todos los libros sobre el Renacimiento que tenía en casa. Botticelli, Leonardo da Vinci, Miguel Ángel, Donatello, Caravaggio. Aparecieron cientos de imágenes. Frescos, retratos de nobles florentinos, musas, imágenes de historia antigua y literatura. Pero por ningún lado aparecía BVR.

Como en el Prado no te dejan hacer fotos, busqué en su archivo en línea para ver si encontraba la obra e investigar un poco más. Por desgracia, la página estaba en mantenimiento, lo que me hundió en una frustración aún más profunda. ¡¿Cómo podía ser que no supiera quién era ella?!

Pasó la tarde y no podía sacarme de la cabeza el cuadro que —como había dicho Alberto— se parecía a mí. ¿Cuánta coincidencia hacía falta para que yo fuera a terapia de vidas pasadas, descubriera que fui una pintora renacentista y luego me tropezara con su cuadro en el Prado? En serio, que me lleven al psiquiátrico ya mismo.

Cerré la laptop y me quedé mirando el techo. Había otra cosa de la sesión que no dejaba de preguntarme: la relación de Beatriz con Dante. Una parte de mí quería saber más. ¿Tuvo que casarse con el tipo que sus padres querían, o encontró la forma de escapar?

Incluso sentía una envidia rara por ese romance. Si ella, de hecho, era mi alma, había vivido esa experiencia en un tiempo que yo no recordaba. Hace cientos de años, puede que yo hubiera tenido algo especial, un amor que lo arriesgó todo, que se sentía predestinado. Y ahora, en esta vida, lo único que había tenido eran "intentos fallidos". Haciendo un inventario de mis relaciones pasadas, no había ni uno solo de mis ex que se pareciera a Dante. Nadie se había entregado a mí como él se entregó a ella. La forma en que la miraba y la anhelaba, su amistad... Incluso con Guille, con quien sentí una conexión profunda, nunca encontré esa devoción.

Ahora, tirada en el sofá, mi mundo no era como lo imaginaba. Era un charco de confusión, de pena y de un deseo profundo de superar lo que me frenaba para abrazar un futuro distinto. Una vida en la que los sueños se cumplen. Celebrar mis murales en las mejores galerías del mundo, tomarme un año sabático para perfeccionar el arte de hacer pan, o tal vez unirme a un grupo de teatro. Conocer a alguien que también quisiera conocerme a mí, de verdad. Alguien que no tenga miedo de ir quitando las capas que forman la persona que soy. Tal como Dante hizo con Beatriz.

—Eres la única persona que conozco que no ha conectado con la doctora Almaguer —dijo Tania—. No puedo creer que hayas salido disparada de su despacho en la primera sesión. Estás un poco desatada, tía.

Habíamos quedado para comer en un asturiano en Goya antes de ir a una exposición que Lucas organizó en la Fundación Juan March.

—No estoy desatada. Simplemente, creo que este tipo de terapia no es para mí. Cuando tú fuiste, ¿sentiste que fue peor? Porque lo que siento es rabia y frustración todo el tiempo. Si así fue realmente mi vida antes y tuve ese romance increíble, entonces, sinceramente, me siento robada.

Tania suspiró.

—¿Robada de qué? Ya viviste esa vida. Ahora te toca vivir esta. Creo que lo estás enfocando fatalmente. El punto de ir a varias sesiones es que veas los patrones que tienes que cambiar en ti misma. Para sanar.

—¿Y qué pasa con el cuadro de BVR que vi en el Prado? La mujer del retrato es igualita a mí —dije—. ¿Simplemente lo ignoro?

—No. Vuelve y habla con la doctora Almaguer. Sigue investigando. No puedes huir de tus problemas y de tus traumas, Mar. Al final tendrás que enfrentarlos. ¿Y qué mejor momento que ahora?

Caminamos hacia la exposición a unas manzanas, en Lista. La muestra era un adelanto de la inauguración de *Torre de Espadas*, la exposición en la que yo estaba trabajando. Primero escucharíamos unas palabras del comisario y luego tendríamos la oportunidad de ver las piezas de arte contemporáneo español de la colección. Habría una fiesta después en el mismo edificio.

Todo el mundo del arte de Madrid estaba allí. Lucas se veía

imponente, moviéndose entre la multitud, orgulloso de otro logro. Él también había ayudado a comisariar esta colección. El novio de Tania, Juan, se nos unió y se la llevó a tomar una cava, así que yo me fui por mi lado, mirando las obras colgadas.

Llegué al final de la sala, donde un hombre alto estaba de pie sosteniendo una copa de cava en una mano. De espaldas, solo veía una melena rebelde corta que sobresalía en todas direcciones. Llevaba una chaqueta azul lápiz sobre unos jeans. Me puse a su lado mientras ambos observábamos la misma pieza de una escultora española, Marianela Ortega.

—Es bastante buena, ¿no? —dijo el hombre. Me tomó un segundo darme cuenta de que me hablaba a mí. Yo estaba hipnotizada por la escultura.

—¿Marianela? ¡Sí! Es muy buena.

Dios, mis habilidades sociales daban pena últimamente.

—Me encanta cómo usa diferentes materiales en la escultura. La arcilla, los trozos de piedra... No se ve mucho este tipo de arte hoy en día —continuó.

Me giré para mirarlo. Tenía una cara amable, acentuada por una sonrisa pícara. Me había estado observando todo el tiempo.

Extendió la mano.

—Dario Messina. Encantado.

Noté el rastro de un acento que no era en absoluto español.

—Marisol Varela —dije—. Pero todo el mundo me dice Mar.

—¿Y cómo te gusta que te digan?

Mierda. Nadie me había preguntado antes qué nombre prefería. Fue sorprendentemente dulce.

—Mar está bien. Marisol es un poco fuerte... además tiene un significado raro.

Él ladeó la cabeza.

—¿Cuál sería?

—Mujer sol... solitaria

¿Por qué coño le estaba soltando esta información a un total desconocido?

Él dejó escapar una risita.

—Debo decir que es una forma muy elegante de decirle a alguien que estás soltera.

Sentí cómo el calor me subía a las mejillas mientras me ponía roja de vergüenza.

—¡Oh, no, no, no! Eso no era... yo solo estaba...

Usa tus palabras, Mar.

—No te preocupes, solo te estoy tomando el pelo. Pero ahora tendré que averiguar qué significa Dario. Quizás algo como "italiano guapo que cocina muy bien".

Me reí, dándome cuenta de que la pena que cargaba como compañera constante había desaparecido por un instante en la breve compañía de Dario. Había algo familiar en él.

—¿Nos conocemos de antes? —pregunté—. Me suena tu cara de algo.

Él lo pensó un momento.

—No, no creo. No vengo mucho a Madrid. Solo estaré aquí unas semanas y luego volveré a casa.

Qué bajón.

—¿Y dónde es "casa"?

—*Firenze*. Florencia. Soy profesor allí. Enseño poesía e historia del arte.

¿*En serio*? ¿Florencia?

—Vaya, siempre he querido ir a Florencia. Era uno de mis sueños cuando estaba en el instituto.

—Ah, bueno, si alguna vez vienes a visitar mi ciudad, déjame saber.

—¡Mar! —Oí la voz de Tania llamándome desde el otro lado de la sala—. Lucas te está buscando. —Me hizo señas para que la siguiera. Miré a Dario, un poco fastidiada porque la conversación tuviera que cortarse así.

—Ha sido un placer conocerte, Dario. Pásalo bien en Madrid. Es una ciudad increíble.

—*Grazie, grazie.*

Me di la vuelta y empecé a alejarme cuando volví a oír su voz.

—¡Oye, Mar!

Miré hacia atrás.

—Sin duda, me acordaría si nos hubiéramos conocido antes.

19

OTRO INTENTO

Mar

Madrid, España –2024

Soñé con el cuadro de BVR. Mis propios ojos me devolvían la mirada, los suaves rizos cobrizos cayendo en cascada por su cuello y hombros, el vestido verde y azul que le cubría el cuerpo, la gargantilla negra adornada con corazones bordados. Este no era el retrato de una alegre dama de compañía; la modelo estaba enfadada y la mujer detrás del pincel también.

No conocía sus otras obras, pero como artista, sabía que cuando sentías esa ira, la única forma de encontrar catarsis era transformar esa emoción en algo tangible, visceral y hermoso. El arte tenía una forma de ayudarte a recuperar tu identidad —o a convertirte en quien debías ser—, brindándote un espacio para canalizar todo lo que sentías sin tener que centrarlo en ti. Podía identificarme con ese resentimiento hacia el mundo; me había hecho daño más de una vez.

No podía dejar de pensar que la chica de ese cuadro podía ser yo. Hace quinientos años, una pintora del Renacimiento sabía exactamente qué aspecto tendría yo. ¿Cómo? ¿Cómo pudo siquiera saberlo?

Pero la Beatriz que vi era feliz, llena de vida. Vivaz. ¿De dónde había salido tanta rabia?

Sabía lo que tenía que hacer y, por mucho que me costara admitirlo, saqué el móvil y reservé mi próxima cita con Almaguer.

—Me sorprende verte por aquí, Mar. Feliz Año Nuevo. —Almaguer sostenía su taza de té mientras yo jugaba con los flecos de una manta sobre el sofá. No siempre soy la mejor al admitir que me equivoqué y ella se dio cuenta. Incluso en el poco tiempo que llevábamos, veía lo perceptiva que era.

Durante todo el trayecto a su oficina estuve debatiendo si contarle lo de BVR o no. ¿Entendería mis deseos de saber más sobre el cuadro? ¿Sabría ella quién era BVR? Después de todo, Almaguer había aparecido en mi vida después de que mi propia amiga la conociera durante la exposición de las pintoras del Renacimiento.

—Quizás cuando me fui la última vez fui un poco impulsiva —dije—. Me asusté, la verdad; no te voy a mentir. Supongo que tenía la idea de que vendría aquí y, de repente, todo tendría sentido, todo encajaría y sanaría todo lo que sentía.

—Mmm —dijo ella—. Eso pasa. Por eso insistí tanto en que abandonaras las expectativas. Cuando estás en un camino de sanación, es importante preguntarte si realmente quieres sanar o si simplemente quieres sentirte mejor.

Coño, qué buena es.

—Sentirse mejor no siempre es sanar. Hay muchas formas de engañar la mente y el cuerpo para que crean que estás mejor. Distraerte de tus propios problemas, beber, salir de fiesta, acostarte con desconocidos, saltar a una nueva relación de inmediato. Todas esas cosas que hacemos cuando estamos cansados de estar tristes o enfadados, o de lidiar con emociones difíciles, tienen un precio. A menudo, el precio lo paga nuestra alma.

—No entiendo.

—Mar, cada lección, cada dificultad que atraviesas en esta vida, tu alma ya la ha elegido. Tu alma, y probablemente tu ex, eligieron este camino. Tú elegiste a tus padres. Elegiste esta experiencia de vida para aprender algo y para que tu alma pudiera trascender.

—A ver, ¿pero eso no elimina el concepto del libre albedrío?

—No, en absoluto. Cuando venimos a la Tierra a experimentar esto, nuestra mente consciente no retiene estos recuerdos. Venimos como una página en blanco. Si no, imagina qué fácil sería la vida. Simplemente, vendríamos al mundo, sabríamos nuestra misión, nos alejaríamos de todas esas cosas que sabemos que nos frenarán y seguiríamos adelante. Estar aquí nos da la capacidad de elegir. A pesar de lo que tu alma haya elegido, puedes elegir un nuevo destino, tal y como elegiste estar aquí hoy. Ahora, por favor, dime por qué has vuelto para la sesión de hoy; tengo mucha curiosidad.

Decidí confesarle lo del cuadro. Dejaría los vídeos de YouTube y todo lo demás para otro momento.

—Vi algo hace tres semanas que me asustó un poco —dije —. Era un retrato de una artista, BVR. Era la mujer a cuya vida yo había regresado. Tenía ese retrato loquísimo en el Prado, igualito a mí. Fue una coincidencia increíble.

Me miró por encima de sus gafas de media luna, con curiosidad. —¿Ah, sí?

—Lo sé, lo sé, suena de locos. Pero sentí una conexión demencial con el cuadro; era como mirarme en el espejo. Hasta Alberto, un vecino mío con quien fui, pensó lo mismo. Me ha tenido mal de la cabeza desde que lo vi.

—Es comprensible. Estoy segura de que debe de haberte

causado una gran impresión. —Bebió un sorbo de té—. ¿Cómo te sientes respecto a todo esto?

—¿Confundida? ¿Hay alguna forma de volver a esa vida específicamente? O sea, ¿podemos elegir volver allí?

—Teóricamente, podemos guiar a la mente para que vaya hacia una vida específica, pero al final es tu subconsciente el que elige lo que ves.

—Quiero que intentemos volver a esa vida. Quiero saber qué le pasó a Beatriz... y a Dante.

Noté que buscaba las palabras adecuadas, midiendo el impacto en mi estado de ánimo, que ya, de por sí, era frágil.

—Está bien. Intentaré guiarte hasta allí. Quizás podamos encontrar las respuestas que buscas respecto a tus relaciones. Quizás podamos entender de qué manera esta experiencia con Guillermo te está ayudando a evolucionar.

Me burlé. —¿Evolucionar? Tengo que vivir con el miedo de ver a mi ex desbordándose en atenciones con su novia por el barrio. Si acaso, he involucionado.

—A ver, Mar. —Se inclinó hacia delante, con su cabello plateado cayendo sobre sus brazos—. A veces, aunque parezca que no nos movemos en ninguna dirección en particular, ese es el momento en que más nos movemos. Es como el invierno, la estación en la que estamos ahora. En nuestro plano físico, parece que todo está muerto, como si no pasara nada. Pero en lo profundo de la tierra, en los árboles, en la naturaleza misma, todo se está preparando para el año que viene.

Dejó la taza de té en su mesa. —¿Estás lista para volver al pasado y así prepararte para el futuro?

—Sí —dije—. Esta vez estoy lista.

20

LAS PAREDES FINAS DE LA SOCIEDAD

Beatriz

Florencia, Italia – 1485

Atravesé mi alcoba arrancándome las vestiduras. Me quité las flores minúsculas del cabello, deshaciendo mi trenza hasta quedar solo con la libertad de mi camisón. La piel me ardía mientras oleadas de rabia me recorrían el cuerpo.

Niccolò de Rossi. *No podía ser.*

Después de todos los años que pasé forjando mi futuro con Papá. Asegurándome de que no me casarían con un hombre al que no conociera, de que no me mercadearían como a una bestia en El Rastro. Y sin embargo, aquí estaba; de nada habían servido mis esfuerzos: me habían vendido. Él me concedió el don de las letras, de la educación, cuando la mayoría de las mujeres —mi madre entre ellas— apenas podían distinguir una palabra de otra. ¿Y para qué? ¿Para que yo misma dejara mi alma y mi firma en un contrato matrimonial?

Niccolò de Rossi. *No podía ser.*

Sentada con las piernas cruzadas a los pies de la cama, las

preguntas se agolpaban en mi mente. Busqué en mi memoria cada reunión y cada banquete que Mamá había celebrado aquí. ¿Le había visto antes? ¿Acaso nos habían presentado y yo estaba demasiado distraída para recordarlo? Este había sido el plan de Mamá desde el principio: casarme, mandarme lejos de esta casa. Esta hija suya imperfecta que prefería mancharse de carboncillo antes que barajar naipes y sorber tés finos con sus amistades. Seguramente debía haber alguna manera de librarme de esto. *No podía ser.*

Unos golpecillos vinieron del pasillo. Con las manos aún en puños, me tapé con la sábana, dejando solo mi rostro al descubierto y fingiendo que dormía. La cabeza de Daria asomó por la puerta.

—¡Daria! Gracias a Dios, pasa, pasa —exclamé quitándome las sábanas de encima—. ¿Te has enterado de lo que ha ocurrido en el salón?

—¿Quién no se ha enterado de lo que ha pasado en el salón, señorita? La casa está tan callada que se oyen hasta los crujidos de la madera.

Cerró la puerta y se sentó conmigo a los pies de la cama. Conocía a Daria lo suficiente como para saber cuándo tenía noticias que contar. Se mordía el labio inferior con nerviosismo, dibujando círculos en su delantal con el dedo índice. Los sirvientes eran los guardianes de los secretos de cada hogar, los historiadores olvidados que documentaban la crónica desde todos los ángulos. Ni siquiera los sacerdotes estaban tan informados.

—¿Qué noticias tienes? —la apremié—. ¿Sabes algo de ese Niccolò? ¿Nos hemos conocido antes?

Se alisó el delantal sobre la falda. —Hemos recibido a sus padres en varias ocasiones, señorita. El conde de Rossi y su esposa. Filomena, la cocinera, dice que han venido muy a menudo; la madre tomaba el té con la vuestra cada dos semanas más o menos. Intentamos sonsacarle información a

Diana, pero es estrictamente leal a vuestra madre. Otros criados dicen que la madre de Niccolò es de lo más desagradable, que no hace más que escupir órdenes.

—Desde luego, Diana no diría ni una palabra contra mi madre. Aunque recuerdo que Mamá mencionó algo sobre Bolonia —me levanté de la cama, caminando de un lado a otro —. Pero si son de Bolonia, ¿cómo es posible que Mamá tome el té con ella tan a menudo? ¿No está a casi dos semanas de viaje?

Gruñí, desplomándome en la cama una vez más. Si los criados no sabían quién era Niccolò ni qué asuntos traía su familia por Florencia, tendría que encargarme yo misma de la investigación. La verdadera pregunta era cómo. Aunque mi papá me concedía ciertas libertades dentro de las paredes de nuestro hogar, para el resto de la sociedad yo no era más que una mujer de diecisiete años.

Ah, sí... la sociedad.

A la mañana siguiente, comenzaron los preparativos para el almuerzo de compromiso de Enzo. Desde mi alcoba podía oír a Mamá vociferar con los criados. No permitiría que ni una sola pieza estuviera fuera de su sitio en el compromiso de su único hijo. Faltaría más. Si había algo que le importaba a mi madre, era cómo la percibía la sociedad.

Las consecuencias le importaban poco. Las personas eran peones en una partida de ajedrez donde ella era la reina disfrazada. Todas las demás piezas, incluido mi padre, eran elementos que movía a su antojo. Como no estábamos unidas, no alcanzaba a comprenderla ni la razón de que actuara así. Los únicos momentos que arrojaban luz sobre su estrategia me recordaban que las mujeres estábamos sometidas a las reglas de la sociedad.

Antes de bajar al almuerzo, envié a Daria a una misión para

recabar información sobre Niccolò de Rossi. Iría a casa de la *Signora* Clarice. Recordaba que la *Signora* Clarice había hablado anteriormente de una sociedad secreta y de cómo a menudo se reunía con miembros prominentes de la ciudad. Muchas madres llevaban a sus hijas a los cursos "oficiales" de Clarice, donde enseñaba a las mujeres a ser "buenas esposas". Solía estar en salas donde el nombre de Niccolò podía haber salido a relucir. Quizás su familia ya había intentado casarle con otra persona antes. En cualquier caso, valía la pena intentarlo.

Los invitados llegaron puntuales al mediodía. Damas, señores, miembros de la cámara, mecenas de las artes. Ninguno conocía a mi hermano, pero la asistencia a estos eventos ceremoniales era fundamental para ser alguien en la sociedad.

Madre estableció protocolos específicos para recibir a los invitados. Nos quedaríamos en el salón, por orden de nacimiento, saludando a cada uno hasta que llegara el último. Ella y Papá permanecerían justo tras el umbral, vigilando para que todo se hiciera con el debido orden. Los gemelos aceptaron la tarea con alegría, mientras que yo la detestaba. Seguía sin dirigirles la palabra a mis padres. Enzo, como de costumbre, se mostraba indiferente.

La prometida de Enzo, Giovanna, llegó la última al banquete, como marcaba la tradición.

El almuerzo comenzó puntualmente tras un brindis de ambas familias. Instalada en mi rincón del salón, observaba cómo mi hermano aceptaba en silencio el destino que nuestros padres le habían trazado. Los hombres, a diferencia de las mujeres, tenían elección. Si él hubiera protestado como hice yo, ¿habría existido la posibilidad de que le hubieran liberado? Pero no lo hizo. Estaba empezando a darme cuenta de que nuestra familia, en más sentidos de los que yo había captado, se conformaba más con lo que la sociedad pensaba y esperaba de ellos que con sus propios deseos.

Mientras reflexionaba, una voz familiar se me acercó. —¿Acaso no hay saludo para tu maestro de artes? Me giré y encontré a Sandro sonriendo con ironía. Fingía buscar algo de comer en la mesa de al lado mientras hablábamos, bajo el pretexto de que solo nos conocíamos a través de mi padre.

—No te había visto. De lo contrario, te habría pedido que me ayudarais a tramar un plan de huida.

Bebió vino de su copa. —Por muy tentador que suene, señorita, no le causaría tal disgusto a su padre. Ahora, decidme: ¿de qué estás escapando? ¿Acaso han tramado también tu boda?

—Sí —suspiré. Entonces caí en cuenta: quizás Sandro conocía a Niccolò, o al menos había oído hablar de él. —Sandro... esto... Maestro Botticelli... ¿Has oído hablar de un tal Niccolò de Rossi?

Se puso pálido. —Oh, cara, ¿es con él con quien te quieren casar?

Sentí que las varillas de mi corpiño me oprimían las costillas. —¿Q-qué has oído?

Me llevó tras uno de los arreglos florales ornamentados de mi madre; las plumas cubrían nuestra conversación.

—Te ruego que no entres en pánico, Bea, porque solo empeora las cosas y no hay mucho que puedas hacer en estos asuntos. Me he reunido con su madre más a menudo que con él; es una vieja arpía espantosa. Me enviaron a conocerlos una vez mientras estaban de visita. Querían que se hiciera un retrato de Niccolò por su título de conde.

—¿C-cómo es él? ¿Es horrible?

—Tiene el pelo del color de los campos de trigo y unos ojos azules penetrantes. Son tan hermosos como incómodos de mirar. No habla mucho, así que no sabría juzgar su carácter. Es como si estuviera... ¿Cómo decirlo?... contenido.

—¿Contenido?

—Como si hubiera mucho en su interior que aún no

hubiera salido a la superficie —dijo—. Pero cuando lo haga, *cara*... lo mejor será no estar cerca de él.

—¡¿Qué?!

Sandro se acercó más, con la voz en un susurro. —He oído rumores de que una vez molió a palos a un criado en el patio de su casa por haberle manchado las botas. También estuvo prometido anteriormente a Cecilia Garibaldi. La pobre muchacha nunca habló de ello, pero se dice que él era verbalmente violento con ella en ocasiones. Su familia la mandó fuera varios meses antes de que Niccolò se marchara a la guerra.

Se me revolvieron las entrañas aun más con esa descripción. La sala empezó a darme vueltas.

Sandro no había dejado de fruncir el ceño durante toda la conversación. —Su reputación como general también es motivo de preocupación —añadió—. No pretendo asustarte, pero debes tener cuidado de no llamar su atención. Podría mandar a matar a quien quisiera bajo el pretexto de que era por la protección del reino.

Cerré los ojos, buscando una pared en la que apoyarme para recobrar el aliento. —Ay, Sandro. ¿Qué puedo hacer para librarme de esto? Mis padres están empeñados en que me case con él. Sobre todo mi madre.

—¿Y tu padre?

—Ya no puedo contar con él. En esto le da la razón a mi madre. Estoy sola.

Sandro suspiró y bebió otro sorbo de su copa. —¿Cuándo es vuestra boda, querida?

21

MUSAS

Beatriz

Florencia, Italia – 1485

El invierno dio paso a la primavera y la primavera al verano, mientras yo me acercaba a los dieciocho años. Florencia también se volvió turbulenta, con grupos religiosos amenazando el alma de la ciudad. Preocupada por el poco tiempo que me quedaba con Dante, por mis aspiraciones artísticas y por el inminente desastre del temperamento de mi futuro marido, no presté atención al tumulto.

El peso de mi compromiso había disminuido a medida que Mamá se centraba en la boda de Enzo y en perfeccionar sus dotes de anfitriona mientras nuestro rango social ascendía. Encontré consuelo, una vez más, en mi primer retrato. Aún no había identificado a la mujer que estaba pintando. Era, en muchos sentidos, una imagen de mí misma.

Teníamos la misma forma de ojos, excepto que yo la veía con un ojo de color diferente. Estaban vidriosos por la pérdida y la confusión. De vez en cuando, me sorprendía devolviéndome la mirada, como si estuviera más decidida. Hoy me detuve en sus cabellos. Era una mezcla de cobre y miel en todas sus formas. Había mezclado los colores antes, añadiendo un poco de polvo dorado que mi padre me regaló en un intento de calmar mi miedo al matrimonio concertado. Pues bien, Papá, aquí me tienes, alquimizándolo.

Todavía no había descifrado qué hacer con la expresión de su boca, que cambiaba constantemente como el mar.

—Te estás haciendo muy buena en esto. —Sandro se acercó sigilosamente por detrás—. ¿Conocemos a esta joven?

—No, no la conocemos —fruncí el ceño—. Me apareció por azar durante mis primeras lecciones aquí. Pero aún no consigo descifrarla.

Acercó un taburete al mío, cogiendo el pincel más pequeño que encontró. Noté canas en su barba cobriza.

—Beatrice, ¿has leído la *Divina Commedia*? —preguntó, jugueteando con la punta del pincel.

—No —respondí—. Mamá modera los libros que leemos en casa.

—Ah, por supuesto —sus cejas se juntaron—. La razón por la que te pregunto es que, cuando se trata de musas, suelen aparecer de formas muy extrañas y nos acompañan en nuestros viajes de maneras muy diversas.

—Como Simonetta...

Él interrumpió: —Sí, como Simonetta para mí. Pero Dante Alighieri, el autor de la *Divina Commedia*, también tenía una musa, un amor no vivido. Ella también se llamaba Beatrice, como tú.

—Y su nombre era Dante —murmuré.

—Sí, exactamente como mi amigo querido y poético, por quien sé que sientes devoción —me guiñó un ojo, notando mi nerviosismo ante su observación—. No te preocupes, Bea. Como sabes, creo que casarse es una tarea nefasta. Estás a salvo conmigo.

—¿Crees que la damisela de este retrato es mi musa?

—Pienso que deberíais seguir permitiendo que ella te hable —cogió el pincel, señalando el lienzo—. Hay algunas formas en las que puedes trabajarla mientras descifras su expresión. Una de ellas es usar este polvo dorado en los ojos para resaltar esa llama. Debo decir que es un trabajo excelente para una novata como tú.

Me sonrojé ante el halago. Presionó su mano contra la mía antes de levantarse del taburete.

—Sandro, ¿las musas algún día te abandonan?

Él suspiró. —A veces desearía que lo hicieran.

22

UNA INVITACIÓN

Beatriz

Florencia, Italia – 1485

Una invitación llegó a mi puerta.

A la admirable señorita Beatriz Velázquez de Concepción.

Con gran estima, pido su presencia durante nuestra próxima lección, no en mi casa, como es costumbre, sino en Via de Sant'Antonino II, en el jardín secreto, conocido solo por sus miembros, como Casa dei Fiori. Nos encantaría recibir su alegre compañía. Contacte con Daria para obtener más instrucciones.

-C

23

CASA DEI FIORI

Beatriz

Florencia, Italia – 1485

En los días siguientes, mi lección no fue en la Bottega, sino en una casa a dos puertas de distancia, donde se me reveló un jardín interior. Altísimos muros, cubiertos de murales de mosaico y témpera, contaban las historias de las mujeres que los pintaron. Mujeres que, como yo, se refugiaban tras muros sagrados para ser ellas mismas y expresar su arte.

Se me abrió la boca de par en par cuando Dama Clarice me guio por el jardín. Al fondo, las damas se apiñaban, abrazándose. Entre ellas, apareció un rostro familiar, con mechones rojos en una trenza que le llegaba hasta las caderas: Daria.

—¡¿Daria?!

La sorpresa se reflejó en su expresión, como si hubiera hecho algo malo.

—¡No, no, estoy tan feliz de verte! —Corrí hacia ella, abrazándola como a una hermana.

Las mujeres nos rodearon en un abrazo invisible. Dama

Clarice tomó la iniciativa: —Ahora, con mucho gusto, presento a Beatriz a la compañía. Bienvenida a la *Casa dei Fiori*, Amapola.

Me senté en medio de un círculo de quince mujeres vestidas de blanco. El patio, que transformaba la luz del sol en un arcoíris reflejado en las vidrieras, olía a incienso de copal. El agua caía en cascada desde la pequeña fuente a un lado de la sala, ahogando el tumulto del exterior.

Cada mujer llevaba una flor diferente en la solapa, como símbolo de su afiliación a la sociedad. Las flores eran mucho más que un simple guiño al nombre; cada una simbolizaba un rasgo particular de la hermana que llevaba su nombre y cómo representaba las propiedades de esa flor.

Conocí a algunas de las damas en la reunión, aunque había hablado poco con ellas anteriormente. Conocía mejor a Daria, o eso creía. Nunca habría imaginado que mi nana formaría parte de una sociedad secreta. Siempre pensé que yo era la única que guardaba secretos, mientras ella silenciaba una vida completamente distinta. Su flor era el narciso, que representaba la singularidad y la luz del sol. Francesca, una de las fundadoras, usaba brezo blanco para protegerse y que sus deseos se cumplieran. Había hibiscos, acebos, tulipanes, mirtos y magnolias.

El rito era extraño; cualquiera podría haberlo considerado brujería. Todas seríamos condenadas al fuego o al agua por oponernos a la voluntad de Dios y de la Iglesia. Y, sin embargo, había descubierto que ni la afiliación religiosa ni el estatus social eran pilares de la pureza del alma. Quizás había más bondad en este jardín interior que en toda Florencia. Porque Dios vivía en el amor que emanábamos y luchábamos por preservar en la hermandad y la camaradería.

Signora Clarice, u Orquídea, se me acercó sosteniendo dos

amapolas. Se me asignó el nombre de Amapola. Era el nombre de la hierba carmesí que viajó desde Mesopotamia hasta Europa, conjurando un hechizo onírico sobre el continente gracias a sus propiedades.

—Beatriz Velázquez de Concepción, desde este momento, en los confines de esta sociedad secreta, serás conocida por tu flor: Amapola —decretó—. Eres nuestra amapola brillante, onírica y peligrosa. En nuestra más oscura y profunda melancolía, esperamos que nos libres de nuestros pesares, recordándonos que la paz está próxima. Tus pétalos pueden ser delicados, pero dentro de ellos se encuentra una sustancia lo suficientemente fuerte como para derribar imperios.

Se acercó más a mí, casi susurrando: —A menudo, aquellos en quienes nadie cree tienen el poder de cambiar el mundo. Ahora haremos el juramento. Nadie se une a esta sociedad sin haber jurado.

Extendió la mano para revelar un alfiler de cristal rojo de Murano. Perforando el pecho izquierdo de mi túnica blanca, colocó la amapola de cristal sobre mi corazón.

—Beatriz, repite conmigo, mano derecha sobre el corazón, por favor —dijo Signora Clarice, sonriendo.

—Yo, Beatriz Velázquez de Concepción, juro mi lealtad, servicio y arte a la sociedad secreta de la *Casa dei Fiori.* Prometo defender las virtudes de las mujeres que la conforman, honrando los grandes riesgos de nuestro trabajo. Consciente de que mis ideas son fundamentales para el bien de la sociedad, acepto la responsabilidad de que el arte va más allá de la forma y el color; es protesta y, de ahora en adelante, mi nueva voz.

La emoción de formar parte de algo tan especial quedó silenciada por una idea simple: esto no duraría. Si Mamá llegara a saberlo, encontraría la manera de separarme de esta nueva identidad.

Cada mujer del círculo se acercó para abrazarme, formando un ramillete humano. Con la promesa de mi compromiso cerniéndose como una nube negra, supe que este era el rayo de sol que me ayudaría a florecer en los inviernos más oscuros. Daria fue quien más tiempo me sostuvo. En todos estos años juntas, me di cuenta de que nunca nos habíamos abrazado así. Ella me había regalado su juventud, una vida de devoción. Su cabello estaba adornado con cintas y trenzas. Podía percibir en ella el aroma del aceite de lavanda que su madre preparaba con tanto cariño.

—Nunca te abandonaré, Amapola. Puedes contar conmigo para esto. Te seguiré hasta el horizonte y me lanzaré al fin del mundo si es necesario. Pero nunca estarás sola.

Se me llenaron los ojos de lágrimas cuando su lealtad me traspasó el corazón. Me separé para mirarla: —Te pido disculpas por haberte ignorado, Daria. Mi mente está llena de preguntas. Perdóname por haber sido una niña tonta durante todos estos años y por no haber visto tu brillantez.

—Signo—

Puse un dedo sobre sus labios: —Bea.

Intenté alegrarme mientras la noche continuaba con un baile interminable. Risas y canciones nos ayudaban a olvidar que afuera aguardaban otros destinos. Había encontrado mi propósito en esta sociedad, pero una extraña melancolía impregnaba la alegría de pertenecer.

Un pétalo de la amapola seca que recibí salió volando del bolsillo de mi falda, convirtiéndose en un polvo rojo brillante que llenó el patio. La habitación se congeló; la sustancia carmesí nos envolvió en su poderoso hechizo. Bajo su poder, todo parecía posible. Mientras mis pasos dejaban huellas en el suelo, lo vi.

Dante.

Encapuchado, con el rostro oculto por su disfraz, estaba parado junto a la puerta cerrada del patio, observándome. A la luz de la amapola, bailé para él. La seda de mi vestido blanco se mecía como un susurro alrededor de mis caderas mientras me movía rítmicamente al son del laúd. Mis ojos se clavaron en los suyos. El corazón me latía con fuerza y el sudor me corría por la espalda mientras giraba alegremente, deslizándome, con las yemas de los dedos rozando el aire como pronto rozarían su ancho pecho.

La música se detuvo. La luz del fuego iluminó su rostro, pintado de deseo. Di un paso hacia él, embriagada por el efecto de Dante y de la amapola. Era otra cosa que amaba y podía perder.

—¿Eres real? —Alcancé su rostro.

Él sonrió: —Lo soy.

—¿Tú también eres parte de esto?

—De esto y de ti.

24

MIRTOS Y ROSAS

Beatriz

Florencia, Italia – 1485

Mi primer encargo para la *Casa dei Fiori* llegó de la mano del propio Sandro. Dejó algunas piezas para que yo trabajara en ellas durante su ausencia. Su encargo fue muy específico: trabajar en *El nacimiento de Venus*, la pintura para la que yo misma había posado el año anterior. Era tan grande que envolvía casi toda una pared del estudio.

Sandro dejó una nota junto a mi pincel, detallando mi tarea:

Amapola,

Ahora que has florecido, es hora de que pintes las rosas y el mirto que pertenecen al nacimiento de Venus. Tienes los bocetos botánicos sobre tu mesa. Adora a esta diosa con todo tu talento.

Nos vemos pronto, cara.
-S

Me había dejado los nombres de las flores junto a los materiales: *Rosa Rubiginosa*, *Rosa canina*, *Rosa Gallica*. Los reuní, creando los colores de cada flor que la diosa y el paisaje a su alrededor requerían. La brillante luz de la mañana se filtraba por las ventanas esmeriladas de la *bottega*, iluminando cada rincón.

Primero, machaqué las cochinillas; su tono rojo vibrante estallaba mientras las trituraba en el mortero. El olor a almizcle y tierra subía por mis fosas nasales. Luego, añadí blanco de plomo y aceite de linaza, formando una sustancia suave lista para honrar el lienzo en el que Sandro trabajaba con tanto amor, su homenaje a Simonetta.

¿Será que el amor que dura para siempre es aquel que nunca vivimos?, reflexioné, observando el rostro de Simonetta que representaba a Venus.

¿Amaré a Dante para siempre porque no podré tenerlo? ¿Lo amaré incluso después de que me vea obligada a entregarme a otro hombre? ¿A criar a los hijos de otro? ¿A soportar otro matrimonio?

Mis manos se movían con precisión, rozando el lienzo con el delicado pincel manchado de rosa pálido. El aroma del aceite de linaza y el pigmento fresco flotaban en el aire, mezclándose con el leve rastro de polvo y la madera recién cortada usada para construir los caballetes.

Mojé la punta del pincel en el pigmento, captando los bordes rizados de cada rosa mientras volaba en la brisa del océano. Casi podía oír las olas rompiendo en la orilla, los fuertes vientos agitando todo a su alrededor. Con cada trazo, añadía capas de pétalos; cada flor diversa y, a la vez, igual a las demás.

No me di cuenta de cómo volaba el tiempo hasta que la *Signora* Clarice llamó tres veces para avisarme de mi salida. La *bottega* había caído bajo el hechizo de mi pincel susurrando contra el lienzo. Di un paso atrás para admirar mi trabajo. Me quedé inmóvil, asimilándolo, sintiendo el pulso de la creación recorriéndome las venas.

25

DIECIOCHO

Beatriz

Florencia, Italia –1485

Mi decimoctavo cumpleaños llegó con el otoño florentino y una alegría inesperada. Me desperté antes del alba con un aire fresco y gélido y ese deje de nostalgia que llega con el cambio de las hojas. Incluso en los días más hermosos de la estación, con sus cielos azules brillantes y su follaje cambiante, podía sentirla trepando por mi estómago, abriéndose paso por mi garganta hasta los ojos, resultando a menudo en lágrimas.

Aun en camisón, caminé de puntillas por los pasillos vacíos de la casa. Ni siquiera los sirvientes estaban despiertos; la luna le lanzaba una última mirada al sol antes de que este asomara por el horizonte. Rozaba las paredes texturizadas de la casa mientras el frío besaba mis pies descalzos. Dieciocho era una cifra importante. La última, antes de que sobre mí descendiera el peso de las expectativas que conllevaba el matrimonio. Los rumores sobre la furia de Niccolò me habían llegado una vez más, esta vez a través de Daria. Las mujeres de la *Casa dei Fiori,* que conocían a su madre, le habían hablado de su naturaleza conservadora y del temperamento de Niccolò, al cual habían enviado a la guerra para intentar aplacar.

Entré en el estudio de mi padre; las cortinas colgaban de los grandes ventanales como vírgenes en la iglesia. "Vamos a desvelaros", susurré, recogiendo los trozos de tela larga tras los alzapaños adornados a cada lado. El árbol de magnolia se imponía en el patio; observé cómo se mecía mientras la brisa matutina despertaba. El cielo empezó a teñirse de un tono de azul más claro a medida que los rayos del sol lo bañaban con su dorada perfección y calidez. Aún quedaban algunas magnolias cayendo, memorias del verano. "Este sería el regalo perfecto para mí", pensé, dirigiéndome a la puerta del patio para sentir bajo mis pies las hojas cubiertas del rocío de la mañana.

Aunque estaban frías y mojadas, sentí alivio cuando me acogieron. Con cada paso, las hojas formaban un lecho para mí, invitándome a sentarme junto a ellas, siendo testigo del espectáculo que el sol formaba en el cielo. Apoyé mi cuerpo contra el suave manto, dejando que las hojas me arrullaran en un sueño despierto. Las nubes se movían en unísono mientras los pájaros volaban entre ellas. En el fondo, envidiaba su libertad. Si pudiera desarrollar alas, me uniría a ellos también, viendo a esta ciudad desde arriba, liberándome del rumoreado temperamento de mi futuro marido.

—Feliz cumpleaños, hija. —La voz profunda de Papá me asustó.

—¡Papá! —exclamé, dándome cuenta de que mi padre no me había visto en camisón desde que era niña—. Perdonadme, solo estaba...

Levantó una mano, deteniéndome. Aparte de algunos saludos, no habíamos hablado desde el anuncio de mi compromiso. Una sonrisa se dibujó bajo su gran barba.

—No hay necesidad de explicarte; me marcho y volveré

para la comida de la tarde con la familia. —Giró—. Quizás deberías regresar a tu alcoba antes de que el resto de la casa te encuentre así.

Me reí nerviosa. —Sí, por supuesto. Pensé que tenía más tiempo.

—Todos creemos que tenemos más tiempo, hija. Imagina mi sorpresa al darme cuenta de que la niña que una vez sostuve en una sola mano es ahora una mujer de dieciocho años.

Quise contarle mis miedos, decirle cuánto anhelaba que volviera a ser mi héroe.

—Lo siento, no soy la hija que esperabais, Papá. Me gustaría que pudiéramos volver a hablar.

Bajé la mirada hacia mis manos. A mi sorpresa, se acercó a mí, levantándome la cabeza para mirar su expresión confusa.

—Escúchame, Beatriz. Eres mucho más de lo que jamás esperé. Nunca imaginé que de mis entrañas pudiera nacer una hija tan brillante. Soy yo quien lo siente, por no poder proporcionarte un mundo que te vea como yo te veo. Pero para mí, eres una joven impresionante. Espero que nunca pierdas ese fuego que llevas dentro. Aunque tenga que enfrentarme a los daños colaterales más tarde, con tu madre y demás —se rio—. Ahora, sigue con tu día.

Sus palabras aún flotaban en el aire, arrancándome lágrimas mientras le veía desaparecer en la casa.

26

UNA CUESTIÓN DE VIRTUD

Beatriz

Florencia, Italia – 1485

El resto del día transcurrió entre formalidades familiares. Mamá había organizado un desayuno de cumpleaños con las gemelas; después la acompañaría al sacerdote para confesarme y recibir consejería antes de mi boda, y finalmente tendríamos una comida con Enzo y Papá por la tarde.

El día era embriagadoramente perfecto y algo cálido para ser otoño. Daria y Diana, la doncella de mi madre, nos acompañaron a la iglesia y esperaron fuera mientras entrábamos. Mamá me guio hasta el despacho del sacerdote, donde este me interrogó sobre mi devoción a Dios, mi comprensión del sacramento del matrimonio y mi voluntad de entrar en dicha unión.

—¿Aceptáis este matrimonio, hija mía? —preguntó el sacerdote. Me examinó de cerca; sus manos ajadas sostenían una cruz con fuerza contra su vientre hinchado.

Mamá me lanzó una mirada penetrante.

—Sí, padre —dije.

Él divagó sobre la importancia de la obediencia de la esposa, los quehaceres diarios y los deberes católicos. Dejé que sus palabras pasaran de largo, asintiendo para agilizar el sermón.

Al salir de la iglesia, encontramos a una mujer cerca de nuestro carruaje. Vestida completamente de negro, ella crispó el rostro de rechazo ante nuestra presencia. Pronto comprendí que pertenecía a la casa de los de Rossi.

—Señora —dijo Mamá, en voz tensa—, qué sorpresa.

—La familia me ha enviado —interrumpió ella—. Hay un asunto urgente que debe atenderse antes de la boda. —Fijó su mirada en mí con una fría evaluación—. La señorita debe demostrar su virtud.

¿Virtud? Sus palabras quedaron en el aire como una bofetada.

—Pero por supuesto que soy virtuosa —intervine—. Soy una mujer de dieciocho años que nunca se ha acostado con otro hombre. ¿Qué tipo de condición es esa?

—Calla, Beatriz —espetó mi madre—. Discutiremos esto con los padres de Niccolò para ver si es una condición que han solicitado. Recuerda que él será tu marido y que harás lo que él diga.

—¿Se cuestionará también la virtud de Niccolò antes del día de nuestra boda? —repliqué, ignorando su advertencia.

La mano de mi madre me golpeó antes de que pudiera pronunciar otra palabra. Unas gotas de sangre cayeron sobre mis ropas, rojas como la amapola que me habían entregado el día de mi iniciación en la *Casa dei Fiori*. Me toqué la cara y mis dedos salieron manchados. Su anillo me había partido la mejilla y el labio.

Salí corriendo, alejándome del carruaje y pasando de largo ante Daria y Diana.

—¡Señorita! —Daria corrió tras de mí, pero no me detuve. La sangre seguía brotando. No me di cuenta de adónde corría hasta que llegué a la puerta de la *Signora* Clarice. Cuando ella la abrió de par en par, el asombro le llenó el rostro. Rompí a llorar.

—Beatriz. —Me hizo entrar a toda prisa, asegurándose de que nadie más nos viera—. ¿Qué ha ocurrido, *cara*?

Lloré contra su pecho, manchando su vestido con mi sangre y mis lágrimas.

—No puedo hacerlo, Clarice. No puedo casarme con Niccolò. No puedo hacer lo que mi madre y mi familia esperan de mí. No sobreviviré otro año de vida si este es mi destino —sollocé.

—Calma, *cara mia* —acarició mi espalda—. Todo irá bien. Perdonadme un momento mientras pongo agua a hervir para un té. Ayudará.

Dante, alarmado por el alboroto, apareció en la puerta de la *bottega*. Sus ojos se agrandaron al verme.

—Bea. —Corrió hacia mí—. ¿Qué ha pasado? —Sus manos levantaron mi rostro para inspeccionarme mejor.

—Alguien de la casa de Niccolò nos ha esperado a mi madre y a mí a la salida de la iglesia. Ha exigido garantías de mi virtud, a lo que he respondido preguntando si Niccolò se enfrentaría al mismo escrutinio. Mi madre me ha golpeado entonces.

Él se apretó el puente de la nariz con los dedos mientras negaba con la cabeza.

La *Signora* Clarice regresó con el té y un paño para limpiarme la cara antes de retirarse de nuevo: —Os dejaré hablar a solas.

Dante me miró: —No puedo verte sufrir así. No quiero que esta sea tu vida. Cada vez que mencionas tu boda, es como si me atravesaran con una lanza una y otra vez. Soy como Prometeo, condenado a que un águila me devore el hígado cada noche. Solo que ese hígado es mi corazón y el águila es mi realidad.

Se acercó y me estrechó contra su pecho. En el silencio de nuestro llanto, Clarice reapareció con un cuenco de agua fresca tibia. Dante se lo quitó, susurrando que se encargaría de mí. Me sentó en el banco y se arrodilló, colocando el cuenco a su lado en el suelo. Mojó el trapo y me acarició el rostro con delicadeza. Hice una mueca ante su tacto; el escozor del tajo que mi madre me había dejado me quemaba la cara.

—*Mi dispiace* —susurró.

—No —me aclaré la garganta—. No necesito que te disculpes. Sentir el dolor de esto es suficiente. ¿Crees que dejará marca?

—Creo que con un poco de aceite de rosa sanará —sonrió.

—¿Cómo sabes...? —empecé.

—Mi madre y mi *nonna*. Los pobres saben cómo curar con hierbas y cosas así. Yo era un niño problemático. Ahora, *cara*, te preguntaré: ¿Qué quieres hacer?

Resignada, perdida, herida... lo único que quería era dormir. Quizás no despertar nunca. No me sorprendería que mi madre enviara a todo el mundo a buscarme. Sabía que no podría estar escondida mucho tiempo.

—Si por mí fuera, huiríamos muy lejos hoy mismo, Dante. Pero no podemos. —Recordé lo que Sandro dijo sobre el temperamento de Niccolò. Era un general, un hombre con título y recursos que podría matarnos a ambos si se sentía deshonrado. Nuestra seguridad era lo primero.

—*Amore* —dije—, me temo que esta es una lucha para la que no estamos preparados. Debo volver a casa.

Él respiró con rabia: —No, no lo permitiré.

—Por favor —le rogué—. Si mi padre se entera de nuestro amor, no volveré a verte jamás. Debemos esperar. Por favor, hazlo por mí. Déjame marchar por ahora, por la seguridad de ambos.

—Esto no es el fin. Me niego. ¿Qué clase de hombre sería si permitiera que la mujer que amo se casara con otro? No puedo perderte así, Beatriz. Tenemos que escapar. Tenemos que trazar un plan ahora. Se avecina una revuelta en Florencia. Quizás no sea hoy ni mañana, pero llegará. Esa será nuestra huida.

Florencia bullía con rumores de otra revuelta contra los Médici. Se oía hablar por la ciudad de un predicador de Ferrara que condenaba las artes, pero nadie creía que aquello fuera a causar problemas reales.

—Huyamos. Nadie nos encontrará —insistió Dante.

Al acercarse a mí, me di cuenta de que estaba llorando. Su desesperación casi me rompe. —Podemos pedirle ayuda a Sandro. Nadie vendrá a buscarte.

Tuve que convertirme en piedra para protegerle a él y a mí misma. Cortar por lo sano, como un miembro herido. Hay cosas que uno debe sacrificar en la vida y comprendí que la mía sería este amor.

—No podemos —dije casi en un susurro, deseando poder decir que sí—. Te prometo que no quiero casarme con Niccolò, Dante. *Credimi.* Eres la única persona a la que amaré jamás. Simplemente no podemos en este momento. Hay demasiado en juego si huimos. Su familia es peligrosa. Él es peligroso; me lo dijo el propio Sandro. Podría costarte la vida y...

Él apartó mi mano de su mejilla, dando un paso atrás. Inspiró y cerró los ojos. Cuando los abrió de nuevo, su mirada oscura se clavó en la mía.

—Como quieras, Beatriz. Si estás dispuesta a sacrificarnos por este matrimonio, que así sea. Es absurdo; durante todo este tiempo creí que vendrías conmigo, que encontraríamos la forma de escapar juntos.

—Dan... —Me acerqué, pero él levantó la mano para detenerme.

—No. No te acerques. Respetaré tus deseos. No te pediré que huyas conmigo. No te pediré que le dejes a él, ni a tu familia, ni a tu vida. *Dai.* Si no vienes conmigo, me marcharé. No tengo deseos de ser testigo de tu nueva vida. De verte como la esposa de otro. De verte gestar el hijo de otro. Puede que parezca egoísta; quizás lo sea. Pero para mí, eso es un infierno en el que no sobreviviré.

Agarró su morral y salió furioso de la casa.

~

Mi vestido pesaba sobre mí. El suntuoso brocado de seda azul profundo brillaba con bordados dorados. Cada hilo tejido en delicados patrones florales. Me había asegurado de que la modista incluyera ese sutil guiño a las *Fiori*. El corpiño, adornado en el escote con pequeñas perlas, fluía sin costuras hacia unas mangas abullonadas que hacían juego con la falda en cascada. Como parte de mi regalo de bodas, la familia de Niccolò envió un velo transparente y una delicada corona dorada con minúsculas iris, claveles, lirios y azahares unidos por una rama de olivo. Todas ellas, flores representativas de la Toscana y de España.

Era la última prueba antes de la boda. Para entonces, mi rostro había sanado considerablemente, con apenas hinchazón. La modista tiró del corpiño, sacándome hasta el más mínimo respiro de aire.

Fuera, Papá me esperaba. Ensayaríamos nuestra llegada a la iglesia antes de la boda. Bajé del taburete de las pruebas y me acerqué a donde él estaba sentado mirando hacia otro lado; le toqué el hombro. Se giró; sus ojos estaban salpicados de una mezcla de alegría y preocupación.

—Hija —se llevó mi mano a los labios—. Estás hermosa. Radiante. Cómo me habría gustado encargar un retrato de bodas tuyo con este vestido, aunque estoy seguro de que esta imagen tuya vivirá en mí por toda la eternidad.

Busqué su mano, apretándola entre las mías, y me guio por la zona de pruebas de la modista.

—Beatriz —Papá rompió el silencio—. Hija mía. He estado

esperando para decirte esto desde tu cumpleaños. Puede que no tengamos otra oportunidad de hablar antes de que te cases. Siento mucho que esta elección te haya causado tanta tristeza. Espero que, con el tiempo, nos comprendas.

Pensé en mi elección, en casarme por el bien de nuestra supervivencia, de nuestra familia. Más allá de mis intereses personales, el único camino era este. Niccolò no era Dante, pero era lo que mi familia había elegido. A partir de ahora, tendría que actuar con astucia; necesitaba abrazar a la nueva mujer que sería. Niccolò sería conde. Yo pronto sería condesa. Había mucho que podría hacer con ese título para favorecer mi causa.

—Te perdono, Papá —le estreché la mano—. Sigamos adelante con esto.

27

ALMAS GEMELAS

Beatriz

Florencia, Italia – 1486

Me escapé por la entrada trasera del *palazzo* en mitad de la noche, en la víspera de mi boda. No había visto a Dante desde que le dije que Niccolò había regresado antes de tiempo de la guerra y que nuestras familias nos obligaban a casarnos a toda prisa. No estaba segura de si lo encontraría en sus aposentos, pero necesitaba verle antes de casarme. Esos no podían ser los últimos momentos que pasáramos juntos, ni aquellas las últimas palabras que nos dirigiéramos.

Llamé a su puerta con el corazón a mil, rezando para que estuviera allí. Rezando para que no estuviera disfrutando de la compañía de otra persona. Abrió la puerta, medio dormido. La vela que sostenía proyectaba sombras sobre su rostro angustiado. Dentro, la luz de las velas iluminaba los restos de un andamio en un rincón donde yo había pintado dos gorriones meses atrás.

No pronuncié ni una sola palabra. Nada de lo que pudiera

decir cambiaría el curso de nuestros destinos. En ese momento, lo único que quería era que me abrazara. Como si leyera mis pensamientos, me atrajo hacia su habitación y nuestros rostros húmedos se fundieron. Nuestros labios se encontraron en besos suaves que pronto se convirtieron en un abrazo apasionado. Él gimió, acercándome más, aferrándose a mis caderas, levantándome y llevándome hasta su cama. Desató los cordones de mi corpiño uno a uno. Me desesperé hasta que, finalmente, me liberó de la presión de mis ataduras.

Mis faldas se hincharon sobre él mientras me ponía a horcajadas, sosteniendo su rostro y besándolo más profundamente, con ansias. Él bramó, sujetándome contra la cama y quitándome las faldas, dejándome totalmente expuesta ante él. Me sumergí en oleadas de placer que me sobrepasaron mientras continuábamos. Colocó mis piernas sobre su cuello, lamiéndome. Su lengua recorrió la entrada de mi feminidad, gimiendo de placer mientras lo hacía.

Busqué cerrar la brecha entre nuestros cuerpos. Lo quería dentro de mí. Atraje sus manos hacia mi pecho, rodeando mis senos. —Tómame, *ti scongiuro*.

Supliqué aún más, sintiendo su sonrisa mientras se bajaba para quitarse los pantalones. Luego se apartó un momento, con su aliento caliente flotando entre nosotros. Su pecho desnudo quedaba oculto tras la cortina de su cabello negro. Me atrajo hacia sí y nuestros labios se encontraron de nuevo. Pasé mis dedos por su pelo mientras él encontraba el camino hacia mi interior.

Se enterró profundamente en mí, respirando con placer contra mi cuello mientras yo gemía con fuerza. Me mandó a callar con un beso para que los demás no se despertaran. Le rogué que me penetrara con más fuerza.

—*Amore* —me besó—, *amore mio*.

—Me temo que nunca más podré dormir en esta cama,

sabiendo que tú nunca volverás a dormir en ella —dijo—. *Ti amo.*

—Yo también te amo, Dante. Eres el amor de mi vida. Nunca volveré a amar a nadie como te amo a ti.

—Quizás nuestras almas se han encontrado en la vida equivocada, una en la que no podíamos elegir estar juntos. Eso no significa que no merezcas una oportunidad de ser feliz, Beatriz. Mi corazón será siempre tuyo, desde ahora hasta la eternidad, y hasta que te vea de nuevo, en esta vida o en la próxima.

Fueron sus últimas palabras para mí.

28

LA BODA

Beatriz

Florencia, Italia – 1486

Papá y yo entramos por las puertas de Santa María Novella, donde Niccolò, su familia y nuestros invitados se pusieron en pie para recibirnos. A diferencia de las festividades de Enzo, debido a la ausencia de Niccolò en la guerra, no habíamos tenido un cortejo tradicional. Esta era la primera vez que lo veía.

No era en absoluto lo que esperaba. Su cuerpo era una mole musculosa que se alzaba imponente sobre los escalones del altar. Sus mechones dorados se fundían con una barba rojiza que acariciaba mientras aguardaba mi llegada. A medida que me acercaba, sus penetrantes ojos azules se fijaron en mí como los de un depredador. Con aplomo, caminó hacia mí, extendiendo una mano para tomarme del brazo de Papá.

Hice una reverencia, extendiendo mi mano derecha enguantada hacia él. Sonrió mientras se la llevaba a los labios.

—*Piacere*, Beatriz —susurró—. Esperaba que nos conociéramos anoche, pero ahora que te veo, eres más impresionante de lo que me habían descrito.

Su amabilidad me tomó por sorpresa. Este no era el hombre que Sandro me había descrito.

Tras la ceremonia, tuvimos unos momentos a solas antes de dirigirnos al banquete nupcial. Nos quedamos en el jardín frente a la iglesia, esperando nuestro carruaje. Sus ojos azules eran casi blancos; me recordaron a las pinturas de lobos que había visto una vez en el mercado.

—Ha salido todo perfecto, ¿no? —me lanzó una amplia sonrisa, arqueando una ceja.

—S-sí, así ha sido —respondí. No estaba segura de qué esperar de Niccolò, pero una parte de mí deseaba que siguiera siendo tan agradable.

—Te encantará el *palazzo*. Como sabes, pronto heredaré el título de conde, por lo que tendrás que asistir a muchos eventos sociales. El hecho de que nuestra boda haya transcurrido sin contratiempos calma mi preocupación por tus habilidades sociales.

—¿A qué se refiere, señor?

—Necesito que entiendas esta ciudad y a su gente. Me han dicho que no eres muy sociable. ¿Practicás algún pasatiempo? —preguntó.

Vacilé un instante, preguntándome si era seguro mencionar mi amor por el arte y la pintura, pero consideré que sería útil saberlo ahora mismo.

—Me gusta pintar —dije.

Él resopló. —¿Pintar? Qué peculiar. ¿Y se os da bien?

—Se me da bastante bien —espeté—. ¿Acaso pensabais que era una mujer que pasaba el día entero practicando bordado?

—Desde luego tienes brío, *mi piace* —sonrió—. Las bestias salvajes me encantan.

—No soy una bestia salvaje, señor.

—Oh, *Madonna*. Mi madre me conoce bien para haberte elegido como mi esposa —dijo, acariciándose la barba—. No te preocupes, *dolcezza*. Habrá tiempo de sobra para que te dediques a tus dibujos y pasatiempos. Florencia es una ciudad de artistas. Recibiremos a algunos en nuestro hogar. Sin duda les hará gracia saber que mi esposa tiene inclinación por las artes.

El carruaje llegó. —Vámonos ya. Nuestros invitados esperan.

29

TODO LO QUE BRILLA

Beatriz

Florencia, Italia – 1486

Los festejos nupciales comenzaron puntualmente tras nuestra llegada al *palazzo*. De vez en cuando, alguien mencionaba la ceremonia del lecho. Se me revolvía el estómago solo de pensar en Niccolò tocándome. Mientras todos a nuestro alrededor se emborrachaban con bailes y licores, yo observaba el espectáculo de mi nuevo hogar. Estatuas de mitos griegos, esculturas de cristal de Murano, muebles opulentos. La riqueza me abrumaba.

Niccolò mantenía una sonrisa de superioridad, alardeando del poder de su familia. —Este es tu hogar ahora, *bella*. Madre se encargó de la decoración mientras estábamos prometidos.

El banquete en el gran salón fue extravagante: platos de venado asado, pavo real e incluso de cochinillo. Una abundancia de frutas exóticas y quesos de la región, pasteles chorreando miel y agua de rosas.

No faltaba el entretenimiento, con músicos interpretando

madrigales mientras los bailarines giraban en danzas cortesanas. El vino fluía tanto como los regalos, algo que a Niccolò no parecía molestarle. Engullía el vino mientras los invitados se acercaban con telas finas, cofres rebosantes de dote y joyas traídas de otros reinos. Necesitada de aire ante tanta frivolidad, caminé por el salón observando las pinturas. Sobre la chimenea, un fresco me llamó la atención; me acerqué a él.

Aquellos trazos delicados me resultaban increíblemente familiares. Era imposible. No, ¿cuándo lo habría hecho?

Frente a mí estaba el mito de Pigmalión y Galatea. El escultor Pigmalión había forjado la estatua de su mujer perfecta y luego le había rezado a Afrodita para que le diera vida. La diosa accedió, insuflando vida a Galatea.

—Espero que no te disguste. —La voz de Sandro se sintió como un abrazo cálido en mi espalda. Me giré para enfrentarle.

—¿Cuándo has encontrado tiempo para hacer esto? Hace meses que no te veo por la *bottega* —dije.

Él sonrió traviesamente. —La familia de tu esposo es muy poderosa, *cara*. Me enviaron una carta ofreciéndome una suma generosa para crear un fresco en este gran salón y daros la bienvenida. Niccolò se había percatado de que admirabas mi trabajo; alguien debió decírselo y quería que te impresionara este detalle.

Pensé en los momentos fuera de la iglesia, en cómo le había alzado la voz por burlarse de mis dotes artísticas.

—No soy el mayor devoto de tu marido ni de su familia, pero tú, mi queridísima Amapola, lo mereces todo. Tómalo como un regalo de bodas. Pensé en un mito que pudiera encapsular las realidades contra las que te rebelas. Cada vez que necesites recordar, puedes mirar esto.

—*Grazie*, Sandro.

Niccolò se acercó a nosotros, interrumpiendo la conversación. —¿Te sorprende el regalo de bodas del Maestro Botticelli, *bella*? —Podía oler el vino en su aliento incluso a distancia. Sonreí cortésmente.

—Sí, esposo. Justo le decía al maestro lo impresionada que estoy por vuestra consideración. *Grazie*.

Él puso una mano en el hombro de Sandro. —Discúpenos, maestro. Ha llegado el momento de que mi esposa y yo nos retiremos a nuestra alcoba. Nuestros testigos aguardan.

¿Testigos?

Los ojos de Sandro buscaron los míos, bajando luego la mirada al suelo con horror. Daria apareció junto a un grupo de personas que darían fe de la consumación de nuestro matrimonio.

—Niccolò. —Le agarré del brazo—. ¿Podemos hablar un momento, *per favore*?

—Desde luego, ¿qué ocurre?

Bajé la voz para evitar oídos ajenos: —No sabía que habría testigos en nuestra noche de bodas.

Él frunció el ceño. —Mi madre insiste en un enfoque más tradicional para la consumación, dada la objeción de tu familia al examen de tu virtud. Todos los que importan en Florencia sabrán de tu pureza y de mi virilidad. Estaremos cubiertos por las sábanas, *belleza*, no te inquietes.

Vacilé. —Niccolò, no estoy de acuerdo con esto. *Per favore*. Pueden esperar fuera...

Sus dedos se clavaron en mi codo. Retrocedí por el dolor agudo.

—Así es como se hará. No quiero oír ni una queja más —dijo con rabia—. Obedecerás lo establecido. ¿*Capisce*?

Temblando, vi cómo soltaba mi brazo y su rostro recuperaba una sonrisa agradable. Sentí el miedo trepar por mi espalda.

Cada paso que daba hacia la ceremonia del lecho tallaba un surco en el suelo de mármol. Mi cuerpo se puso caliente; respiraba con dificultad mientras Daria me quitaba el vestido de novia. Las perlas de sudor me cubrían la frente. Respiré hondo. *Calma, Beatriz. Calma.*

—Bea. —Daria sostuvo mi rostro entre sus manos. Otras doncellas designadas por la madre de Niccolò nos rodeaban—. Piensa en algo hermoso. Separa tu cuerpo de tu mente.

Sujetó mi mano fría, guiándome hacia la alcoba. La habitación zumbaba con la presencia de los padres de Niccolò, los consejeros de la familia de Rossi, el sacerdote que nos casó y dos hombres que no conocía. Tras mi huida de la iglesia, las familias acordaron que una sábana manchada de sangre bastaría como prueba de virtud.

El aroma persistente del incienso en la estancia me hirió las fosas nasales y un sabor a hierro invadió mi boca a medida que se secaba. Daria se disponía a marcharse, pero la retuve, suplicándole que se quedara: —Necesito a alguien de mi lado, Daria, por favor.

Lo que siguió fue una pantomima borrosa. Solo podía oír los latidos del corazón en mis oídos mientras las doncellas me rodeaban, sus manos cálidas quitándome el chal, retirando las sábanas de la cama e invitándome a subir. Niccolò me miraba a través de una mueca, como si fuera una bestia en camino al matadero. Preparada para ser dominada por una fuerza mayor. Se subió a la cama y luego puso su peso sobre mí. El calor de su aliento y el olor a vino me llegaron al cuello. Las sábanas nos cubrían como a cadáveres mientras se oía el murmullo distante de la gente alrededor. Sus manos, frías y húmedas como las de un sapo, me sujetaron los brazos sobre la cabeza. Podía sentir la punta de su miembro endurecido rozando mi vientre. Su cuerpo gigantesco envolviendo el mío. ¿Cómo era posible que aquello le excitara?

Sin una sola caricia, separó mis piernas inertes, forzando su entrada con una sola y pesada embestida. Un gemido se me escapó cuando el agudo aguijonazo sacudió mi cuerpo, dejándome sin aliento.

Siguieron los aplausos desde la galería. El dolor me recorrió de una forma irreconocible, que nada tenía que ver con lo que había sentido con Dante la noche en que hicimos el amor en la cabaña. Cerré los ojos, intentando regresar a los momentos de pasión en los que mi cuerpo era adorado.

Aquí no había pasión ni amor, ni un altar donde mi cuerpo fuera cuidado. Ni labios presionando suavemente contra los míos. Podía olvidar que aquello siquiera existía, que alguna vez me había ocurrido. Con un gemido final, la simiente de Niccolò se vació dentro de mí mientras mi alma escapaba de mi cuerpo. Las sábanas fueron testigos de su brutalidad. Él y nuestro público tomaron la sangre como prueba de mi inocencia, sin sospechar jamás la verdad: que mi corazón y mi cuerpo pertenecían a otro. De alguna forma perversa, debería agradecerle; un hombre más delicado podría haber descubierto mi secreto.

30

EL FANTASMA

Beatriz

Bolonia, Italia – 1491

En los cinco años transcurridos desde mi boda, mi mundo cambió por completo. Primero llegaron las palizas de mi marido. Luego, la muerte de mi padre. El dolor de haberle perdido permanecía intacto. Estaba en todas partes y en todo, y a la vez, en nada. Aún podía oír su voz en mi mente, pero me ahogaba en el silencio de su ausencia. Estaba en las pinturas que llegaban a nuestro palazzo en Bolonia, en el rostro envejecido de mi hermano Enzo, en el olor de los libros viejos y en los cantos gregorianos de los monjes en la iglesia.

Por mucho que intentara distraerme, revivía el día de su muerte una y otra vez. El rastro de su pérdida me dejó sumida en una rabia turbulenta que vivía permanentemente en mi interior y en este mundo oscuro en el que me había tocado habitar.

A pesar de su ausencia, seguía hablando con Papá. Desde que me trasladé a Bolonia con Niccolò, paseaba con Daria cada mañana por la Piazza Maggiore y San Petronio, caminando bajo los arcos de los pórticos mientras el sol se filtraba suavemente a través de ellos. Le hablaba de los artesanos y de los estudiantes que pasaban con sus túnicas, discutiendo de política y filosofía en acalorados debates. Otros días le contaba sobre mi rol como noble en la ciudad y cómo ya no podía darle rienda suelta a mi lengua afilada. Mi labor ahora consistía en mantener el decoro, asegurarme de que Niccolò fuera respetado y de que las esposas de otros nobles de la ciudad me admiraran. Ya no era la hija que mi padre conoció.

Le contaba que había dejado las hierbas que impedían la concepción. Que quería un hijo y le pedía que me concediera uno desde el cielo o desde donde quiera que estuviese. El problema no era concebir, sino continuar con el embarazo. Mantener al bebé con vida. Había dado a luz solo una vez a un hermoso *bambino* con el pelo dorado de su padre y la piel traslúcida, pero vivió solo unos minutos antes de dejarme.

"Lo enterramos en la iglesia, en tierra sagrada, Papá. Búscalo en el cielo. Fue bautizado nada más nacer; el parto fue tan difícil que llamaron al sacerdote".

A estas alturas, había perdido tantos hijos que le ocultaba los embarazos a Niccolò. Él, de todos modos, no tenía paciencia con mis dificultades. Su madre me torturaba con una dieta matinal de seis huevos crudos mezclados con comino e hinojo. Incluso encontró una raíz de mandrágora para que durmiera con ella. Diera igual lo que hicieran; las criaturas encontraban la manera de no venir a este mundo. Hoy he enterrado a la más reciente. Aunque el padre Clementino me dijo que, hasta que no alcanzaran cierta edad en el vientre, no era necesario, no podía permitir que las criadas se llevaran las sábanas manchadas de sangre. Había creado un lugar especial para ellos en nuestro palazzo, donde nadie se molestaba en observarme ni en seguirme. Donde descansarían en paz y donde sabía que los tendría cerca de mí.

—Bea. —Daria me sostuvo, sacudiendo la tierra húmeda de mi vestido de terciopelo verde—. Sé que no me corresponde, pero creo que necesitas tomarte un descanso... de concebir.

Me limpié las manos con una toalla que ella traía, tragándome las lágrimas. —Quiero un hijo, Daria. Es mi deber con mi hogar y con el mundo. —Empecé a caminar de vuelta hacia la casa—. Necesito un propósito. Un *bambino*. Ser madre me dará un propósito.

—Entiendo que te sientas así —me siguió—. *Ma*, ya tienes un propósito, Bea. Siempre lo has tenido.

Seguí caminando rápido, ignorando sus palabras.

—*Guardami*, Bea —la voz de Daria se volvió repentinamente severa, no dejándome otra opción que girarme hacia ella —. Necesito que vuelva Beatriz Velázquez de Concepción. Esa mujer que no temía al mundo, ni a los hombres, ni a nadie que se interpusiera en su camino. La artista que solo se preocupaba por pintar lo que veía a través de sus ojos. Te has empeñado tanto en ser la mujer que todos quieren que seas que has perdido el sentido de quién eres.

—*Non posso*, Daria. *Non è così semplice*. No es tan sencillo.

—Lo es, claro que lo es, pero tienes miedo y te has conformado. Has olvidado quién eras. He limpiado tus heridas, te he visto llorar y he enterrado a cada uno de tus hijos contigo siendo tu doncella... Pero como tu amiga, como tu compañera, no puedo seguir viendo cómo haces esto. *Non posso*.

—¿Y qué sugieres que haga? *Dai, dimmi* —crucé los brazos —. *Se è così semplice*.

Mirando a su alrededor para asegurarse de que nadie observaba, metió la mano en su delantal y me entregó dos cosas: un trozo de carboncillo y una carta sellada con mi nombre escrito en el exterior. Luego, apretó mi mano, pronunciando una sola palabra en español:

—Pinta.

Querida Amapola:

¿Eres tú o un fantasma?
Desde tu partida de Florencia, que el paso de las estaciones ha vuelto distante, esta humilde bottega ha quedado desprovista del asombro y el ardor que una vez encendió la mano que, como la amapola desde la semilla, floreció aquí en verdadero arte. La ausencia de tu espíritu pesa en el aire, un silencio donde antes la pasión y la devoción danzaban sobre el lienzo. Lamento contigo la pérdida de tu querido padre; un golpe doloroso, ciertamente, cuya pena ha proyectado largas sombras sobre muchos corazones. Sin embargo, te lo ruego: no dejes que el luto sea tu único compañero. Los vientos en esta ciudad están cambiando y las mareas del gobierno se vuelven hostiles hacia las almas de los artistas. Más que nunca, las Fiori te necesitan; necesitan tu brote de esperanza. Recuerda tu voto, pronunciado no con prisa, sino con fuego y verdad. Regresa a él como a un cambio sagrado. Adjunto a esta carta, encontrarás el fragmento de carboncillo que quedó en tu mesa de trabajo, intacto desde la última vez que cruzaste estas puertas. Que sirva como chispa, como tu primer paso de vuelta a la luz. Pues necesitaremos tu llama, y pronto.

Con corazón firme,
-S

31

SOL

Beatriz

Bolonia, Italia — 1491

Las *Fiori* me habían encontrado.

Un paquete llegó en un día lluvioso de primavera al umbral de nuestro *palazzo* en Bolonia. Estaba envuelto en paneles de madera pesados y en tela de muselina que traía consigo el olor de los Apeninos y de la Toscana. Figaro, uno de mis guardias de confianza, avisó a Daria de que un gran contenedor había sido entregado de forma discreta durante la noche. Nadie había visto el carruaje que lo trajo; era demasiado grande y pesado como para haber aparecido de la nada.

Manteniéndolo oculto de los demás sirvientes que no me eran leales, trajeron un total de seis cajas a una pequeña *bottega* de arte que yo misma había construido en la parte trasera del *palazzo*, frente al jardín. No era ni de lejos tan grandiosa como la de Sandro, pero tenía luz abundante, olía a las lavandas del jardín y estaba lo suficientemente lejos como para mantenerse oculta de los sirvientes, de las visitas y, por supuesto, de mi marido. Apilamos las cajas contra la pared; Daria y yo nos miramos, confundidas, ante tal entrega.

Desde que Daria me dio la carta de Sandro, yo sabía que las cosas en *Firenze* empeoraban con el ascenso de Girolamo Savonarola. Poco después de la muerte de Lorenzo de' Medici, los florentinos quedaron cautivados por los sermones del fraile sobre la corrupción y la vanidad. Las pinturas de Sandro estaban siendo escrutadas por ser demasiado mitológicas y, a través de sus cartas, yo sentía cómo le afectaba el cambio de marea en las creencias religiosas.

Sin embargo, sus palabras habían encendido en mí un fuego que creía extinguido. Aún recuerdo cuando abrí el sello de cera roja con la "B" de su insignia, mientras una lluvia suave y fría limpiaba los años de tristeza de mi ser. Ahora, su llamado había llegado a mi puerta y yo estaba preparada para cumplir el voto que había hecho tantos años atrás.

Abrimos las cajas, desvelando lienzo tras lienzo con obras que nunca había visto.

—¡*Madonna mia!* —exclamó Daria, sosteniendo un boceto enrollado y atado con un cordel—. Beatriz, esto... esto es...

—*Resistenza* —afirmé—. Sea lo que sea lo que se esté fraguando en *Firenze*, debemos proteger estas piezas de arte a toda costa. Quién sabe qué pasará ni cuándo tendremos que devolverlas a su verdadero hogar.

Continuamos hasta tarde sin ser molestadas, pues los sirvientes tenían instrucciones estrictas de rechazar visitas o de venir a buscarnos. Poco a poco, creamos un sistema de separación y almacenamiento, y nos dimos cuenta de que la mejor forma de mantenerlas a salvo era devolverlas a sus envoltorios originales y esconderlas tras una estantería que yo había instalado para mis suministros de pintura. Aunque Niccolò llevaba casi un año fuera apoyando a Ludovico Sforza en *Milano*, si regresaba inesperadamente y encontraba los cuadros, no tendría forma de explicar qué significaba todo aquello. Él no toleraba que se trajera nada a casa sin su aprobación.

—¿Y este, Bea? —Daria sostuvo un pequeño lienzo envuelto en una cinta roja. Estaba pegado a la parte trasera de un lienzo más grande, probablemente para ahorrar espacio. Con el revuelo de los lienzos mayores, lo habíamos pasado por alto.

Tiró del cordel rojo, que cedió a su tacto como un suspiro. Al desenrollarse la tela, cayó una nota sellada. Me estiré para cogerla, reconociendo la caligrafía de la *Signora* Clarice y mi nombre en el frente.

Bolonia, Italia
Anno Domini 1491

Amapola,

Creo que ella merece, más que nadie, un final digno de la mano de su creadora. Tal vez tú también puedas tener un final feliz. Dirígete a esta dirección el miércoles a las once de la mañana.

Via dei Librai, No. 7
Quartiere di San Donato

-Orchidea

—Dámelo, Daria. —Lo alcancé, dejando la carta en el estante detrás de mí. Como quien sostiene a un recién nacido, retiré la tela para encontrarla allí; sus ojos me devolvían la mirada como los de un felino, con su expresión aún inacabada. Sentí mi corazón irradiar mientras la sostenía hacia la luz. *Benvenuta a casa, Sol.*

Caminé hacia el rincón donde descansaba mi primer

cuadro, inacabado. Lo levanté y lo apoyé en el caballete: "Eres la respuesta a todo, ¿no?".

Algo en mi corazón me decía que así era. Como si el día en que la terminara fuera el momento en que las piezas del rompecabezas encajarían y esta vida cobraría sentido. Como si ella supiera desde el principio lo que yo tenía que hacer y por eso hubiera nacido.

Esa misma semana regresé a la *bottega* y busqué mi cuaderno de bocetos, desatando su suave cordón de cuero. La cubierta estaba desgastada por los años que había pasado guardada en un baúl. La mezcla de páginas de lino y de pergamino reavivó los recuerdos de las gemelas, que ahora eran mujeres casadas. Sus dulces caritas a mitad de una risa.

Empecé a trabajar en Sol. Sus grandes ojos almendrados. Decía mucho sobre lo que había visto, un secreto que no estaba lista para revelar. Dibujaba ligeramente, evitando definiciones marcadas, para darle esa cualidad elusiva que escapó a mi imaginación durante tanto tiempo. Al igual que su nombre, brillaba a través de las páginas de mi cuaderno como si nunca hubiera sido eclipsada por el tiempo. Coloqué el boceto junto a ella en el caballete, cerré los ojos e imaginé la pintura final. Irá vestida con un vestido de terciopelo verde oscuro y brocado azul zafiro. Una gargantilla de cinta negra, bordada con pequeños corazones carmesí, como arrancados de un voto susurrado, le decora el cuello. Y, por supuesto, las flores la sostendrán. Rosas silvestres, violetas, amapolas y narcisos. Al igual que el sol, todas giran hacia ella.

Eres y serás mi destino y el de todos los que vengan después de nosotras, pensé. *Porque, a diferencia de mí, tú serás inmortal.*

32

"L'AMOR CHE MOVE IL SOLE E L'ALTRE STELLE"

Beatri

Bolonia, Italia – 1491

Me preparé para mi paseo matutino hacia el Quartiere di San Donato, donde la *Signora* Clarice me había enviado. Elegí un discreto vestido azul con una capa a juego.

—¿No es esta la dirección de un erudito? —preguntó Daria —. Ese *quartiere* es donde suelen enseñar los maestros de letras.

Bolonia albergaba una de las universidades más antiguas del mundo, fundada en 1088. Era el epicentro de las leyes, la filosofía y la literatura, con calles tejidas en un tapiz del viejo y del nuevo mundo. La ciudad misma era el escenario donde los sabios enseñaban en casas privadas o incluso en iglesias.

—Supongo que lo descubriremos —dije, guardando la carta con la dirección en el bolsillo de mi capa—. Aunque me intriga que las Fiori tengan tales vínculos aquí. Por supuesto, está el asunto del levantamiento en Florencia, pero ¿imaginas que se haya vuelto todo tan oscuro como para que necesiten establecer sistemas fuera para proteger las artes?

El tañer distante de las campanas de San Petronio anunció

nuestra llegada al Quartiere di San Donato. La dirección que la *Signora* Clarice me había entregado me condujo a una casa estrecha, cubierta de hiedra y de muros de ladrillo, justo al lado de la Via dei Librai, anidada entre una imprenta y un mercader de especias. Me aproximé a la puerta de madera con cautela, notando al instante el llamador en forma de la cabeza de un lobo, adornado con una sola amapola sobre una placa tallada que rezaba:

D. Lupo, Magistri
Studiorum in Litteris Recentioribus et Poetica Vulgari
Diebus Lunae, Mercurii, Veneris
Hora secunda
"L'amor che move il sole e l'altre stelle"

Mis ojos recorrieron la cita al final de la placa, que para otros podría significar una admiración erudita por *La Divina Commedia*, pero que para mí representaba un amor perdido hace tiempo, mas nunca olvidado. Mi corazón se detuvo un instante antes de estallar en vida, con mil latidos agitados, al comprender quién estaba tras esa puerta. Daria jadeó detrás de mí al llegar a la misma conclusión. Buscando mi mano sudorosa, la estrechó, susurrándome al oído:

—Estaré en la botica buscando hierbas, *madonna*. Esto es algo que debes hacer por ti misma.

Se alejó y mis manos buscaron el llamador como si fuera un asidero de vida.

—Un momento, *per favore*. —Su voz profunda resonó en el interior—. Si sois estudiante, las horas de tutoría no comienzan hasta la una.

Tomé aire, recuperando mi voz, petrificada ante la posibilidad de cómo podría reaccionar o si siquiera la reconocería tras todos estos años.

—No soy un estudiante. *Anche se ho imparato così tanto di te.* —El ajetreo cesó. Tras unos segundos que parecieron siglos, la puerta se abrió de par en par y él dio un paso adelante. Su largo cabello azabache, atado con pulcritud con una cinta, permitía que el sol iluminara las líneas de su rostro ligeramente envejecido. Sus ojos color avellana me recorrieron, con la boca apenas entreabierta, mientras su mano sostenía el borde de la puerta.

Aun en silencio, me indicó que entrara. Nos hallábamos en el umbral del pequeño patio, donde imagino que impartía lecciones, a juzgar por la disposición de las sillas, las librerías y los papeles dispersos sobre un escritorio en el rincón. Los cinco años transcurridos desde la última vez que nos vimos se alzaban entre nosotros.

—Yo... —dijimos simultáneamente.

—Dime —indicó él, cruzando los brazos sobre el pecho de esa forma tan familiar que solía tener cuando me observaba pintar.

—Dante. ¿Qué haces aquí? En Bolonia, quiero decir. ¿Cuánto hace que...?

—Tres años —intercedió—. He estado enseñando literatura contemporánea y poesía en la universidad.

Sentí una ligera náusea al pensar que habíamos estado en la misma ciudad durante años. Mi rostro comenzó a arder de ira.

—Pero... pero pensé que estabas en Roma...

—*Certo*. Estuve en Roma algún tiempo después de que te casaste. Luego, hace unos años, recibí una invitación para enseñar aquí en la universidad y no pude rechazarla. Las cosas no van bien —políticamente— en Roma, y no pensaba regresar a Florencia...

—Desde luego, la situación política tampoco es buena allí.

—Bajé la mirada hacia las pequeñas perlas bordadas en mi corpiño.

Frunció el ceño, llevándose la mano a la barba, ahora salpicada de diminutas canas.

—Eh... y tú también estabas allí. O eso creía yo.

—¿Sabías que estaba aquí estos últimos tres años? —La pregunta se me escapó; por mucho que una respuesta afirmativa me doliera, necesitaba saberlo.

Se acercó a mí, alcanzando con la mano el final de mi trenza, entrelazándola entre sus dedos.

—No, no siempre. Pero el tiempo suficiente.

Arranqué mi trenza de su mano.

—¿Sabías que estaba aquí y no me buscaste? ¿No sentías curiosidad por saber qué era de mi vida?

—Eso es injusto, Beatriz. Fui claro en que necesitaba estar lejos de ti, tomar distancia de tu vida o...

—¿O qué? —grité, incapaz de contenerme.

—O te habría arrebatado de tu hogar y habría hecho lo que debí hacer hace tantos años. Lo consideré varias veces. Te vi paseando por San Petronio una tarde con Daria. Llevabas un vestido amarillo con una capa verde y flores en el cabello. Todo lo que pude ver fue tu silueta dorada, como el velo de una estatua de una virgen. Cuando te giraste... me di cuenta de que estabas embarazada. El aire me abandonó de nuevo. Comprendí que tu vida era plena y hermosa y que, como muchas cosas abandonadas en el pasado, era mejor no tocarlas por el riesgo de arruinarlas.

Sabía exactamente a qué día se refería. Habíamos dejado una ofrenda en el altar de la *Madonna* por mi hijo y apenas faltaban unas semanas para su nacimiento. Dejé de sentirlo moverse en mi vientre; sus patadas cesaron.

—Debiste haberme buscado —sollocé—. Sacarme de este infierno en el que he vivido durante todo este tiempo. La última vez que sentí algo fue en nuestra última noche juntos. Aquella fue mi primera muerte. La segunda, el día que murió mi padre. La tercera, cuando di a luz y enterré al único hijo que había llevado a término.

Lágrimas brotaron de sus ojos mientras me abrazaba, el calor de su cuerpo reviviéndome con su ternura. Los años habían pasado y, aun así, le amaba. Nunca dejé de hacerlo. Ahora, la cuestión era si él aún me amaba.

Esta casa era demasiado grande para que un hombre viviera solo, y yo no esperaba que Dante llevara una vida solitaria solo porque no pudimos estar juntos. El pensamiento me destruía. La idea de su caricia en otra mujer, sus hijos corriendo por las *piazzas* de Bologna, otra persona sintiendo su tacto.

Me aparté, recobrando la cordura ante la conmoción de nuestro reencuentro. Durante tanto tiempo me pregunté por él. En mis momentos más oscuros, le maldije por dejarme vivir aquella realidad, maldiciéndome a mí misma por disuadirle. Vi su carta de despedida arder en la chimenea entre lágrimas de ira el día de mi boda. Ahora, frente a él, no podía concebir la idea de perderle de nuevo, pero necesitaba saberlo. Antes de cualquier otra cosa, necesitaba saberlo.

—Dante. —Vacilé, sintiendo una mezcla de nerviosismo y curiosidad—. ¿Estás...? ¿Te has...? ¿Estás casado?

Miró hacia sus manos, mientras mi voz temblaba.

—Solo lo pregunto porque esta morada es tan... grande. Para una sola persona parece un tanto excesivo, ¿no? O es que

—Beatriz. —Su voz profunda pronunció las sílabas de mi nombre como una suave melodía. Las comisuras de sus labios se elevaron solo un instante, burlonas—. ¿Por qué quieres saberlo? ¿Qué te importa?

Me mofé.

—Bueno, no te he visto en mucho tiempo; no me sorprendería que hubieras seguido adelante, que tuvieras una esposa, tal vez algunos hijos. Es solo...

—*Che cos'è?*

—Natural —dije—. Éramos tan jóvenes. Todas aquellas cosas que dijimos...

—¿Para ti fueron mentiras?

Frente a él, sin nada más que perder, no había forma de escapar de la realidad del amor que le tenía. Salvándome de una respuesta, caminó hacia mí, esta vez con su mirada atravesando la mía. Las comisuras de sus labios se elevaron por un instante mientras llevaba sus dedos al detalle de perlas del corpiño de mi vestido.

—*Contessa.* —Sentí su aliento llenar el aire de un calor embriagador.

—Oh, yo... —Observé su dedo recorrer mi hombro, acariciando la parte posterior de mi brazo, provocándome escalofríos. Su mano alcanzó delicadamente mi barbilla, alzándola para que le mirara.

—*Nella mia vita*, solo ha existido una mujer. He intentado olvidarte, Beatriz. Borrar los momentos que pasamos juntos en nuestra juventud. Nuestra pasión y carácter. La forma en que un rizo siempre encuentra la manera de escaparse de tus peinados para posarse en medio de tu frente mientras pintas.

Sus manos apartaron los cabellos sueltos de mi rostro ahora, observando las cicatrices de los golpes de Niccolò. Su angustia reflejaba una chispa de impotencia e injusticia. Finalmente, usó una mano para atraer mi cuerpo hacia el suyo.

—*Prometto*, Beatriz, *ho provato*. He concluido que tenía razón hace todos esos años y ahora, ahora que estás aquí frente a mí, no hay duda. Solo hay una mujer en este mundo para mí.

Se acercó a mis labios, susurrando antes de sellarlos:

—Tú.

33

UN ESPEJO HACIA EL ALMA

Mar

Madrid, España – 2024

Respira profundo ahora, Mar. Estás regresando. Solo pasaremos unos minutos más en esta vida y luego volveremos. Respira a través de esas sensaciones que acabas de describir. Vergüenza, humillación. Nótalas en tu cuerpo. —La voz de Almaguer se sentía distante mientras yo navegaba por esta regresión.

Me apreté el plexo solar.

—Es lo mismo. Siento que la reconozco... ya hemos estado en esta vida antes... ¡Ahí está él, Dante! Ella lo encontró de nuevo.

—¿Puedes avanzar en su línea de tiempo? ¿Hay algo más que veas?

—No, no puedo avanzar en este momento... solo... ella quiere que sepa algo, pero él está regresando... ¡No! ¡No!

—¿Quién está regresando?

—No, no, sácame de aquí; me quiero ir...

—Todo está bien, Mar. Tranquila. Estás a salvo. Es hora de volver suavemente al momento presente, llevando contigo solo la visión, la fuerza y la sanación que has aprendido. Inspira profundamente y suelta el aire. A la de tres, serás consciente de tu cuerpo, de la habitación, del sofá en el que estás tumbada, sintiéndote lúcida, centrada y segura.

Abrí los ojos, regresando a la sala. —Guao.

—¿Cómo te encuentras? ¿Diferente a la última vez?

—Mierda, Almaguer. Eso fue una locura.

Ella se rio suavemente con su voz de hada. —¿Pudiste volver a la misma vida? Me ha parecido que sí, pero no estaba segura.

Yo todavía estaba tratando de recomponerme tras la sesión. —Sí, sí, era la vida de Beatriz. BVR, las siglas de Beatriz Velázquez de Rossi.

—Hmm, entre esto y el cuadro que encontraste de ella en el Museo del Prado, creo que podría haber una conexión entre vosotras. Parece que ella quería que su alma descubriera lo que pasó... al menos, con el tiempo. ¿Qué es lo que más te llama la atención de esa vida?

—Veo mucho de mí en ella.

—Desde luego, sois la misma alma... solo habéis tenido experiencias de vida distintas.

—Siento su rabia. Hay un punto de amargura en ella que también reconozco. Ese derrotismo y esa falta de confianza en el futuro. Y, para serte sincera, pensé que tal vez ella podría ser... —Me quedé callada, pensando en la maldición.

—¿Ella podría ser? —me instó Almaguer.

—Solo pensé que descubriríamos más sobre la maldición... o al menos que estaríamos cerca de saber cómo empezó todo el asunto.

Almaguer se acomodó en su asiento, mirándome con sus penetrantes ojos azules.

—Mar, supongamos que la maldición es real. ¿Qué elementos de la maldición te preocupan más?

Me burlé. —¿No es obvio? El estar condenada a tener relaciones horribles, a no enamorarme nunca, a quizás no poder tener una familia...

—¿Tienes una buena relación contigo misma ahora mismo? ¿En el presente?

—O sea, ahora mismo no.

—¿Hay algún aspecto de tu vida del que estés enamorada? No me refiero solo a hombres, sino en general. ¿Estás enamorada de ti misma?

—No, obvio que no. De lo único que estoy segura es de que amo lo que hago... y casi pierdo eso también.

—Entonces, aunque exista una maldición, ¿por qué no buscas, por ahora, las respuestas en el presente con la información que has recabado del pasado?

—Pero—

—Dale una vuelta y lo hablamos la próxima vez que vengas. Lamentablemente, ahora tengo que atender a otro paciente y tú necesitas tiempo para procesar esto. Tengo ganas de escuchar qué descubres sobre ti misma. Piénsalo y lo comentamos en la próxima sesión.

34

UN PEQUEÑO FAVOR

Mar

Madrid, España – 2024

Salí de la consulta de Almaguer decidida a averiguar más sobre BVR. Si éramos la misma alma, quizá ella también hubiera vivido bajo la maldición. Quizás existía antes de su tiempo. Ella estaba experimentando muchas de las mismas angustias que yo. También quería saber más sobre su obra y sabía exactamente a quién llamar.

Lucas estaría en la Torre de Espadas. Estábamos a una semana de la preapertura para algunos mecenas e invitados especiales y a un mes de la inauguración oficial. Entré de puntillas por la entrada principal, procurando no perturbar su concentración.

—Dios, Marisol —se llevó una mano al pecho, visiblemente sobresaltado—. No te esperaba hoy. Almudena no llega hasta las siete. Ya hice el recorrido contigo.

—Eh... son las 6:55, Lucas —me reí—. Pero sí, perdón. Entré porque quería verte... y mi familia llega en unos días, así que...

—Estoy maravillado con el arte que hemos creado juntos —dijo, juntando sus manos en forma de plegaria sobre sus labios. Su teléfono sonó con un mensaje.

—Ah, Almudena llega tarde. ¿Quieres pasear por el edificio conmigo y decirme a qué vienes?

Regresamos hacia la entrada principal y cerramos la puerta, fingiendo que nunca habíamos estado dentro. Lucas, con su brillante sonrisa, se dirigió a la puerta y la abrió como un verdadero caballero.

—Después de ti —dijo.

Como si atravesara un portal, entré en otra dimensión. Aunque había estado en el edificio apenas unos minutos, en muchos sentidos, se sentía como un espacio completamente distinto de la estructura desnuda que ayudé a restaurar. La luz del sol, proyectando ahora todo su esplendor en el vestíbulo, me reveló lo que había pasado por alto al venir aquí cada santo día: el edificio se había transformado, y yo también. Había pasado la mayor parte de mi despecho en este edificio, reparando mi corazón con cada trazo de mi pincel, en cada esquina, durante madrugadas que se fundían con la noche.

De vez en cuando, hasta me echaba una siestecita en la terraza cuando hacía buen tiempo. Ver esto materializado era algo que tenía en mi lista de deseos desde hacía mucho tiempo y que ahora podía tachar, lo que permitía que se abriera el siguiente espacio en mi vida.

La visión de Lucas fue clara desde el principio: el edificio debía sentirse como un ascenso al cielo para los visitantes. Primero, entrarían al esplendor del agua. Luego, la tierra. Almudena esculpió varias estructuras, desde ramas hasta una colmena completa, usando yeso y piezas reales de madera reciclada que se entrelazaban con tres de mis murales. Una buganvilla gigante en tonos violeta profundo y magenta cuya copa de flores se fundía con las ramas de Almudena. Jacintos, orquídeas, romero silvestre y rosas rojas, como las que llevan las flamencas en el pelo, bordeaban las paredes, balanceándose a mi paso. Su aroma llenaba la sala con un concierto de notas florales y el toque amargo de las hierbas.

La segunda planta estaba reservada para el cielo. En contraste con la sinfonía colorida de la tierra, el ascenso por las escaleras de mármol recibía a los invitados en un espacio amplio donde los techos altos, los muebles tipo nube y las paredes monocromáticas les permitían volar en sus interacciones. En lugar de pintar las paredes en este nivel, mi trabajo estaba en el suelo. Plasmé el mural sobre el hormigón, creando líneas sencillas en una plétora de blancos, dorados, azules claros y los matices más tenues de rosa. Era un contraste total con el sótano, o el infierno, que sería un bar clandestino nocturno donde los clientes cruzarían el río Estigia hasta llegar a los nueve círculos del infierno.

Finalmente, la terraza, mi parte favorita, estaba dedicada al cosmos. Almudena, inspirada por los antiguos mecenas victorianos, utilizó las molduras para crear planetas que emergían de los techos. Entre ellos, me deleité creando constelaciones con las estrellas más brillantes. El cosmos cobraba vida, un espacio donde no había presente ni futuro ni pasado; solo almas flotando en polvo de estrellas.

Me quedé mirando el mural que pasé cuatro meses pintando en el techo.

—Este es mi favorito de los tuyos. Tu genio silente brilla a través de él.

—¿Mi genio silente? —pregunté confundida.

—Sí… esa falta de fe en tu propio talento.

—¿La falta de fe…? —Arqueé las cejas; parecía que todo el mundo me estaba lanzando indirectas hoy—. Eres el crítico de arte más estricto de Europa. Pensé que tenía que demostrarte mi valor.

—No, querida, no recuerdo haberte dicho que tuvieras que demostrar nada; esa fue tu propia percepción. Pareciera que te costara creer que la gente te elige por quien eres, por tus talentos, por la inmensa creatividad que posees.

Sabía que se refería a cómo me valoraba tanto en la vida como en el trabajo. Me sentí como una idiota, permitiendo que mi propia falta de confianza y autoestima me venciera cuando, claramente, si fui elegida para hacer esto, fue por algo. Escuchar esto después de mi sesión con Almaguer me hizo darme cuenta de que Beatriz y yo nos parecíamos en otra cosa: nuestra crianza. No crecí aprendiendo a amarme a mí misma ni a amar mi trabajo. Siempre creí que este tipo de trabajos era para gente con "mucho talento" y que era difícil triunfar. Mi madre reforzó esa idea y, en parte, tenía razón. Supongo que lo que ninguna de las dos percibió fue que yo era una de esas personas con suficiente talento y coraje para pasar al siguiente nivel.

—Tienes razón —dije—. Gracias... por verme.

Él cruzó los brazos, sonriendo con la mirada. —No hay de qué. Ahora, ¿qué es lo que querías preguntarme?

—¡Ah, verdad! Hay un retrato que encontré en el Prado hace unas semanas. He intentado buscar información sobre él, pero lo único que he encontrado es el nombre de la pintora: BVR. Son las siglas de Beatriz Velázquez de Rossi. No sé dónde podría encontrar información sobre ella o más sobre su obra. ¿Tienes idea de alguien que pueda saberlo?

—Hum —se rascó la barba—. BVR... ¿Tienes una foto del retrato para que pueda compartirla con mis círculos, quizá?

Busqué rápido mi teléfono: —¡Sí! Sí, la tengo. —Había encontrado una pequeña muestra en internet, en la web de la exposición. Abrí la imagen del retrato de la mujer que bien podría haber sido yo hace 500 años. —Es esta.

Su rostro se quedó pálido, sus ojos ámbar clavados en la foto. —Eh... Marisol... esto se parece mucho a...

—...a mí. Lo sé. Por eso necesito saber quién es.

—Guau. El parecido es increíble. De verdad —dijo—. No fastidies. Pásame esto; lo compartiré por ahí. Esto es... guau.

Le quité el teléfono y lo guardé en el bolso. —¿Crees que hay esperanza de encontrar algo de ella, entonces?

—Claro que sí.

35

ESPRESSO MACCHIATO

Mar

Madrid, España – 2024

Llegué a casa y me encontré con una notificación en Instagram: "Solicitud de amistad de Dario Messina". Salté sobre el sofá, asustando a los perros. ¡Es el chico de la exposición del otro día! Reconocí de inmediato su sonrisa jovial y acepté la solicitud. Dos minutos después, me había escrito por privado:

"*Ciao,* Mar, te prometo que no soy un acosador. Lucas me dio tu nombre completo y decidí buscarte. Tus murales son increíbles. En fin, estaré en la ciudad dos semanas más... ¿Te apetecería tomar un café conmigo? Quizás podamos descubrir si nos conocemos de algún sitio o no." Añadió un emoji de guiño al final, dándole un toque pícaro.

Sonreí de oreja a oreja. Vaya. Ni siquiera pensé que todavía era capaz de hacer eso. Me sentí nerviosa. La idea de volver a lanzarme. Incluso la idea de tomar un café con alguien —compartir con un hombre de nuevo— era aterradora.

Esperé para responderle y le escribí a Tania, dándole todos los detalles.

“Tía, no seas tonta. ¿Para quién estás guardando el celibato? Guillermo se va a casar con Silvi. Acepta el café del italiano guapo. ¡ES SOLO UN ESPRESSO! Además, no olvides que a finales de mes nos vamos a Irati por mi cumple. El resto del grupo ya confirmó. Luego te mando los detalles.”

Vacilé un momento, caminando por mi *loft*. Las luces cálidas y coloridas que instalé cuando Guille aún vivía aquí rebotaban en las paredes altas, trayendo recuerdos de las noches en que poníamos discos y bebíamos vino juntos. Apenas estaba empezando a dormir bien otra vez, a recuperar el apetito.

Todavía intentaba descubrir quién era yo al otro lado de ese desamor… pero había algo en Dario que me llamaba. Esa familiaridad.

Cerré los ojos un momento, pensando en lo que me habían dicho tanto Almaguer como Lucas. Aún podía buscar respuestas en el pasado mientras vivía mi presente. Abrí el mensaje otra vez, sintiendo la calidez de Dario a través de su foto de perfil.

“Hola, Dario. ¡Claro! Conozco un sitio que creo que te puede gustar.”

Nos encontramos en el Norah Café, justo al lado de Ortega y Gasset. Tenía un toque diferente y un olivo en medio que me ayudó a calmar los nervios del encuentro. Además, el café allí era fantástico. Elegí un asiento junto a la ventana con vistas a la calle, que me daba la privacidad justa y las opciones de escape necesarias. Él entró unos minutos después.

—¡Mar! —Me abrazó como si me conociera de toda la vida. Su encanto me puso a la defensiva, como si dejar entrar su calidez pudiera llevarme por un camino peligroso. Las palabras de Tania resonaron en mi cabeza: "Es solo un espresso".

—Espero que no te moleste. No tengo muchos amigos en Madrid... y visto que tú y yo aparentemente ya nos conocíamos —bromeó.

—Oh, no pasa nada. Sé lo que es ser nuevo en la ciudad y no conocer a nadie. ¿Está cerrada la escuela donde trabajas ahora mismo?

—Universidad —me corrigió—. Y sí, están de vacaciones de primavera. Me da algo de tiempo para sumergirme en mis investigaciones y cosas por el estilo. He tenido un año un poco... difícil. Salir de Italia durante un par de semanas me está ayudando.

Lo observé mientras hablaba, notando la familiaridad de sus ojos oscuros, el cabello negro como el carbón que enmarcaba su rostro como una pintura. ¿De dónde lo conocía? Pedimos dos espresso macchiatos; conectamos por nuestro amor al arte. Dario conoció a Lucas hace años cuando estaba recopilando textos literarios para él. Ahora, haría lo mismo para nuestra exposición de la semana que viene.

—Estoy seleccionando algunos fragmentos de *La Divina Comedia* para él, para que acompañen a los murales y a las obras. Dante Alighieri es uno de mis favoritos.

Dante. ¡DANTE!

—¡Dios mío! —solté de golpe, sobresaltándolo.

—¿Todo bien?

Contrólate, Mar. No quieres que piense que estás loca.

—Sí, sí, discúlpame.

Lo que de verdad quería decirle era: "Sé exactamente de dónde te conozco. Y no es de esta vida".

Si yo era el vivo retrato de la pintura que BVR había hecho años atrás, Dario era la encarnación viva de Dante, el amante con el que aún no sabía si ella había terminado. Tenían esa misma amabilidad, esa caballerosidad nada imponente y una energía masculina sólida. Su rostro aún reflejaba confusión, pero encontré una salida.

—Yo también he pasado por mucho este año. Se suponía que me iba a casar, y ahora él se va a casar con otra, y bueno, no puedo irme a otro país, pero me escapo a través de mi arte.

Puso su mano sobre la mía en señal de apoyo. —Siento mucho oír eso, Mar.

Para entonces, ambos habíamos terminado los espressos.

—Yo también —suspiré—. ¿Qué tal si damos un paseo?

36

FAMILIA

Mar

Madrid, España – 2024

Abuela, Mami y tía Carmen llegaron a Madrid para la inauguración de mis murales en la Torre de Espadas. Yo había pintado y diseñado los murales; Almudena Castelló, una artista de Cádiz, esculpió más de veinte piezas, y Lucas se encargó de armarlo todo.

Recordé la polémica inicial que enfrentó la ciudad al contratarme. Gran parte de la clase alta madrileña se preguntaba por qué una muralista cubana, una escultora andaluza y un comisario mitad español y mitad británico estaban a cargo de una tarea tan colosal. Pero, a pesar de lo que quería la ciudad, los dueños vendieron con una condición: debía ser restaurado por jóvenes para atraerlos.

La aristocracia española no fue el único grupo que puso el grito en el cielo. Mi familia cubana también tuvo un infarto colectivo cuando decidí mudarme a Madrid para este proyecto.

Antes de venirme a Madrid durante la pandemia, yo era

una "*Miami girl*" de pura cepa, hija de balseros cubanos. La primera ola de inmigrantes de mi familia llegó a Miami en los 80 durante el Mariel; el resto se fue como pudo. Algunos reclamados por familiares, otros a pie por la frontera de México. Yo llegué en la barriga de mi mamá en el 93, viviendo feliz en nuestra casa de Bird Road y la 62 hasta el día en que Papi fue a Cuba a buscar a su hermano, Fernandito, y nunca regresó.

Tal como el arte me salvaba ahora del caos emocional causado por el colapso de mi compromiso, en aquel entonces di rienda suelta a mi espíritu creativo, ese que había estado secuestrado por el bien de la supervivencia durante demasiado tiempo. Ahora, tenía que abrazarlo de nuevo mientras buscaba otras piezas perdidas de mí misma y me enfrentaba a mi familia.

Mis señoras, o el "Triángulo de las Bermudas", como me gustaba llamar a las tres generaciones de mujeres de mi familia, esperaban impacientes en la puerta de llegadas de la T4 de Barajas. Los vuelos nunca llegaban a tiempo, y si lo hacían, tenías que pasar por aduanas y recogida de equipajes. Todo eso podía tardar horas, pero para mi desgracia, hoy solo tomó treinta minutos.

—Como tu abuela y tía Carmen venían con el servicio de silla de ruedas, pasamos directo —me dijo Mami cuando por fin le cogí el teléfono—. Deberías haber estado aquí; tú lo sabías. Tú sabías que veníamos.

—Sí, Mami, estaba en camino, pero no sabía que el único día en que me retraso un poquito es el día en que el sistema aeroportuario español funciona a la perfección. Discúlpame.

Tía Carmen también me soltó sus quejas, pero la verdadera estrella de mi vida, mi abuela Mariana, solo estaba feliz de verme. Sentada en la cafetería justo afuera de la terminal, salió disparada hacia mí en cuanto me vio cruzar las puertas del aeropuerto.

—Mi chiquitica —dijo, estrechándome en sus brazos—. Te

extrañé mucho, mi sol. —Y pasando al susurro—: Te traje escondidos unos pastelitos de guayaba y queso.

—Oye —le bromeé—. Pero te vas a tener que comer algunos tú también, porque estás un poquito flaquita.

—Ey, dejen algo de amor para mí, ustedes dos. Yo soy la que ha pasado todo el trabajo para traernos hasta aquí, y tú eres mi hija —interrumpió mi mamá.

—Ven acá, Mami —la abracé—. No te pongas celosa.

—¿Celosa? Nah, vamos, anda. Todas necesitamos cambiarnos y descansar antes de mañana —me miró de arriba abajo—. Vas a hacerte algo en ese pelo, ¿verdad? Es un desastre.

Mis rizos estaban salvajes hoy. Rebeldes, igual que el resto de mi vida. Sin embargo, por primera vez, no me importaba.

Llegamos a mi apartamento y encontramos un paquete en el umbral.

—Te llegó un paquete. —Mami señaló lo obvio, cargando la caja y poniéndola sobre el mostrador de la cocina. Parecía pequeña, pero no muy ligera. Ni siquiera se molestó en meter su maleta en el *loft*; fue directo a la cocina a buscar unas tijeras. Abuela y tía Carmen se tambalearon hasta el sofá, dejándome con todo el equipaje.

—Estas maletas no pesan nada; yo me encargo —bromeé—. Miraré el paquete en un momento. ¿Dice de parte de quién es?

—No —respondió Abuela.

—¿Tienen hambre? —pregunté.

—Sí —dijo Mami—. ¿Pero no quieres abrir la caja primero? ¿Y si es un regalo por la apertura de la galería de mañana?

—No es una galería, Mami. Se va a usar para eventos; tiene un bar, una biblioteca, un restaurante...

—¿Vas a llevar a alguien contigo al evento de mañana? —siguió—. ¿Y ese muchacho guapo que dirige la exhibición?

—Lucas y yo tenemos una relación estrictamente laboral, Mami. Además, creo que está saliendo con alguien. Una modelo argentina o algo así. Nunca la he visto, pero he oído rumores sobre Almudena. Ahora mismo estoy en mi proceso de sanación después de todo lo que pasó con Guillermo. Nada de hombres para mí en este momento.

No iba a mencionar mi "semi-cita" con Dario.

—Haces bien. Los hombres solo traen dolores de cabeza. Dios sabe que amé a tu abuelo, Dios lo tenga en su santa gloria, pero ese hombre requería mucha atención —dijo Abuela—. Y en nuestra juventud, alabao... ¿Para qué pensar en eso? Pero, Mar, mi bien, ¿nos vas a tener aquí esperando a que abras el paquete? La única razón por la que no lo hemos abierto es porque sabemos que te pones mal cuando la gente te abre el correo, diciendo que es un "delito federal". Pero entre el *jet lag* y el hambre, ya no podemos más.

Revirando los ojos, corté la cinta de la caja. Inmediatamente encontré una nota escrita a mano con la caligrafía de Lucas. Estaba encima de unos envoltorios.

Mar,

Espero que esto no sea un atrevimiento de mi parte, pero cuando me enseñaste la imagen de este retrato en tu móvil la semana pasada, no pude evitar buscarla. No fue fácil, pero resulta que uno de mis amigos del Museo del Prado conocía al conservador y estaban a punto de descolgarla para guardarla en el almacén. La persona que donó la obra ya no la quería. Me he tomado el atrevimiento de rescatarla para ti, ya que creo que esta BVR de hace 500 años pudo haberte imaginado al crearla. Charlamos en la inauguración y te contaré más de lo que sé.

Hasta entonces, disfruta de tu nueva compañera de piso.
-Lucas

. . .

—¡Ay, Dios mío! ¡Ay, Dios mío! ¡AY, DIOS MÍOOO! —salté emocionada, pegándoles un susto de muerte a Mami y a Abuela—. ¿Saben lo que es esto? ¿Saben? —Quité los envoltorios, revelando el minúsculo retrato que había visto semanas antes en el Prado con Alberto—. ¡AHHHHHHHH! —chillé, sosteniéndolo en alto—. ¡Hasta incluyó el marco!

—Niña, por Dios, ¿qué está pasando? —dijo Mami, acercándose para ver la pintura—. ¿Qué es... —Se quedó sin aliento.

—Mami —llamó a Abuela—. Ven a ver esto. No lo vas a creer.

Desconcertada, di un paso atrás, todavía sosteniendo el marco. Abuela se acercó y me quitó el cuadro, clavando la mirada en el retrato de BVR.

—Ay, Virgen Santísima —lo soltó, pasándome la pintura. Se hizo la señal de la cruz, con el horror pintado en la cara—. Marisol, ¿quién te mandó eso, mi niña? ¡Suelta eso!

—Me lo mandó Lucas. Es una pintura por la que he estado preguntando...

—¡¿De quién es?! —gritó Abuela. Era raro verla alterada; casi nada la perturbaba—. ¿Quién es el pintor?

—Su nombre es Beatriz Velázquez de Rossi. Esta pintura tiene más de 500 años —dije, todavía confundida—. ¿Cuál es el problema? Es solo un retrato de alguien que se parece a mí.

—Esa mujer es una maldición para nuestra familia y para todo el que toque su obra, ¿me oyes? ¡Tienes que deshacerte de esa pintura ahora mismo!

—Espera, abuela, no. Esta obra de arte es una reliquia. Tengo que hablar con Lucas primero para ver cuánto vale o si de verdad me pertenece. Lucas la consiguió porque pregunté por la pintora. No voy a botar esto. ¿Están locas? Por favor, explíquenme qué está pasando... ¿Y cómo es que siquiera reconocen su arte? Esto es una locura.

—Esa mujer, su arte, es la razón por la que las mujeres de la familia de tu padre están malditas, Marisol —sentenció, sentándose en la mesa del comedor para calmar su agitación—. Ella es la razón por la que tu padre se ahogó, la razón por la que dejaron a Gretelcita plantada en el altar y la razón por la que tu madre nunca se volvió a casar.

—¿Qué? Abuela, ¿de qué estás hablando? ¿Cómo es que es la primera vez que escucho algo de esto? —dije—. Abuela Cristina dijo que la maldición empezó con un antepasado nuestro. No una pintora del Renacimiento.

—Mira, Marisol —se levantó con la misma mirada que me daba de niña cuando le faltaba el respeto a alguien o me rebelaba contra las normas familiares—. Maldigo el día en que dejamos entrar a ese profesor americano loco a nuestra casa en Miami y lo ayudamos a escarbar en el pasado de esta mujer. Lo maldigo. No voy a hablar más del asunto; ahora, por favor, lleva eso de vuelta a donde vino. Al menos mientras tu madre y yo estemos aquí. Y prométeme, Marisol, que vas a dejar esto así.

Metí la pintura de nuevo en la caja, cubriéndola con sus envoltorios originales, y me arrodillé a los pies de mi abuela.

—¿Un profesor? No tengo idea de qué estás hablando, pero, Abuela, entiendo tu dolor. Entiendo tu miedo. Lo que no entiendo es cómo esta pintura, que es...

—Marisol —intervino Mami—. Basta ya de esto. Guárdala por ahora, antes de que le des un infarto a tu abuela.

—Pero...

—Pero nada. Sé que esta es tu casa, pero nosotras somos tu familia y tienes que respetar los deseos de tu abuela —dijo con firmeza, tomando el paquete y entregándomelo.

Sentí que la cara se me calentaba, la rabia burbujeando desde el estómago hasta mi boca, esperando erupcionar como un volcán. Con un suspiro profundo la reprimí. Recordé por qué me fui. La razón por la que estaba tan ansiosa por irme tan joven, por volar, por abrir mis alas y encontrar mi propio camino en el mundo. Por mucho que amara a mi madre, a mi abuela, a toda mi familia... mi voz nunca contaría.

37

TORRE DE ESPADAS

Mar

Madrid, España – 2024

Me reuní con Lucas al día siguiente, antes de abrir las puertas del edificio. Fue justo después de la bronca con Mami y Abuela. La tensión estaba por las nubes. Había guardado el cuadro en el trastero para no asustarlas más; ya lo instalaría en mi *loft* cuando se marcharan. Era un día cálido en Madrid, con esos cielos azules icónicos y terrazas ventiladas que invitaban a cada alma de la ciudad a salir a tomarse un tinto de verano y picar unas gildas en este espacio tan bonito que habíamos creado.

Lucas, tan elegante como siempre, apareció con unas gafas de aviador vintage, pantalones de sastre y una camisa de lino abierta lo justo para dejar ver su pecho esculpido. Era sencillo, pero tan sofisticado como él mismo. Sabiendo que parecería un modelo de Calvin Klein, yo había domado mis rizos y optado por un vestido vaporoso con cinturón, en lugar de mi uniforme habitual de jeans, camisa blanca y jersey cómodo. De vez en cuando sabía arreglarme y muy bien.

Nos sentamos en la terraza; él trajo dos copas de albariño.

—Eeey —dijo—. Buenas tardes. Es un gusto verte sin que estés cubierta de pintura de pies a cabeza. El vestido es genial.

Me sonrojé. —Gracias. Muchas gracias por la pintura. No tengo palabras ni para...

Él levantó una mano, como para detenerme.

—Hace un día precioso, ¿no, Mar? —preguntó, mirando hacia la calle arbolada que nos protegía del sol; luego me dedicó una sonrisa juguetona que nunca me había dado. En el trabajo siempre era tan... serio.

—Sí... —Asentí—. La verdad es que se está de lujo.

—Te estoy vacilando. Es que no quiero que estemos en plan profesional si nuestro trabajo aquí ya está hecho —se rio—. Pero hablemos de esta tal BVR, porque creo que hay mucho que te puede interesar. También creo que hay alguien con quien deberías hablar.

—Dispara —le dije.

—Resulta que esta mujer, Beatriz Velázquez de Rossi, nació aquí en España. Era hija de un marchante de arte de la corte que trabajaba estrechamente con la monarquía a finales de los 1400, justo en la época del Renacimiento italiano. Como era mujer, no sé mucho más, salvo que más tarde en su vida emigró a Cuba, siguió pintando allí y algunos de sus descendientes vendieron algunos de sus cuadros a una galería en Nueva York para una exposición.

Ah, a esto se refería mi abuela.

—No estoy seguro de si llegaron a hacerlo o qué pasó; hay muy poca información sobre ella más allá de los documentos de la corte, que no he revisado. Sin embargo, el cuadro que encontraste, el del Prado, fue donado por un mecenas anónimo que lo poseía. Al parecer, es una pieza que no se había expuesto antes. Se encontró después de la exhibición en Nueva York.

Un camarero estaba montando el evento detrás de nosotros, saludando a Lucas y avisándole que abriríamos en quince minutos.

—Espera. —Me quedé mirándolo—. ¿Entonces... vivió aquí, luego en Italia y luego en Cuba?

Él le dio un sorbo a su vino. —Sí, Cuba.

¿Cómo rayos una mujer del Renacimiento terminó en Cuba? No tenía sentido. Especialmente si tenía dinero o una familia cercana a la corte. Los únicos que emigraban a Cuba a finales del siglo XV y principios del XVI eran campesinos y colonizadores. ¿Por qué una pintora haría ese viaje?

—Esto no tiene sentido, Lucas. No me imagino por qué o cómo una mujer de su época haría algo así. Supongo que tendría marido... ¿O hijos? ¿Es por eso que se fue?

Pensé en mi última sesión con Almaguer. Lo último que supe de BVR fue que había reavivado su romance con Dante y que estaba intentando encontrar la forma de estar con él. No encajaba que escaparan a Cuba. ¿Sería lo que experimenté en mi regresión parte de mi imaginación?

—Sinceramente, no lo sé, Mar. Pero es interesante de cojones —dijo—. Creo que deberías investigar esto; quizá haya algo ahí para ti. De todos modos, ya hemos terminado y no empiezas tu mural en la Casa América hasta dentro de dos meses, ¿no?

Tenía razón. Estaría viviendo de los últimos royalties del proyecto de la Torre de Espadas y aceptando algunos encargos de fans que querían piezas especiales. Tenía unas semanas antes de empezar a trabajar en ellos, así que investigar a BVR parecía una alternativa tentadora.

—No sabría ni por dónde empezar —dije, dando un sorbo a mi copa.

—No te preocupes por eso, Mar. Sé exactamente con quién tienes que hablar.

Sacó una tarjeta de su cartera, le pidió un bolígrafo al camarero y le dio la vuelta para escribir un nombre, un número y un correo electrónico. —Estos son los datos de Giulia Giordano. Es descendiente de una mujer que dirigía una sociedad secreta de mujeres pintoras en Florencia durante el Renacimiento. Me enteré de ella hace poco a través de un amigo que también vive allí. Espero que te sirva. Manténme informado.

Se giró, cambiando el enfoque hacia la inauguración.

—Espera, Lucas. Una última cosa: ¿qué hago con el cuadro después de todo esto?

Me miró confundido. —Es tuyo. Quédatelo.

—¿Y los impuestos? ¿No tengo que declararlo o algo así? —pregunté.

Él volvió hacia mí. —Digamos que eso ya está solucionado.

Las puertas de la Torre de Espadas se abrieron, dándoles la bienvenida a más de 100 invitados a la experiencia que habíamos creado con tanto cariño. Lucas encantó a todo el mundo, explicando cada concepto e invitándoles a quedarse en las salas donde se sintieran más cómodos. Después de enseñar los murales, hacerme fotos y conversar con posibles mecenas, me dirigí a la barra a por una copa.

—Volvemos a encontrarnos, Mar —dijo Dario suavemente, acercándose por detrás—. Felicidades por estos murales. Son increíbles.

Me giré hacia él, encontrando que su rostro jovial había sido reemplazado por un semblante mucho más maduro. Tenía el pelo peinado hacia atrás en ondas perfectas, la barba arreglada y sus brazos expuestos revelaban unos músculos en el antebrazo que no había notado bajo su chaqueta las últimas dos veces que lo vi. Hoy estaba... apetecible.

—Me alegra que te guste —dije con naturalidad—. He puesto literalmente mi alma y mi corazón en este trabajo. Ha visto todas mis facetas en los últimos tres años.

Arqueó una ceja y sonrió. —Qué alma tan hermosa debes tener si esto es lo que proyectas. Imagínate si esto es lo que haces cuando tienes el corazón roto, lo que crearías estando enamorada.

Su franqueza me tomó por sorpresa, otra vez. Yo solía ser la directa cuando se trataba de ligar, especialmente cuando la persona con la que tonteaba se veía tan bien.

—Bueno, parte de esto lo hice estando enamorada —dije.

—¿Enamorada del tipo que volvió con su ex? —Se burló, sacudiendo la cabeza—. Eso no era amor.

—Guau, no sabía que ahora eras el experto en romance. —Cogí una copa de vino blanco de un camarero que pasaba.

Él se acercó más. —No lo soy. Ni mucho menos. Pero creo que la gente piensa que enamorarse es algo sobre lo que no se tiene control. Amar a alguien es una elección, no algo que simplemente te pasa.

Di dos pasos atrás. No estaba de acuerdo con él. Si hubiera tenido algún control sobre quién me enamoraba, habría tomado mejores decisiones en el pasado. Hubiera sido capaz de prever, al menos, en qué me estaba metiendo. Además, su enfoque me parecía tan... frío.

—Y yo que pensaba que era cínica —dije—. Parece que no soy la única decepcionada por el amor.

—No, nada de eso. Sí que creo en el amor. Solo que la próxima vez que ame a alguien, quiero que sea una elección. No un evento aleatorio dictado por el destino, ni una de esas frases... ¿Cómo dice la gente? "Cuando sabes, sabes".

Sentí que una frustración familiar crecía en mi interior.

—¿No crees en las almas gemelas?

Soltó una carcajada. —No, claro que no. Es ridículo pensar que hay una persona con la que estás destinada a encontrarte, de la que te enamorarás y con la que todo saldrá bien.

No podía creer que lo hubiera visto como el Dante que Beatriz deseaba. Podían parecerse, pero no había ninguna conexión más allá de eso. Su cinismo sobre las almas gemelas me estaba sacando de quicio.

—Las almas gemelas no funcionan de esa manera, Dario. Pero, de todos modos, ¿dices entonces que si conocieras a alguien con quien conectaras de verdad, no lo intentarías? ¿Simplemente te marcharías sin explorarlo porque se sintió "predestinado" a que se conocieran?

—No, no estoy diciendo eso. Necesitaría hacer más...

—¿Hacer más qué?

—Necesitaría saber más de esa persona, conocerla mejor, asegurarme de que nuestro propósito estuviera alineado.

—¿Tomarías una decisión sobre una pareja basándote únicamente en la lógica?

Se cruzó de brazos. —Pues, ¿sabes qué? A lo mejor sí.

Agobiada, terminé la copa y la dejé en la barra.

—Bueno —dije—. Me tengo que ir. Tengo que ver cómo está mi familia. Un gusto verte.

~

En mi sueño, camino por un pasillo oscuro. Es plena noche y el olor a jazmín llena el aire. La calle está en silencio. A lo lejos, oigo gente riendo y cantando borracha. Entonces, ella aparece por la esquina, con su cabello dorado, soltando un rastro de polvo de oro y margaritas.

"Vieni, Mar, vieni con me."

Está riendo y dando saltitos mientras lleva una túnica larga y blanca. Gira la esquina y yo veo la cúpula de Santa María del Fiore asomándose. *Ah, estoy en Florencia.*

De repente, la mujer del cuadro desaparece. Todo se vuelve oscuro. Ahora estoy en lo que parece un bosque. Sigue siendo de noche. No distingo nada más que troncos de árboles, y en lugar de cantos, reconozco cascos, caballos galopando y gritos. Asustada, corro a esconderme, como si vinieran a por mí. ¿Pero cómo podrían? Ni siquiera sé dónde estoy.

"¡Corre, Mar!"

Escucho una voz familiar; es la chica del cuadro, solo que esta vez no la veo, no la encuentro.

"¡Corre antes de que te atrapen!"

—¡Marisollllllll! —Escucho a unos hombres ahora. Reconozco mi nombre. Intento mover los pies, pero están atrapados, pesados, pegados al piso. Entonces los veo, caballos negros dirigiéndose hacia mí, un hombre con barba roja al frente. Su sonrisa malvada se vuelve aún más diabólica ante la antorcha. "*Ciao,* Marisol".

Me despierto gritando y jadeando. Gracias a Dios. Solo era un sueño. Mi cama está empapada de sudor; Sirius y Romina roncan como si nada hubiera pasado, como si no hubiera corrido por vete a saber qué bosque y salido viva de allí. Qué carajo fue eso. Sentí aún más pánico al darme cuenta de que la mujer del cuadro estaba en mi sueño. Mierda.

38

ESPEJOS

Mar

Madrid, España – 2024

Entré como un huracán en la oficina de Almaguer, tiré mis cosas en la silla vacía y me desplomé en el sofá. Ella no dijo nada mientras me crucé de brazos.

Me observó por encima de sus gafas. Hoy eran moradas. —Vaya... Y yo que pensaba que la preapertura había ido bien.

Se me había olvidado por completo que ella había asistido después de que la invité. Ni siquiera me di cuenta de que estaba allí.

—No es por la exhibición. Eso salió bien. Son otras cosas que no dejan de pasar.

—¿Cómo cuáles?

—Mi familia me está volviendo loca. Llegaron mi abuela, mi mamá y mi tía, y no sé por qué pensé que las cosas serían diferentes o que habríamos superado viejos resentimientos, sobre todo en lo que respecta a mi trabajo, pero ahí siguen. Y para colmo, Lucas me regaló la pintura de la que te hablé. ¿Te acuerdas?

—Sí, lo—

La interrumpí. —¡Y se volvieron locas! Dicen que la artista, BVR, está maldita. ¿Cómo va a estar maldita, doctora Almaguer? Nada de lo que hemos visto al indagar en el pasado nos ha llevado a creerlo.

—Mar, está bien sentirse alterada. No me habías contado esto sobre tu familia antes. ¿Hay algo más que no me hayas revelado... tal vez algunos miedos?

Lágrimas de rabia se acumularon en mis ojos.

—Siento que nunca soy suficiente para ellas. Siempre la cago de alguna forma, a pesar de que pasé la mayor parte de mi vida intentando hacer lo que ellas querían. Intentando compensar el hecho de que mi papá murió y mi familia sacrificó tanto para que yo tuviera una buena vida.

Ella se acercó a la tetera y me sirvió un poco de té en una taza.

—¿Te recuerda a alguien? ¿Quizá a una parte de tu alma que visitaste hace poco?

—Sí, tiene el sello de Beatriz por todas partes. Ahora la veo en todos lados.

—¿Recuerdas lo que te dije sobre las familias de almas que viajan juntas? ¿Sobre cómo elegimos las experiencias que tenemos en esta vida?

—Sí —dije, malhumorada.

—Tu familia proyecta de vuelta tus propias heridas. Toda esa infelicidad, el sentimiento de que has sacrificado quién eres por ellas... vuelve a lo que te decía el otro día sobre las heridas de amor que Guillermo te reflejaba. Lo mismo ocurre con lo que estás viviendo con tu familia. Cada experiencia que todavía te frustra, que te quita la paz, ahí es donde tienes que profundizar. Son cosas que estás resolviendo ahora, en esta vida. Tienes la opción de cambiarlas. Tienes la opción.

Elección. ¿Acaso era la palabra del mes?

—Arrggghhh. —Me hundí más en el sofá—. Hagamos esto de una vez.

39

AMOR FATI

Beatriz

Bolonia, Italia – 1491

Me salté el desayuno, ocultándome en la *bottega*. Aún sentía el roce de los labios de Dante impreso en los míos, su distintivo aroma a bergamota y cítricos vívido en mi memoria. Apoyada en mi estación de trabajo improvisada, cerré los ojos, saboreando el recuerdo de su lengua y el placer de su rastro por mi cuello y mi corpiño. Mi piel se sentía luminosa y radiante, como si hubiera estado marchita durante los últimos cinco años. ¿Cómo había vivido sin él? ¿Cómo había sobrevivido?

—No volveré a perderte, Beatriz —había dicho él con severidad—. Ni esta vez ni nunca más. Me niego. *Amor fati.* Este es nuestro destino y debemos aceptarlo. ¿Estás conmigo esta vez?

No le había dado una respuesta, pero sabía que era un sí. Estaba dispuesta a hacer todo lo necesario para asegurarme de que nunca más nos separáramos. Aunque eso significara vivir en una choza en las montañas o huir a España. La vida nos daba otra oportunidad. ¿Y quiénes éramos nosotros para oponernos a nuestro sino?

Reorganicé los pinceles y los polvos en la *bottega* junto al vitral que había pintado hacía tres meses; el sol creaba una explosión de color contra sus bases de madera y contra el suelo del estudio.

Poco a poco, las ideas germinaron en mi mente: una rebelión contra todo lo que había considerado la profecía de mi vida. No iba a pasar mis días en manos de un monstruo. No iba a enterrar a otro nonato ni permitir que la oscuridad que yacía en mi interior me envolviera. Me di cuenta de que lo único que quería a partir de ahora era volver a ser yo misma, al lado del hombre que siempre amé.

40

DOZZA

Beatriz

Bolonia, Italia – 1491

Ven conmigo a Dozza.

Me arrullaba dulcemente con su tacto delicado, recorriendo el contorno de mis caderas, allí donde se habían formado algunas estrías tras mi último embarazo. Era la primera vez que yacíamos juntos desde nuestro reencuentro.

—Hay un lugar que quiero mostrarte... un lugar donde podríamos... estar solos un tiempo. Pasar un rato juntos.

Los preparativos fueron difíciles, sobre todo considerando lo que se esperaba de mí como condesa. Incluso en ausencia de Niccolò, todavía tenía que asistir a banquetes y actuar en su nombre. Aun así, no deseaba nada más que desaparecer en el campo con Dante.

—¿A qué distancia está? —pregunté—. ¿Llegaremos en carruaje?

—No está muy lejos. No saldríamos de Emilia Romagna. Hay una propiedad allí... que pertenecía a mi *nonno;* me la dejó.

Hay un terreno y una cabaña con... provisiones. No es la opulencia de tu *palazzo*, pero es habitable. Me gustaría pasar contigo algo más que unas horas apresuradas, *amore*. Allí nadie sabría quiénes somos.

Me giré sobre mi vientre, tomé su mano entre las mías y lo miré profundamente a los ojos.

—¿Y qué hay de mi marido? Debemos ser cuidadosos con su ira...

—Oh, Beatriz, sé que un día ambos moriremos. Quizás ya lo hicimos. De algún modo, hemos hallado la forma de volver el uno al otro, de sanar nuestras heridas juntos. Todo lo que te pido, *bella mia,* es un momento en el que podamos ser libres... para vivir.

41

EL NACIMIENTO DE VENUS

Beatriz

Bolonia, Italia – 1492

Tres meses después, había tres latidos dentro de mí: los de mis hijos y el mío. Daria y yo nos estábamos quedando en la casa de mi hermano en Siena tras nuestro viaje a Dozza. Supe, por las semanas que habían pasado, que eran de Dante, lo cual me llenó de una alegría y un resplandor inexplicables que no había experimentado en mis embarazos anteriores.

Mi piel brillaba, mi vientre crecía más que en los anteriores y mi propósito ahora se duplicaba.

No me sorprendió cuando la matrona anunció que creía que serían gemelos. Mis hermanas eran gemelas, al igual que mis tíos. Parecía que a algunas personas de nuestra familia les gustaba venir al mundo acompañadas. Mi embarazo se sentía como si viviera en otro mundo. Con cada semana que pasaba, mi vientre se hacía más grande. Bailaban juntos como peces en un estanque, dando vueltas en el universo de mi útero. Salía a los jardines del *palazzo* descalza, con cuidado de que los sirvientes no me vieran, y escabullía alguna de las cartas o poemas de Dante entre mis ropas.

—Vuestro papá escribió esto para mí. Se pondrá tan feliz cuando sepa que seremos padres —decía yo—. Tenemos que encontrar el camino de vuelta a él lo antes posible.

Y ese camino nos encontró primero. El mensajero llegó en carruaje, no a caballo; el paquete ocupaba casi todo el techo del carruaje. Estaba dirigido a mí, aunque fue Enzo quien lo recibió. Me llamó a su estudio, cerró las puertas y despachó a todos los sirvientes.

—¿Sabes qué es esto, Beatriz? —Señaló el paquete cubierto; ya lo había abierto—. ¿Has perdido la cabeza? ¡¿Sabes lo que es?!

—No, pero espero que me lo digas tú... —Me desplomé en una silla—. También agradecería que te calmaras.

—¡¿Qué me calme?! —rugió. Tiró de los envoltorios, revelando la pintura inconfundible en la que trabajé hace tanto tiempo—. ¿Cómo ha llegado a tu poder *El nacimiento de Venus*?

Me levanté de mi asiento de inmediato, acercándome a ella y trazando con mis dedos el borde dorado del marco. ¿Cómo, en efecto? De inmediato pensé en las cartas de las *Fiori*, en las advertencias de la *Signora* Clarice de que Sandro se había radicalizado cada vez más por las enseñanzas del fraile. ¿Podría esta pintura de su amada Simonetta Vespucci, surgiendo de las aguas como Venus, estar en peligro debido a sus nuevas creencias?

Estaba segura de que, por mucho que Sandro abrazara nuevas creencias, él nunca dejaría de amar a Simonetta. Miré a mi hermano. La vena de su frente pulsaba, a la espera de una respuesta. Armándome con un nuevo tipo de valor, supe que era hora de que lo supiera todo. Más que nunca, necesitaba un aliado.

Cuando terminé, su boca se quedó abierta. La violencia, los años, los gemelos que no eran de Niccolò y que no tendrían su semblante. Caminó por la habitación, tirándose de la barba como hacía nuestro padre cuando estaba perdido en sus pensamientos o no sabía cómo proceder.

—Hermana —dijo suavemente—. Creo que es hora de que hagas tu baúl y te marches.

—¿En serio? Me estás echando. —Caminé hacia él, sosteniendo mi vientre.

—Te estoy ayudando a escapar. Tengo cuatro hijos a los que cuidar, Beatriz. No puedo permitir que me encuentren con esta pintura en mi casa, no con cómo están progresando las cosas en Florencia. Cualquier pintura que parezca paganismo o que vaya en contra de la iglesia está prohibida. Se habla de una guerra entre los reinos. Me torturarían. Tampoco te dejaré sufrir más, y menos aún con el próximo nacimiento de tus hijos. Organizaré tu partida. Necesito que te escondas lo mejor posible en un lugar donde nadie pueda encontrarte. Llévate a Daria. Te daré suficiente oro para mantenerte.

—¿Qué hay de Niccolò? ¿Y si intenta hacer daño a tu familia? —dije—. No quiero que te maten como a Papá.

—Debo viajar pronto a Milán con mi familia por negocios. Te dejaré un carruaje aquí durante mi ausencia. El cochero tendrá instrucciones específicas para protegerte y llevarte a donde desees. ¿Entiendes? Tienes que marcharte el mismo día o al día siguiente para que esto funcione; debe parecer que has huido. Puedes dejar tu baúl... solo llévate la pintura contigo.

Me lancé a sus brazos, con las lágrimas brotando de mis ojos. —Gracias, hermano.

—Es hora de que conozcas algo de felicidad, Beatriz.

42

UNA PROMESA DE SANGRE

Beatriz

Dozza, Italia – 1496

Matteo y Chiara llegaron al mundo *en caul*, tras casi dos días de parto. Nacieron el 16 de mayo de 1492 en la casa de su bisabuelo en Dozza. Como si mi propia mano los hubiera trazado, ambos nacieron con un ojo verde y el otro castaño. Exactamente como yo había pintado a Sol años atrás.

Cuando vi por primera vez los rostros de mis hijos, comprendí algo que nunca antes había conocido. El amor que sentí no se parecía a nada que hubiera experimentado antes; era más feroz que la devoción, más fuerte que el deber. Gestarlos me había cambiado, dándome una fuerza que no sabía que poseía. Por estos niños, míos y de Dante, haría cualquier cosa. Movería cielo y tierra para protegerlos o quemaría el mundo si alguien se atreviera a amenazarlos.

Dante y yo habíamos vivido, de alguna manera, la vida que nunca creímos posible. Cambié mi nombre a María Lupo y nos casamos. Daria y la *Signora* Clarice habían venido a vivir con nosotros para escapar del tumulto florentino. Vivíamos la felicidad plena.

Hasta que Niccolò nos la arrebató.

Cinco años después de que huyéramos de la casa de mi hermano en Siena, nos encontró. Dante se marchó por la mañana a dar clases y Niccolò aprovechó su ausencia. Llegó a nuestra casa armado, alegando que venía a llevarnos a los gemelos y a mí de vuelta a Siena, donde decía haber esperado nuestro regreso. Cuando se dio cuenta de que los niños no eran suyos, agarró a Chiara y le apretó un cuchillo al cuello.

—Ven conmigo, Beatriz, y dejaré a la niña —amenazó—. ¡Eres mi esposa!

—*Dai, Dai,* iré contigo. Solo suelta a la niña. —Sabía que si se la llevaba, no volvería a verla. La crueldad de Niccolò no conocía límites; acabaría con la vida de un niño sin vacilar si eso servía a sus fines.

La *Signora* Clarice y Daria habían arrojado polvos azules al fuego, esperando que el pueblo viera el humo y viniera en nuestro auxilio, si es que nuestros gritos ya no los habían atraído.

—Niccolò, dame a Chiara, déjame despedirme de ella y nos iremos juntos, te lo prometo.

La soltó y, justo cuando ella llegó a mis brazos, él me agarró del pelo, tirándome como si fuera un animal. Grité adolorida.

—Nos vamos. —Me arrastró hacia la puerta de nuestra casa, con los niños gritando detrás de mí.

—¡Así no, Niccolò, espera! ¡Espera! Déjame despedirme de ellos.

Sus ojos se tornaron más oscuros que su tormenta habitual.

—Tú no te despediste de mí; tampoco te despedirás de ellos.

Dante irrumpió por la puerta, encontrándose cara a cara con Niccolò, que aún me sujetaba el cuero cabelludo. Sacando el cuchillo afilado que usaba para tallar, apuntó al hombre que tanto dolor me había infligido.

—Suelta a mi esposa, bruto —advirtió—. No lo repetiré. Suéltala o te corto.

Niccolò se burló, mirando a Dante de arriba abajo. Era enorme en comparación con él y claramente creía que Dante jamás podría vencerlo.

—Me gustaría verte intentarlo —dijo.

Su exceso de confianza le costó un tajo en el pecho que lo obligó a soltarme, desatando una rabia dirigida hacia Dante.

—¡Toma a los niños y corre! —nos gritó Dante—. No vuelvas, Beatriz. ¡NO VUELVAS!

Estábamos a mitad del campo cuando entregué a Chiara y Matteo a Daria y a la *Signora* Clarice. Les planté un beso en la frente a cada uno. —Volveré por vosotros. Portaos bien con vuestras nanas, *¿dai?*

Ya había vivido una vez sin Dante. Sabía que no podría soportarlo de nuevo. No permitiría que pereciera a manos de mi maltratador. Corrí hacia la casa y encontré a Niccolò ensangrentado en el suelo. Busqué a Dante hasta que lo vi inconsciente en un rincón, con una herida en la cabeza.

Niccolò soltaba carcajadas mientras me veía intentar sacar a Dante de nuestro hogar. Arrastrándolo hacia el campo.

—¿Creías que te saldrías con la tuya, Beatriz? ¿Qué te permitiría vivir tu vida como si yo nunca hubiera existido? Me quitaste la posibilidad de tener una familia. Ahora mira cómo desaparece la tuya.

Tosió sangre, manchando su ropa y con el rostro enrojecido. Lo miré con lástima, sabiendo que moriría por sus heridas. Me volví hacia Dante y lo arrastré por el umbral, rezando para que despertara. Detrás de mí, oí un crujido. Lienzos moviéndose. Antes de que pudiera detenerlo, Niccolò había prendido fuego a una de mis pinturas y la había lanzado hacia las vigas de madera que sostenían la cabaña.

La estructura prendió casi de inmediato, las llamas rugiendo de suelo a techo, encerrándonos en aquel infierno.

—¡Dante! ¡Dante! *Amore*, ¡por favor, despierta! —le supliqué. Sus ojos se abrieron a la fuerza, en un vaivén de consciencia—. Te lo ruego; necesito que me ayudes.

Luchó por ponerse de pie. Caminó unos pasos antes de desplomarse. Daria entró corriendo, horrorizada por el fuego. Me ayudó a cargarlo hasta el campo, lo más lejos posible.

El resto del pueblo se unió para extinguir el incendio, asegurándose de que los campos secos no ardieran ni devoraran al pueblo entero. Dante jadeaba en mis brazos, con la mano extendida hacia mi rostro, llevándolo hacia él.

—No me dejes, no me dejes, Dante —sollocé—. Por favor, no me abandones, amor mío. Te necesitamos. ¡Te necesito!

Me sonrió, como si recordara cada vez que la vida nos había separado y nos había vuelto a unir. Cada momento en que la mano cruel del destino nos había arrebatado el uno al otro. Sentí que toda esperanza se drenaba de mi cuerpo, como si estuviera muriendo con él, con el espíritu en pedazos al saber que esta sería la última vez que amaría de esta manera.

—Te juro, Dante, que nunca amaré a otro. Nunca encontraré paz en esta vida ni en la siguiente hasta que te encuentre y te reconozca. Hallaremos una vida, amor mío, en la que no estemos limitados por la sociedad ni por las reglas de los hombres, en la que nuestro amor sea libre de elegir. Hasta entonces, no amaré a otra alma que no sea la tuya.

Alcé la vista y encontré a nuestros hijos escondidos tras la *Signora* Clarice, aferrados a sus faldas. ¿Cómo sobrevivirían en esta tierra con este dolor? Jamás podrían. Nadie más en su linaje viviría algo como esto. Nadie podría soportar el dolor que yo había sufrido en mi vida. El amor forzado. El destino encadenado. Me niego.

—Y en cuanto a nuestro linaje, os libero de los peligros del romance. De los peligros de la desesperación. De creer en un amor tan fuerte como el que yo he vivido. Nunca lo tendréis para que así podáis vivir.

43

ROMPER UNA MALDICIÓN

Mar

Madrid, España – 2024

Es real. La maldición es real. Abuela Cristina no se lo estaba inventando. Ahora solo me faltaba descubrir cómo romperla.

Abrí los ojos de golpe y vi la oficina de Almaguer. La luz cálida, la lavanda y sus espejuelos de media luna; todo estaba ahí, igual que antes de que yo me hundiera en el trance. A diferencia de otras sesiones, esta había sido intensa, profunda. Sentí alivio, al menos, al tener una respuesta para este vacío, para esta frustración.

—Bienvenida, Mar —dijo Almaguer, caminando hacia una tetera que tenía a unos pasos de su silla para traerme una taza —. ¿Necesitas un minuto? Eso fue bastante...

—...intenso —interrumpí, incorporándome—. Pero creo que estoy bien. Me siento mucho mejor.

Ella entornó los ojos, inspeccionándome. —¿Quieres discu...?

—No, no, la verdad es que me tengo que ir. Mi familia me está esperando para almorzar. Nos vemos en la próxima sesión.

Esa noche, incapaz de pegar un ojo con la cabeza dándome vueltas sobre cómo romper la maldición, bajé las escaleras. Para mi sorpresa, mi abuela estaba en la cocina. Tenía encendida la luz tenue de la estufa, seguramente para no forzar la vista. Eran las 5:30 a.m., una hora nada habitual para ella. Mientras mi abuelo se levantaba todos los días a las 4:45 para colar el cafecito y preparar el desayuno para todo el mundo; mi abuela era de las que se acostaban tarde y se levantaban tarde.

—Abuela —susurré para no asustarla—. Buenos días, ¿estás bien?

Ella vigilaba la cafetera de cerca, esperando esa primera gota de café concentrado para hacer la espumita con el azúcar.

—Mijita, sí, es que no podía dormir. A lo mejor es el... ¿Cómo se llama eso? El *jeylay*. —¿Querrás decir el *jet lag*? —reí —. Abuela, es imposible que tengas *jet lag*. Llevas aquí tres semanas. Además, el *jet lag* aquí te tumba por la tarde, no tan temprano por la mañana. ¿Qué pasa?

Suspiró profundamente, vertiendo las gotas de café sobre el azúcar antes de empezar a batirlo.

—Cuando crezcas, Mar, te darás cuenta de que la vida pasa y uno vuelve a ser tratado como un niño. Es un ciclo. Es como si ya no tuvieras voz, porque a tus hijos y a tus nietos no les importa lo que digas. La vida que uno vivió es solo una anécdota para ellos.

Este era el comportamiento típico de mi abuela. Yo sabía que haberme quedado con el cuadro sería algo que se tomaría como personal, como una falta de respeto. La miré de cerca, cruzándome de brazos y apoyándome en la meseta de la cocina.

—Eso no es verdad, Abuela. Tú sigues siendo la figura más importante de esta familia y lo sabes. No me cabe duda de que seguirás siendo esa persona hasta el día en que te mueras —le dije.

Pausó para preguntarme si quería el café cortado o si me lo iba a tomar solo. Asentí. Ni muerta me tomaba un buchito de café cubano así de temprano sin algo que lo amortiguara.

—No sé, Mar. —

Nos dirigimos a la sala para disfrutar de nuestro encuentro fortuito, acomodándonos en el sofá una frente a la otra.

Volviendo a su comentario inicial, rompí el hielo sobre BVR.

—Abuela, ¿esto es por el cuadro? Sé que estás molesta, pero necesito entender un poco más.

Ahora sabía que la maldición era real, pero quería saber qué había pasado para que mi familia le tuviera tanto pánico.

Le dio un sorbo a su café. —Todo empezó cuando Fernandito, tu tío, conoció a un profesor de la Universidad de Columbia que iba a Cuba de vez en cuando para hacer investigaciones. Fernandito y tu padre no eran de La Habana. Ellos nacieron en Trinidad, como el resto de la familia.

Hizo una pausa y soltó la taza. Luego, dio una palmada para retomar el hilo de la historia.

—Bueno, en medio de aquella mudanza, Fernandito encontró, escondida en uno de los escaparates de su abuela, una caja llena de pinturas. Pinturas preciosas. Algunas estaban bien guardadas, otras no. Todas estaban firmadas con ese nombre... BVR. —Me miró a los ojos, asegurándose de que yo entendiera la importancia de lo que venía

—Él pensó que a lo mejor podía venderlas en el mercado de artesanías y buscarse unos pesos. Ya la cosa estaba apretada y Fernandito siempre buscaba la forma de sacarle el agua al coco.

Volvió a agarrar el café, tomó otro sorbo y siguió.

—Entonces, un amigo de él que trabajaba en la Universidad de La Habana lo ayudó a clasificar los cuadros, que, para sorpresa de todos, eran auténtico patrimonio cultural. BVR no era una simple ama de casa colonial aburrida; era una pintora conocida, parte de una sociedad en Florencia, que en su tiempo tuvo su influencia. La historia llegó a los oídos del profesor ese de Nueva York y de otro muchacho, un cubano joven del exilio que vivía allá y trabajaba en una galería. Yo hasta llegué a conocerlo antes que él, bueno, de eso te cuento luego —se fue por las ramas.

—El primer grupo de cuadros llegó con Gracielita en lo que debe haber sido el año 85 u 86. El segundo grupo se suponía que venía con tu mamá, pero ella era médico y sus planes de irse a Miami se los pararon por unos años. Eventualmente, después de pasar el Niágara en bicicleta, logramos convencer a tía Carmen para que trajera el resto de las pinturas y se las diera al profesor y al del exilio.

—Ajá, ¿y qué tuvo de malo eso? —pregunté—. Por lo que me estás contando, lo que hicieron fue transportar unos cuadros y sacar dinero de ellos.

—El dinero que sacamos era para traer a Fernandito y a tu padre a Miami. Pero ese dinero, Mar, se nos volvió agua salada. Nada bueno salió de ahí. Al final, tú y tu mamá llegaron a Miami, pero Fernandito y tu padre... simplemente... —Los ojos se le llenaron de lágrimas—. Se ahogaron en esas aguas llenas de tiburones porque gastaron el dinero de esa venta.

—Abuela, cientos de personas se han ahogado en el Estrecho de la Florida. Papi sabía los riesgos; tío Fernandito también sabía los riesgos. No fue culpa de nadie más que de los sistemas políticos que los empujaron a tomar esas decisiones —traté de razonar con ella—. La maldición de la que hablaba la abuela Cristina tenía que ver con las relaciones, no con los percances políticos.

—Hazme caso, mijita. Aléjate de todo lo que tenga que ver

con eso —me suplicó—. Ya bastante malo es que todavía no hayas encontrado pareja. Tienes 29 años, casi 30, y los hombres te tienen miedo. Es la maldición. Ese tipo de amor, el que tuvimos tu abuelo y yo, solo se dio una vez en esta familia. Quiero creer que las cosas van a ser diferentes para ti, pero no creo que el amor te llegue si te aferras a ese cuadro.

44

LIMPIADOR DE PALADAR

Mar

Madrid, España – 2024

Tania y yo estábamos sentadas en el piso de la sala, descalzas y borrachas, procesando la cañona que me acababan de meter mi madre y mi abuela. Antes de irse, se aseguraron de limpiar mi apartamento de arriba abajo, bañaron a los perros, prepararon comida como para un apocalipsis y me dejaron sin una gota de esperanza de vida.

—Es que ellas no entienden —dijo Tania mientras me servía otra copa de Rioja.

Yo estaba armando un "adulto", como llamábamos a los porros mitad THC y mitad CBD, para darnos el punto sin que nos diera un ataque de pánico. Con unas cuantas pálidas ya en nuestro historial, había que tomar precauciones. Me pasó la copa.

—A mis padres les pasó lo mismo cuando dejé a Michel. Mi mamá lo que quería era que yo me hiciera la boba y aguantara todo lo que él hacía. Como si yo no valiera nada. Después sale con que: "Bueno, tienes que darle una oportunidad a la gente; no puedes esperar que sea perfecto". Pero ese es el detalle: yo no espero eso. Yo lo que espero es cariño al comunicarnos, no a alguien que me grite cada vez que se frustra.

—Al menos ahora te va de maravilla con Juan —le dije—. Sé exactamente cómo te sientes. Le he dado mil vueltas, sobre todo después de todo el lío con Guille. Pasé tantas noches sin dormir pensando: "¿De verdad él prefiere estar con la ex que le pegó los cuernos antes que conmigo?". Me tomó tiempo darme cuenta de que el problema era él, no yo. Claro, yo tengo mis cosas que resolver... Ah, y la maldición, porque sí, ahora le echamos la culpa de todo a la maldición.

Tania le acarició la barbilla a Romina sin soltar su copa de vino.

—Venga, cuéntame del tipo ese que conociste en la galería de arte. ¿No fue que lo dejaste enganchado la última vez?

—¿Dario Messina? —pregunté.

—Mjm... —Asintió ella.

—No le he escrito desde la última vez que lo vi. Me siento un poco rara con eso. ¿Qué se supone que le diga? "Ay, hola, perdona lo del otro día, es que pensé que eras un tipo de mi vida pasada y después me di cuenta de que no".

—O —dijo Tania, estirándose para coger un poco de queso manchego de la mesa—, podrías decirle algo super complicado como... "Hola". Al encender el porro, solté un bufido y casi me ahogué con el humo.

—¡Oye, ya! —Escríbele lo que sea —insistió Tania—. ¿Qué es lo peor que puede pasar? Que te diga que no quiere volver a verte. A lo mejor este es solo para "limpiarte el paladar" y el verdadero amor de tu vida viene después, cuando ya hayas tenido tiempo de romper la maldición.

Di otra calada, aguantando el humo. Me quedé pensando en su propuesta mientras lo soltaba.

—Ya, pero la maldición de Beatriz decía que teníamos que

encontrarnos en otra vida para poder tener el amor que no pudimos vivir en los años 1400.

Tania no se tragaba el cuento. —Me estoy empezando a arrepentir de haberte dado el número de Almaguer.

—Está bien, dame el teléfono. Ella abrió los ojos de par en par.

—¡¿Ahora?! —Sí, ahora. Aprovechando que tengo el impulso.

—¡Coño, vale! —me lo pasó.

"Hola, tenía tu número guardado desde nuestro segundo encuentro.

"Hola, Dario... Soy Mar... Mar Varela. ¿Sigues en Madrid o regresaste a Florencia?"

Le di a enviar, solté el teléfono y regresé a mis vicios.

—Listo —me reí.

Se sentía bien tomar el control, actuar y, una vez más, rebelarme contra los deseos de mi familia al quedarme con el cuadro. No era por maldad. Nadie en esta vida era más importante para mí que mi abuela, pero esto era algo que necesitaba hacer por mí misma.

Ping.

El teléfono me avisó de un mensaje nuevo. Con los ojos como platos, vi el nombre de Dario en la pantalla.

—Mierda, qué rápido.

—¿Es él? —chilló Tania.

—No pensé que fuera a responder tan rápido —dije—. Coño.

"Ciao, Mar. Estaba esperando tu mensaje. Sí, sigo en Madrid por una semana más. Extendí mi viaje por trabajo."

Ah.

—Esto es raro, Tania. Estamos hablando como si no hubiera pasado nada —le dije, enseñándole el teléfono.

Ella sonrió, ahora con el porro entre los dedos. —¡Mira! Está escribiendo. —Echó la cabeza hacia atrás, muerta de risa

—. Qué bueno. Parece que por fin vamos a saber si esta maldición se puede romper o no.

"¿Te gustaría cenar juntos? No me gustó la forma en que nos despedimos hace unos días."

Me puse nerviosa solo de pensar en aceptar, pero la verdad es que quería volver a verlo. Aunque no fuera Dante, algo en él me tenía... intrigada.

"Sí, me encantaría."

Seguimos texteando por horas que se convirtieron en el día siguiente. Acordamos vernos para cenar más tarde esa semana, después de que yo regresara de la celebración del cumple de Tania en Irati.

45

IRATI

Mar

Navarra, España – 2024

La Selva de Irati se extiende por los Pirineos occidentales, justo en la frontera entre España y el País Vasco francés. Tania había planeado este viaje meses atrás como regalo de cumpleaños: una escapada a un bosque famoso por sus propiedades curativas y su energía cuántica. Nos estuvo dando la lata a todos para que viniéramos con ella.

Si este año había sido difícil para mí, el pasado año había sido para Tania como si un camión le hubiese pasado por encima. Fue entonces cuando descubrió la regresión a vidas pasadas y Almaguer le sugirió visitar este lugar tras su última sesión. Juan, el novio de Tania, conducía mientras Tania, Raquel, Eli y yo elegíamos la música. Pasaríamos aquí todo el fin de semana.

Llegamos al hotel de cabañas rústicas, soltamos las maletas y salimos a nuestra primera caminata por el bosque más cercano.

—Dicen que aquí hay hadas y todo tipo de criaturas mitológicas —comentó Tania mientras caminábamos por el sendero —. ¿Quién sabe? Igual nos secuestra alguna.

Su risa resonó bajo el manto de los árboles. Hacía un poco de frío, pero los rayos de sol se colaban entre las hojas, creando un caleidoscopio de colores que nos marcaba el camino. El bosque irradiaba una energía que se sentía hasta en los huesos. El aire puro, el canto de los pájaros, la desconexión total de nuestra vida ajetreada en Madrid.

Tania, que caminaba con Juan más adelante, esperó a que yo los alcanzara. Me tiró el brazo por encima del hombro y bajó la voz.

—La verdadera joya del viaje es mañana —dijo—. Deja que veas la sorpresa que tengo planeada.

Escondida entre los pliegues verdes de la cordillera, a la mañana siguiente fuimos rumbo a la Cueva de Harpea.

—Una vez que lleguen a las montañas, tienen que bajar por el sendero hasta la entrada de la cueva —explicaba Almaguer en un mensaje de voz—. La cueva es famosa por transformar todo lo que queremos dejar atrás, dándonos una nueva oportunidad en la vida.

Tania había planeado este viaje mucho antes de que Guillermo me dejara. Pero ahora que sabía que la maldición era real, consideré que este sería un buen lugar para abandonarla y dejar que la cueva se hiciera cargo. Así podría ir tranquila a mi cena con Dario y descubrir más sobre el arte de BVR.

Dejamos atrás los últimos rastros de civilización y el paisaje se abrió en un sueño pastoral de colinas onduladas y de hierba esmeralda. Flores silvestres y caballos nos guiaron por el camino hasta que, finalmente, solo quedó aparcar y bajar hasta la cueva.

Oculta con elegancia entre las montañas que la rodean, la cueva me tomó por sorpresa; tallada por antiguas fuerzas tectónicas, ante mí apareció un arco de piedra natural con varias capas, como si fueran las páginas de un libro. El aire fresco nos empujó hacia delante, cruzando un puente rústico sobre un río donde nuestras energías cambiaron por completo.

En el hotel, los locales de Navarra que trabajaban allí nos habían contado que la cueva era el hogar de las *lamias* —seres mitad mujer, mitad animal— y que era un lugar de renacimiento.

Tania se acercó a la orilla del río y se detuvo para hablarnos a todos.

—Amigues, estoy tan feliz de que hayan aceptado venir conmigo y compartir mis planes locos de cumple. Treinta y seis se siente como un número importante. Es el siguiente paso hacia los cuarenta —soltó un bufido—. ¡Uf, qué difícil fue decir eso! En fin, quiero que todos hagamos un pequeño ritual aquí. Yo empezaré y los demás se unirán. Vamos a agarrar cada uno una piedra, o dos, según les pida el corazón. Y quiero que escriban con esta tiza que tengo aquí lo que quieran dejar atrás en esta cueva.

Rompió la tiza en varios trozos y los repartió.

—Cuando terminen, nos encontramos fuera.

Siguiendo sus instrucciones, metí la mano en el río; el agua helada me pilló desprevenida. Escogí tres piedras y caminé hacia la entrada. Me tomé un segundo para contemplar el enorme arco natural, refugiándome en su sombra, sintiendo cómo el viento me rozaba la piel y me susurraba al oído.

Una oración comenzó a brotar de mis labios:

Padre nuestro que estás en los cielos...

Saqué mi tiza y empecé a escribir en las piedras. La primera me la dediqué a mí misma y a las mujeres de mi familia:

A mis mujeres: que todas nosotras y nuestras ancestras seamos liberadas de generaciones de opresión, violencia y trauma.

La segunda, a Beatriz Velázquez de Rossi:

Beatriz, libero nuestra alma. Sano nuestro linaje. Te veo y te honro. Disfrutaremos de esta vida y de todas las que vengan después. Libero toda nuestra existencia.

La tercera, a Dante.

Dante Lupo, te libero de la maldición que puse sobre nuestras almas hace cientos de años. Ama a quien quieras en tus nuevas líneas de tiempo. Vive libre y feliz. Libero a nuestros ancestros y nuestras almas. Nuestro contrato queda terminado. Te libero. Te libero. Te libero.

Escondí cada piedra en lo más profundo de la cueva, mientras el viento se levantaba del suelo y me rodeaba. Al salir, me detuve a la orilla del río, absorbiendo aquella belleza imponente y el poder de la sanación. Lista para lo que venga.

46

HECHIZO SANGIOVESE

Mar

Madrid, España – 2024

Para contrastar con la formalidad de nuestra primera "semi-cita" en el café, Dario propuso cocinarme esa noche y darme una "verdadera experiencia italiana". Aunque vive en Florencia, él es romano, así que optó por prepararme la *Amatriciana* de su abuela, que bajaríamos con varias copas de vino Sangiovese: la intersección perfecta entre la Toscana y el Lacio. Una cena ideal, preparada por un descendiente de sicilianos, para una cubanoamericana.

Llegué al Airbnb donde se estaba quedando, cerca del Retiro, y me encontré con que había encendido un par de velas y puesto la mesa. La pasta hervía en la cocina. Era un cambio refrescante en comparación con las "citas" que había tenido en los últimos años, que básicamente consistían en tipos que te llevaban a su casa después de dividir la cuenta de la cena, esperando que te excitara su total falta de romanticismo.

Dario se secó las manos en el delantal, se acercó al tocadiscos que los dueños del apartamento habían dejado allí y escogió un vinilo de jazz. John Coltrane llenó el espacio con una melodía hermosa.

—No te hacía fanático del jazz —le dije bromeando.

Él ya estaba de vuelta frente a la estufa, revolviendo la salsa con una cuchara de madera. Se la llevó a los labios y la probó. Ese simple movimiento fue suficiente para que se me cortara la respiración.

Estamos rompiendo patrones viejos, Mar.

Soltó la cuchara y revisó la pasta.

—Soy fan desde que era niño. Mi *mamma* adoraba el jazz. Aprendió a amarlo cuando se mudó a Nueva York para ayudar a mi tío antes de que yo naciera.

—¿Tu tío vivía en Nueva York? —pregunté.

—Sí, era profesor en la Universidad de Columbia. Eran muy unidos y él atravesaba un momento muy difícil en esa época. Esto fue, no sé —agitó las manos en el aire pensando—. ¿Por el 85 o el 88?

—¡Oh! Qué interesante. Ese es justo el año en que mis padres pensaban mudarse a Miami, pero se quedaron trabados en la isla porque mi mamá es médico y no le daban permiso para salir —le conté.

Me pasó una botella de Sangiovese y dos copas de un gabinete. Decidí que, ya que él lucía sus dotes de cocinero, yo sacaría a la luz mis habilidades de sumiller; después de todo, manejo bastante bien una botella de vino.

—Mmm, *mia mamma* amaba Nueva York. Recordaba con cariño el tiempo que pasó allá, a pesar de que fue en plena epidemia del SIDA y mi tío se vio muy afectado. —Se apoyó contra la meseta—. Ella se escapaba a los clubes de jazz para descansar de tanta tragedia a su alrededor. Creo que eso fue lo que inclinó la balanza entre quedarse allí o regresar a Italia.

Le entregué su copa. Brindamos y tomamos un sorbo, mirándonos fijamente.

—¿Y tu tío regresó a Italia... a vivir?

—Sí. Volvió después de una exposición de arte en la que estaba ayudando a su novio.

Mi madre dice que se involucró tanto en el proceso y en la curaduría que tenía sentido que él...

—¿Qué él qué?

El temporizador sonó de repente, asustándonos a los dos.

—*¡Oh, Dio, la pasta!*

Comimos tranquilos, casi sin hablar, aunque no hacía falta porque nuestras miradas llenaban el espacio de nuestros pensamientos. La primera botella de vino ya era historia cuando terminamos de comer.

Él observaba el borde de su copa manchado de vino y yo lo observaba a él. Tenía el pelo más largo por delante que por detrás, cayéndole un poco sobre esa expresión melancólica que llevaba. Me recordaba al Sr. Darcy de *Orgullo y prejuicio*. En su mundo privado, era mucho más introvertido que cuando lo veía en público.

Dios, ¿tenía que ser tan divinamente atractivo?

Hacía meses que no me sentía atraída por nadie y mi cuerpo reaccionaba de forma visceral ante su presencia. No me di cuenta de que me estaba mordiendo el labio hasta que él levantó la vista de su trance vinícola.

Me levanté de un salto y empecé a recoger la mesa. Él me ayudó, recogiendo en silencio los platos de la pasta y la ensalada. Chocamos el uno con el otro, haciendo que se le cayeran los platos a él mientras yo todavía sostenía las copas. El corazón me latía con fuerza contra el pecho mientras lo miraba, a la espera de su reacción. John Coltrane ahora era solo ruido de fondo.

Sin quitarme los ojos de encima, me quitó las dos copas de las manos y las puso en la mesa. Me puso una mano en la cintura, acercándome a él, y sonrió mientras me ponía un mechón de pelo detrás de la oreja.

—*Stai attenta*. Te podrías cortar. —Me soltó. Cada parte de mi cuerpo seguía vibrando al tacto. *Enfócate, Mar. Viniste a pedirle ayuda con lo de BVR.*

Me pasó lo que quedaba de la botella de vino, notando mi incomodidad. Me compuse y aclaré la garganta.

—Quería preguntarte algo sobre Florencia.

—Claro, dime.

—Hay una pintora, Beatriz Velázquez de Rossi; no estoy segura de si sabes quién es. Pero quiero saber más sobre su vida. Tengo el número de alguien en Florencia que parece haber sabido algo de ella... y también hay un pueblo... Dozza. ¿Te suena algo de eso?

—Mmm, sí, sé quién es BVR —dijo él—. Y también sé dónde queda Dozza.

—Ah, genial —dije.

—¿Qué quieres saber específicamente?

Dudé en decirle la razón exacta. En lugar de eso, me lancé con la propuesta.

—Te lo mencionaba porque hace un tiempo me dijiste que fuera a visitarte a Florencia. ¿La oferta sigue en pie?

Él se rio entre dientes, como si le hiciera gracia la pregunta.

—Sigue en pie. No empiezo los cursos de verano hasta julio, así que tienes unas ocho semanas. ¿Crees que ese tiempo es suficiente?

—Sí, creo que con eso sobra; a lo mejor con una semana o dos me basta para averiguar lo que necesito.

—Quédate todo el tiempo que te haga falta —dijo él—. Estaré encantado de ser tu guía turístico.

Me animé enseguida.

—¡Perfecto! Entonces iré mirando un hotel o un Airbnb para quedarme. —Lo miré fijamente, esperando su reacción.

Él negó con la cabeza, levantando las manos.

—*Ma che*, de ninguna manera. Te quedas conmigo, en mi casa.

La combinación del vino y su respuesta me hizo subir un calor por todo el cuerpo. Se acercó a mí una vez más; esta vez pude sentir su energía irradiándose entre nosotros, y me lancé: le rodeé el cuello con los brazos y sellé la noche con un beso.

Nos quedamos así un momento y me invadió una sensación de paz. El beso no fue forzado ni apurado. Al contrario, se sintió natural. Como si llevara besándolo toda la vida.

Él se apartó suavemente.

—Eres muy interesante, Mar —me tomó la mano—. Pero por ahora, no quiero complicar las cosas. Si alguna vez llegamos a tener algo, no quiero que pienses que soy el tipo de persona que te falta al respeto. Especialmente si vas a venir a Florencia...

El corazón se me encogió del desencanto. El revuelo de emociones que había florecido con nuestro beso se cerró con esa punzante sensación familiar de rechazo.

—Ya —dije, inquieta—. A lo mejor abrir esa segunda botella de vino no es la mejor idea. Ya sabes lo que dicen: "El alcohol se sube rápido. Es un truco de magia. Hace que todo parezca verdad".

—Lo siento —dijo él.

—No tienes por qué sentirlo. —Le regalé una sonrisa fingida—. Miraré los pasajes para Florencia y te aviso cuándo me viene bien que nos veamos allá.

47

RESACA

Mar

Madrid, España – 2024

Besé a un muchacho ayer y fue un desastre. —Me quedé mirando el techo de la oficina de Almaguer—. Yo creo que en vez de romper la maldición, la he empeorado. Ahora resulta que los hombres ni siquiera me miran.

—Vaya, vale, esto es nuevo y emocionante… ¿Quién es el chico?

Almaguer y yo estábamos empezando a desarrollar una amistad que iba más allá de nuestras consultas. Durante mi viaje a Irati, nos la pasamos texteando y yo la mantenía al tanto de lo que hacía el grupo. También sentía que nuestra energía se había vuelto mucho más ligera que en las primeras sesiones.

Me viré para mirarla de frente.

—Se llama Dario. Dario Messina. Lo conocí en una exposición de la Fundación Juan March. Conoce a Lucas. En fin, anoche cené con él después de preguntarle si me daría el "gran tour" por Florencia y si me ayudaría a buscar más información sobre BVR.

—... ¿Y?

—Y después que me dijo que sí, y con demasiadas copas de vino encima, lo besé. —Me puse una almohada sobre la cabeza, sintiéndome como si tuviera diecisiete años en vez de veintinueve.

Almaguer se rio entre dientes. —¿Y cómo fue que te rechazó?

—Se apartó y me dijo que no quería estropear la oportunidad de construir algo real por apurar la intimidad tan pronto.

—No entiendo —dijo Almaguer—. ¿Por qué percibes que lo que dijo es negativo? Me parece que está siendo respetuoso, poniendo límites y dejándote saber que no quiere caer en lo superficial contigo.

—Yo tampoco quiero caer en patrones negativos, pero a lo mejor es que simplemente no le gusto. Dice que quiere ir despacio. Por favor, Almaguer. ¿Quién quiere ir despacio en 2024? Obviamente me está dando la vuelta con diplomacia.

Ella encogió los hombros.

—O tal vez es alguien que, como tú, ha sufrido en el pasado. A mí me parece que él quiere conectar contigo a un nivel más profundo. ¿Cuál es tu patrón habitual cuando conoces a alguien que te gusta?

Odiaba que fuera tan buena en su trabajo.

—Aparte de Guillermo y de las otras relaciones serias que he tenido, lo único que he tenido han sido *situationships*. O hombres con los que me acostaba sin que hubiera ninguna conexión real.

—Ajá —dijo ella—. ¿Qué quieres hacer con Dario, Mar? ¿Es alguien con quien solo quieres conectar sexualmente o quieres algo más?

—Quiero algo más. Creo. Es que no sé cómo saberlo sin

tener la conexión física primero. ¿Cómo voy a saber si hay química sexual?

—Bueno, en parte estás aquí ahora por eso, ¿no? Vamos a ver qué aprendes sobre ti misma, o quizás sobre tu impaciencia, durante esta regresión.

48

EL JARDÍN DE LAS DELICIAS

Luciana

Madrid, España – 1808

El carruaje se detuvo junto a la calle de los Estelos, dejando al general Humberto Roca frente a El Jardín de las Delicias, el burdel más exclusivo de Madrid.

Me paré detrás de las cortinas de satén de la ventana de mi habitación del segundo piso, apartándolas un poco para ver su robusta figura bajar del carruaje mientras un guardia lo saludaba discretamente en la puerta.

Madama Magdalena llamó a mi puerta tres veces, como señal de que el general subía. Sus pasos pesados anunciaban su llegada. Irrumpió en la habitación sin molestarse en llamar. Sus ojos reflejaban un hambre desesperada y devoradora; una pasión tan cruda que rozaba la ira. Los clavó en mí.

Había pasado varias semanas atendiendo asuntos militares en Barcelona y, por su mirada, supe que estaba famélico de placer. Cerró la puerta de un golpe y avanzó hacia mí, agarrándome con ambas manos para estamparme contra su pecho firme. Se me cortó el aliento cuando sus dedos se hundieron en mis caderas y se inclinó para besarme con fuerza. Su tacto nunca era delicado. Me había acostado con él por primera vez hace cuatro años y desde entonces decidió que yo era la única prostituta a la que visitaría.

—Luciana...

Un escalofrío me recorrió la espalda al oír mi nombre en su voz ronca. Una mezcla de asco y desapego se gestó en mi interior.

—No he podido pensar en otra cosa —me susurró al oído—. El fuego entre tus muslos... casi me hace matar a mi caballo galopando desde Cataluña.

Sus manos rudas procedieron a despojarme de mi bata de seda.

Como en incontables encuentros anteriores, me poseyó y yo lo dejé. Era más fácil agotarlo antes de tomar el control. Había bestias como él que pensaban que el control venía de la fuerza bruta, del dolor y de la invocación de un sentimiento de desamparo.

Yo sabía que la verdad era lo contrario. El placer era una herramienta de negociación mucho más efectiva para lograr objetivos que el dolor. Cuando sus desesperadas embestidas flaquearon, usé mis muslos para guiarlo debajo de mí y montarlo. Distraído por el peso de mis pechos sobre su cara, comencé mi interrogatorio sutil.

—¿Fue el viaje lo que esperaba, mi general?

Moví las caderas sobre su miembro en un movimiento circular, asegurándome de que su mente estuviera en cualquier otra parte. Sus ojos se pusieron en blanco mientras gemía, pero aun así habló; siempre hablaba. Incluso ahora, le encantaba que yo supiera de su propia importancia.

—Sí... Casi los tenemos. Esos bastardos. Estamos cerca... lo siento.

—¿Quién? ¿De quién están cerca?

—Esos maleantes que difunden propaganda. *Els artistes.* Han estado pasando contrabando de panfletos contra la Inquisición por toda España... obras de arte con mujeres desnudas... y difamación contra nuestro gobierno. Son unos indecentes...

Dijo el hombre que se había detenido en un burdel antes de irse a casa con su esposa y sus tres hijas.

—Ellos... ellos creen que no sabemos que existen, pero sí... sí sabemos.

Lo cabalgué más rápido, con el objetivo de mantener su polla ocupada mientras yo hurgaba en su mente.

—¿Eso es lo que hacía en Cataluña, entonces? ¿Perseguía a artistas? No me gusta cuando se ausenta durante tanto tiempo...

—Sí, sí, Luci. No te detengas.

—No lo haré, general. ¿Se irá por mucho tiempo otra vez?

Me agarró el culo firmemente con una mano mientras buscaba mi pelo con la otra.

—Me has echado de menos, ¿verdad?

Su agarre en mi cabello me dolió. La única forma de que lo soltara era soltarlo a él.

—Sí, general. Mucho. —Como por arte de magia, terminó.

Me quedé mirando mi reflejo bajo la luz tenue de la habitación, cepillando mi larga melena negra. El general roncaba en la cama como un león dormido. Me resultaba satisfactorio saber que yo había sido la que lo había domado. Tenía unos minutos antes de que tuviera que dejar entrar a mi siguiente visitante.

A pesar de su estatus como general y patrón de honor, madama Magdalena prohibía a los caballeros quedarse más tiempo del que pagaban. Pero yo aún tenía información que extraerle y saltarme las reglas era uno de mis talentos.

Se movió con un gruñido, estirando sus brazos fornidos. El

aire se tensó con su temperamento volátil. Me levanté de la silla y le entregué su uniforme.

—¿Cuándo volverá de Cataluña?

Frunció el ceño con un tono serio. —¿Por qué quieres saberlo?

Abrí mucho los ojos mientras lo miraba. Tenía que controlar el ritmo para no revelar mis verdaderas intenciones. Mis ojos siempre lo cautivaban: uno verde y el otro castaño. Era una de las razones por las que se sintió atraído por mí al principio. Otros clientes temían que fuera una señal de brujería.

—Oh… solo curiosidad, mi general. Pensé que tal vez podríamos tener una salida juntos —dije.

Se relajó, creyéndose mi artimaña de mujer de la noche inofensiva.

—Me temo que estaré fuera por algún tiempo, Luciana. A mi pelotón se le ha encomendado erradicar al grupo que mencioné por error durante nuestro coito. No puedo decirte cuánto tiempo. No te preocupes, volveré. Te lo prometo.

49

ELS ARTISTES

Luciana

Madrid, España – 1808

Un carruaje me recogió en El Jardín de las Delicias al atardecer. Bajo el manto de la noche y la niebla espesa que teñía Madrid tras un día de lluvia incesante, madama Magdalena cerró la puerta del coche, enviándome con otro cliente. En el interior del húmedo carruaje, me mecía al ritmo del traqueteo de las ruedas sobre la resbaladiza calle empedrada.

La única luz provenía de alguna farola por la que pasábamos; cada una proyectaba un resplandor suficiente para revelar momentáneamente figuras encapuchadas que se dirigían apresuradas a sus hogares. Nos hundimos en la oscuridad que ocultaba todo hasta detenernos por completo. El cochero abrió la puerta, extendiéndome su mano enguantada. Me apoyé en él con una mano, levantando el bajo de mi vestido con la otra para evitar que se mojara. Al bajar, vi una figura esperándome junto a la puerta.

—Luciana, bienvenida —dijo Renato Álvarez.

Di tres pasos hacia él, haciendo una reverencia. Era un abogado prominente que venía a buscarme una vez al mes para nuestras reuniones; le decía a madama Magdalena que no podía permitirse ser visto en establecimientos de mala reputación, dada la posición de su suegro en la corte española.

Me guio a través de la puerta, conduciéndome por un pasillo largo y estrecho que desembocaba en una escalera. La luz de las velas parpadeaba en las paredes, revelando un sótano circular de muros de piedra, flanqueado por estanterías de libros a cada lado. Nubes de humo de cigarro oscurecían a un pequeño grupo de hombres y otras dos mujeres reunidos en torno a un retrato sobre la larga mesa de madera. Di un paso adelante, aclarándome la garganta.

Todos, excepto un hombre, Diego Morales, se dispersaron en cuanto me vieron.

Diego se apartó lentamente del cuadro, guardando sus espejuelos en el bolsillo del chaleco de terciopelo verde que vestía. Contrastaba bien con su cabello cobrizo y con el bigote que se había dejado crecer desde la última vez que lo vi, unas semanas antes.

—Muy bien, señores y señoras, Luciana por fin ha llegado. Busquemos nuestros asientos y procedamos con la reunión.

Se acercó a mí, tomó mi mano y me condujo a la cabecera de la mesa, donde tomé asiento. Él se sentó a mi lado.

Roca se había equivocado. *Els Artistes* no estaban en Barcelona.

Estábamos aquí, en Madrid. En la librería de Diego. En el mismísimo cuerpo de la mujer con la que acababa de yacer. Aquella a la que tan a menudo subestimaba.

—Primer asunto de hoy: creo que todos habéis oído hablar de los procedimientos que actualmente se siguen contra el pintor don Francisco de Goya por los hallazgos en casa del Primer Ministro. Podría enfrentarse a interrogatorios y torturas, al exilio o a la confiscación de todas sus pinturas y propiedades si el resultado del juicio no le favorece. Rogamos que esto no suceda.

Respiré pausadamente antes de continuar, recordando los gritos de los prisioneros de la Inquisición suplicando piedad.

—La Inquisición sigue persiguiendo a los disidentes a pesar de su poder menguante. Aunque debilitada, sigue siendo peligrosa, por lo que nuestros esfuerzos son más vitales que nunca. El propósito mismo de nuestro grupo es desafiar a la Inquisición y traer justicia a una nueva España. Hemos creado las siguientes piezas para su distribución. Nuestra campaña debe ser de protesta silenciosa, pero de protesta al fin y al cabo.

Diego desplegó una serie de panfletos que incitaban a la gente del pueblo a alzarse contra la Inquisición, así como información sobre la situación de Goya, mapas y una lista de nombres de los abogados y jueces que sabíamos que estarían implicados. Muchos de ellos eran clientes de El Jardín de las Delicias con gustos peculiares que sus esposas y la Iglesia no aprobarían.

—Los panfletos deben entregarse en los siguientes pueblos. Las ubicaciones están en los mapas proporcionados; no debéis equivocaros con los puntos de entrega. Diego los ha diseñado específicamente para que coincidan con nuestros contactos en esas regiones.

Los voluntarios saldrían de Madrid en cuatro días, donde se reunirían con una célula de *Els Artistes* en Segovia. Luego, los panfletos se repartirían por los pueblos de España, con la esperanza de despertar el apoyo suficiente para que Goya fuera absuelto por la Inquisición. Este clamor de apoyo popular, combinado con la defensa silenciosa de los mecenas influyentes de Goya en la corte real, podría ser lo suficientemente poderoso como para obligar a la debilitada Iglesia a ceder.

—Un punto más a destacar —añadí—. Desde ayer, también se nos ha encomendado la entrega de un libro excepcional de pergaminos judíos de la época medieval. Son manuscritos iluminados con una gran profusión de detalles. Seguirá la misma ruta que los panfletos, pero debe entregarse en León.

Diego me lanzó una mirada de desconcierto. Lo ignoré.

—El embajador Prieto mandó un aviso anoche de que llegaría aquí por la mañana. Sus casas están siendo registradas y requiere nuestra ayuda.

—¿Él sabe de nuestra existencia? —El rostro pecoso de Diego se enrojeció y el repentino sofoco le hizo arder las orejas. Detestaba que le ocultara información. Los músculos de su mandíbula se tensaron.

Fingí no darme cuenta y respondí con calma: —Necesitamos aliados y él no nos traicionará. Especialmente si entregamos esto como prometimos.

Sacudió la cabeza con incredulidad, quitándose los anteojos para apretarse el puente de la nariz con dos dedos; yo sabía que eso significaba que discutiríamos esto más tarde.

—¿Hay alguna razón por la que debamos transportar estas escrituras con tan poco aviso? —preguntó Alfredo Gutiérrez.

—Es una pieza de arte preciosa —dije—. Estas piezas son casi inexistentes en España; están elaboradas con el pergamino más fino, encuadernadas con gruesas tablas de madera talladas, revestidas de oro pulido, que han sido martilladas minuciosamente a filigrana. El embajador me dice que es uno de los únicos volúmenes que quedan con piedras preciosas auténticas incrustadas en las páginas.

—¿Cómo sabe usted eso? —continuó Alfredo.

—Lo he visto. El embajador lo guarda en su casona y me ha mostrado su colección privada anteriormente.

Diego miró alrededor de la sala, evitando el contacto visual conmigo, ansioso por avanzar en la reunión.

—¿Quién se ofrece como voluntario para esta misión? —preguntó.

Nadie respondió.

—Dime, Diego, esta es una misión bastante peligrosa, ¿no? —gritó Gaspar, un arquitecto andaluz, desde el otro extremo de la mesa, agitando al resto.

—Sí, lo es. Como todas nuestras misiones.

Gaspar entrecerró los ojos.

—Dígame, ¿por qué ni Diego ni usted van a las misiones? La recogemos del burdel; usted es la inteligencia detrás de *Els Artistes* —Gaspar se puso en pie—. Y sin embargo, lo estamos arriesgando todo en misiones basadas en la información que ella recoge de sus clientes.

—Sí, sí, Luciana. Creemos en el trabajo, pero esto se está volviendo peligroso con los militares pisándonos los talones —añadió Pablo.

Me llené de ira.

—¿Ah, sí, Pablo? ¿Cuándo fue la última vez que tuvo que extraer información de los militares? Imagínese tener las manos de uno de sus generales alrededor de su cuello, sabiendo que podrían descubrir que está detrás de la operación y fusilarle. Dice que Diego y yo no nos exponemos, y sin embargo somos nosotros quienes estamos constantemente expuestos.

Pablo se burló. —Apenas es exposición si ya eres una puta.

Diego se levantó, golpeando la mesa con el puño. —¡RETRÁCTATE DE TUS PALABRAS, BASTARDO!

Le obligué a sentarse de nuevo, intentando mantener la compostura en la sala. —¡Ya es suficiente por parte de todos vosotros!

—Pablo, quedas fuera —dijo Diego con firmeza—. Quien no esté de acuerdo con la forma en que funciona este grupo es libre de irse. De los cobardes no se ha escrito nada, que yo sepa. Que así sea. Marchaos.

Pablo se detuvo al pie de la escalera. —Podría hacer que os arrestaran a todos, ¿sabéis? Podría hacer que la Inquisición os llevara a todos.

Diego, aún sentado, señaló la puerta. —¡Pues hazlo! Al resto de nosotros nos encantará hablarles de las misiones en las que has participado. Estoy seguro de que te verías encantador colgado en la Plaza del Sol.

—Diego. —Le sostuve la mirada; luego miré brevemente hacia Pablo antes de recorrer el resto de la habitación—. ¿Alguien más tiene alguna queja?

El resto del grupo permaneció en silencio, aunque se notaba que rumiaban las palabras de Pablo. Con las cabezas bajas y las manos inquietas, tamborileando sobre la mesa, ni un solo comentario ni respuesta salió de aquel grupo habitualmente dogmático.

—Diego y yo iremos a la misión —dije con severidad.

Diego se volvió hacia mí con los ojos muy abiertos. —Luci...

—Eso es todo.

50

NACIDO DEL ARTE

Luciana

Madrid, España – 1808

Aunque era un general supuestamente despiadado y conocido por sus arranques de brillantez militar, Roca no sabía que dos años atrás, cuando fundé *Els Artistes* junto a otros miembros del mundo del arte y las letras, se había convertido en un informante involuntario.

La Inquisición no podía concebir que una mujer dedicada a la prostitución —y los artistas que la visitaban— hubiera logrado con éxito el contrabando de docenas de obras de arte a través de la frontera norte de España. Era algo impensable.

Le habíamos dado al grupo un nombre en catalán para despistar a los informantes militares. Soltábamos datos inocentes en establecimientos que sabíamos que frecuentaban: tabernas, burdeles y mercados que sabíamos que sus esposas o criados visitaban. Mientras ellos torturaban a la gente para obtener información, nosotros tendíamos trampas en lugares de ocio.

Corrían rumores de que la Inquisición estaba en sus últimos días de tortura y castigos. Se aferraban a los cabos sueltos que podían manejar. Eran viejos ridículos que no sabían nada del mundo real; sus riquezas los hacían ignorantes y mezquinos. Incluso con el ejército de Napoleón dentro de nuestras fronteras, la Iglesia y los militares seguían más preocupados por los cuerpos desnudos pintados en lienzos o por amantes expuestos en retratos que por enfrentar una invasión inminente.

Hace apenas unos meses, se rumoreaba que la Inquisición había interrogado al conservador de arte del primer ministro Manuel Godoy, don Francisco de Garivay, sobre una de las pinturas de Francisco de Goya. Se decía que Godoy tenía una sala de retratos de desnudos y que el propio Goya pronto sería interrogado.

Al parecer, la Iglesia católica teme ser derrocada por un par de pechos pintados. Deberían tener miedo, pero no de los desnudos de Goya. El arte tiene poder en la sociedad. Las palabras influyen en el pensamiento. Los susurros dan fuego a la rebelión. Las pinceladas derriban reinos. Por eso deberían temer a *Els Artistes*. Una vez que una mente se ilumina, la acción le sigue.

Me había enamorado del mundo del arte a través de las mismas instituciones que pretendía destruir. Aquellas que solo exponían arte en las iglesias para que las clases bajas lo admiraran, pero guardaban piezas especiales para sí mismas. Los embajadores, nobles y generales me deseaban tanto como su preciado arte. Madama Magdalena cobraba el doble cuando los mecenas querían que los acompañara a reuniones privadas. Mis ojos de colores distintos me convertían en una novedad entre las clases altas: fascinante para algunos, un sacrilegio para otros que se negaban a sostener mi mirada. Tuve la suerte de que la Inquisición ya había pasado su época de cacería de brujas cuando yo nací.

El embajador Prieto era el más generoso de todos mis clientes. Me mostraba cada pieza de arte que guardaba en su casona, explicándome de dónde venían, quién era el artista y cada elemento de la obra.

—Esta es de t-t-tiempos m-moriscos —tartamudeaba nervioso mientras se ajustaba los anteojos sobre el puente de la nariz—. Y esta... más del Renacimiento... e-e-este es un regalo especial de mi amigo Marcello, de Italia. Es de-de una artista conocida como BVR.

Era una pintura pequeña en comparación con las otras que la rodeaban. Su marco dorado tenía flores de distintos tipos talladas a su alrededor. Los ojos de la mujer del retrato eran iguales a los míos. Nos parecíamos mucho, con la diferencia de que su pelo era color miel y el mío oscuro como el carbón. El suyo fluía libremente. La mirada de la mujer pintada poseía una intensidad felina que se hacía más pronunciada a medida que uno se movía alrededor del lienzo.

—BVR —repetí, todavía cautivada por el cuadro—. ¿Él no quería que se le conociera?

—Ella —me corrigió—. Ella formaba parte de un grupo clandestino de finales del siglo XV conocido como *Casa dei Fiori*. Esta es una pieza única.

Su voz se fue apagando mientras una idea tomaba forma en mi mente.

Un grupo clandestino. Nacido del arte.

Esto podría ser lo necesario para hundir a la Inquisición de una vez por todas.

Diego caminaba de un lado a otro de la librería con los brazos cruzados. De vez en cuando, se detenía para levantar un dedo y dirigirse a mí, pero no encontraba las palabras adecuadas.

—¿Estás loca? —preguntó—. ¡Eres la líder de este grupo,

pero esta clase de acciones no puede tomarse así de la nada para demostrar algo, Luciana!

Me mantuve firme en mi decisión. Recostada en el diván, pasaría la noche en su librería antes de que el carruaje viniera a buscarme al día siguiente.

—Lamento no haberte consultado primero, pero no podemos parecer débiles ante los demás.

Dejó de caminar, se llevó las manos a la boca y respiró profundamente.

—¿Te has detenido a pensar que si perdemos la vida, *Els Artistes* también perecerá?

Lo cierto es que no lo había pensado. Mi decisión fue un impulso para preservar al grupo, no para preservar a las personas que lo dirigían. Solo ahora me permitía el lujo de considerar las ramificaciones.

En los últimos tres años, Diego se había convertido en mi aliado y amigo más fiel desde el día en que llegó al burdel en busca de noticias de su hermana, después de que la Inquisición la apresara. Había entrado tropezando en el burdel, sosteniendo bocetos de su rostro a madama Magdalena, preguntando si la había visto. Enloquecido por el alcohol y la desesperación, se desplomó sobre el suelo de madera pulida, consumido por los lamentos.

"Si se queda, paga", fue todo lo que dijo madama Magdalena. No le hacía gracia que un hombre ocupara a una de sus damas si no le reportaba reales. Conociendo demasiado bien la sensación de perder a un ser querido, lo levanté y lo arrastré hasta mi alcoba. Sabía que arriesgaba una paliza, pero yo había estado en su lugar no mucho antes. Le entregué a madama Magdalena mis propias ganancias, diciendo que eran de él, casi agotando mis reservas.

Nunca toqué un solo pelo de su cuerpo; dejé que llorara mientras me contaba la historia de un cardenal que se había obsesionado con su hermana Zoraida, llevándosela en mitad de la noche. Nadie sabía de su paradero desde aquel día. Habíamos convertido nuestras pérdidas en nuestra causa.

Desvié sus preocupaciones.

—No nos pasará nada. No nos buscan en Segovia.

—¿Ah, sí? ¿Y dónde nos buscan entonces? —Mechones de su pelo pelirrojo sobresalían desordenados de su cabeza, dándole un aspecto de loco.

—En Barcelona. Él cree que *Els Artistes* están allí.

Su interés se despertó. —¿Has obtenido información de Roca?

—Así es.

Se acarició la barbilla. —¿Quieres decir que no sospecha que simplemente le usas para obtener información?

—No lo sospecha. Las mujeres, Diego, somos las criaturas más subestimadas de esta santa tierra, y tal vez ahora mismo ese sea nuestro mayor poder.

—¿Cómo va a ser ese nuestro mayor poder? ¡Eres una dama de la noche en uno de los burdeles más destacados de Madrid! ¿Cómo vas a escapar de allí con tiempo suficiente para que vayamos a Segovia y volvamos sin que madama Magdalena sospeche?

Mi determinación flaqueó momentáneamente. Mi decisión apresurada me había impedido considerar el tiempo que requeriría el viaje. Pero lo más importante era que Diego creyera que lo tenía bajo control.

—No te preocupes por cómo lo haremos, Diego. Se resolverá. Tengo en mente a un cliente que podría ayudarnos sin que madama Magdalena se resista.

Se cruzó de brazos.

—¿Y qué hay de ese libro de escrituras? ¿De verdad lo has visto?

—Sí, por supuesto. Prieto ha sido muy amable al mostrarme su arte. Lo cual, ahora que sacamos el tema...

Él enarcó una ceja. —¿Qué?

—Hay una pintora sobre la que quiero que investigues: BVR. Es de la época morisca, o al menos eso cree Prieto. Él posee uno de sus cuadros y me dijo que ella solía dirigir un grupo clandestino en Florencia. Me obsesiona como ninguna otra obra de arte lo ha hecho. No sé por qué siento que me toca el alma.

Sus ojos brillaron ante esta información.

—¿En serio?

Me levanté del diván y me acerqué a él.

—Sí. ¿Ves? Incluso antes de nosotros, otros arriesgaban sus vidas por amor al arte. ¿Ahora me perdonas? ¿Podemos seguir adelante con el viaje?

Respiró profundo.

—Aún no te he perdonado, Luciana. Nos has puesto a ambos en un grave peligro. Pero ya no queda nada por hacer salvo continuar.

51

MAJAS

Luciana

Segovia, España – 1808

La misión fue mi primera vez fuera de Madrid.

Diego tenía razón al preocuparse de que *Els Artistes* quedaran expuestos por mi culpa. Y si nos encontraran con propaganda contra la Iglesia y el Estado, seríamos ejecutados.

Mi presencia aumentaba aún más el peligro de la misión. Si me cruzaba con alguno de los hombres con los que había estado, y me reconocían, despertaría sospechas. ¿Qué hacía una prostituta fuera de los barrios de la ciudad? La mayoría de las mujeres también dependían del burdel para alojarse; era nuestro hogar.

El lugar más lejano al que había viajado era desde mi lugar de nacimiento, en La Latina, hasta el burdel y las casas de los hombres a los que servía. Pero durante la mayor parte de mi vida, las oportunidades se me habían concedido gracias a mi belleza. Esta misión se me concedió por mi ingenio y un poco de orgullo. Nos había voluntariado, sin pensar en lo que podría costar, como Diego había señalado. No solo mi vida, sino también la de Diego y la identidad de *Els Artistes*. Sin embargo, esto tenía que hacerse. No podía pedir a otros que corrieran riesgos que yo misma no aceptaría. Disfrazada, me sentía bastante segura. El verdadero peligro era que nuestro grupo se rompiera en este momento crítico, lo que pondría en riesgo todo lo que habíamos construido. Si España fuera realmente invadida, o nos volvería obsoletos o haría que nuestra resistencia fuese esencial. Yo creía en lo segundo.

Los detalles de la misión encajaron a la perfección. Un cliente recurrente del burdel, que también formaba parte de *Els Artistes,* le pagó una suma extravagante a madama Magdalena por mi presencia durante cuatro días. Aunque ella no sabía de nuestra existencia, le debía un favor a él; por lo tanto, no pudo negarse. Él se aseguró de entregarme al carruaje en el que Diego me esperaba y luego se marchó. Viajar de esta forma disminuía las sospechas.

—Somos marido y mujer que visitamos a nuestra abuela en Segovia. He escondido los panfletos dentro de los huecos de estos libros —Diego pausó momentáneamente, estirando el cuello. Sus ojos recorrieron la parte delantera del carro, asegurándose de que el postillón no pudiera oírnos. —Las escrituras que envió el embajador Prieto están escondidas en las tinajas destinadas a las aceitunas, sobre las que estás sentada. Tú entregarás los panfletos mientras yo entrego las tinajas de aceitunas. ¿Entendiste? Si en algún momento nos atrapan, corre. Tú mejor que nadie sabes que, durante esta misión, nuestras vidas son más importantes que la entrega de estas piezas. No tires nuestra vida por la borda ni tomes riesgos innecesarios por una pieza de arte. Tu vida es mucho más valiosa.

Él tenía razón, pero también estaba equivocado. El arte era vida, emoción en estado puro. ¿Acaso no valía el precio de una vida transmitir algo que sobreviviría mucho más tiempo que nosotros? Aun así, a pesar de mi convicción, estaba sudando bajo el apretado hábito de lana que los demás habían logrado tomar prestado de una costurera en Madrid. Nunca lo admitiría, pero estaba petrificada. En el burdel, podía controlar los resultados. Si un cliente se volvía violento o rebelde, sabía exactamente cómo reaccionar. Fuera, había demasiadas variables que considerar. Todo aquello me resultaba ajeno. Diego no podía saberlo, por supuesto. Estaba listo para echarme la soga al cuello después de que tomara esta decisión impulsivamente.

—La ventaja de tenerte conmigo es que a las mujeres rara vez las detienen, rara vez incluso las miran, a menos que te quedes quieta demasiado tiempo o hagas algo fuera de lo común.

—No te preocupes por mí, Diego —dije—. Sé muy bien lo que se siente ser mujer en nuestra sociedad. Somos deseadas por los hombres, pero no vistas.

Él ladeó la cabeza. —No entiendo lo que quieres decir.

—Los hombres solo miran a las mujeres cuando desean imponernos sus propios deseos; en todos los demás momentos, somos ignoradas. No se preocupan por cómo nos sentimos ni por en qué creemos. Mira a *Els Artistes*, las propias palabras de Pablo sobre cómo no arriesgo lo suficiente por nosotros como nuestra líder y, sin embargo, esto es lo único que hago. Cada día. Mantener una posición así en esta época es casi imposible. Todavía no se me percibe como la líder capaz de impulsar el avance de este grupo, simplemente porque soy mujer.

Diego frunció el ceño. —Eso no es cierto, Luciana. Además, no es el momento de discutir esto. Concéntrate en el plan ahora; lo discutiremos más a fondo después.

Abrí la boca para hablar, pero su enfoque intenso y repentino me estremeció. La seriedad en sus ojos era innegable.

—Cuando lleguemos, me quedaré con el carruaje para entregar las aceitunas. Tú sigue caminando; cruza el acueducto hasta el punto de encuentro junto a la catedral. Es un camino recto. Entrega los panfletos después de decir la palabra clave y estarás bien. Reúnete conmigo en la Posada de Aurora tan pronto como hayas terminado.

Llegamos a Segovia en la tarde. El aire era fresco; el pueblo era silencioso en comparación con el bullicio de la Gran Vía. Nos separamos a la entrada del acueducto que los romanos habían construido siglos antes. Por un instante, me cautivó su arquitectura sencilla, cómo se alzaba sobre el pueblo, creando portales de luz. Seguí caminando por las calles empedradas con una historia que precedía a lo que conocemos hoy. Romanos, judíos, cristianos y moros compartieron este lugar en algún momento antes de que los judíos y los moros fueran exiliados. Me obligué a no distraerme con el paisaje. Mi misión era lo primero.

Al principio, temí no encontrar la catedral donde debía reunirme con los demás miembros, pero era imposible. Caminé hasta la plaza y su grandeza me robó el aliento. Una patrulla de guardias reales pasó marchando, sus ojos recorriendo a la multitud con una indiferencia gélida. Me ajusté el chal de lana con más fuerza alrededor de la cabeza, encogiendo los hombros. Los latidos de mi corazón retumbaban en mis oídos mientras cruzaba la plaza, evitando el contacto con otros que paseaban con sus familias. Vivir dentro de las paredes de un burdel te aísla del mundo exterior. Es una prisión sin barrotes de hierro. Cada rostro que veía podía ser un informante potencial o mi contacto. ¿Cómo los reconocería?

Cíñete al plan, Luci.

Al pasar por la entrada de la catedral, alguien susurró mi nombre en clave. “Fernanda”.

Dos jóvenes estaban sentados en un banco que daba al cementerio junto a la iglesia. Uno de ellos se inclinó hacia delante, limpiándose el sudor de la frente con el dorso de la mano. Su mirada se fijó en mí. El otro se recostó, con los ojos puestos en las montañas a lo lejos. Me senté en el banco junto a ellos.

—Código. —Francisco Goya. ¿El vuestro?

—Majas.

Coloqué los libros a mi lado, envueltos en una tela gris. Mis dedos se hundieron en el envoltorio, rozando el forro tosco, confirmando que estaban allí. Me incliné hacia delante, fingiendo ajustar la lana pesada de mi falda, y me levanté, dejándolos en el banco entre nosotros.

Mi salida se sintió agonizantemente lenta. Podía sentir el peso de sus ojos en mi espalda. Me preparé para el posible sonido de una alarma y para la mano de un guardia en mi brazo. Las botas prestadas se sentían como ladrillos en mis pies. Caminé lenta y deliberadamente hasta que desaparecí entre la multitud. Cuando miré atrás, ya no estaban.

52

OMNIA VINCIT AMOR

Luciana

Segovia, España – 1808

Diego ya había llegado a la posada cuando entré. Estaba sentado frente a un cuenco de judiones humeante. Me sobresalté cuando se levantó y se acercó a mí, dándome un beso tierno en la mejilla.

—Esposa, ¿qué tal la abuela? —dijo alegremente, siguiendo la trama.

Sonreí, notando la mirada afilada y observadora de una mujer detrás del mostrador de la cocina.

—Muy bien. Te manda recuerdos y espera que la próxima vez pasemos más tiempo con ella.

La mujer, que sospeché que era Aurora, se acercó con un plato de judiones para mí y los puso en la mesa junto a Diego. Él seguía sosteniendo mi mano mientras yo me sentaba a comer, trazando con el pulgar un pequeño y suave círculo sobre mi piel. Su comportamiento era un contraste marcado y desconcertante con el de esta mañana, cuando apenas podía mirarme.

Sabía que estábamos fingiendo los papeles de marido y mujer para la misión; sin embargo, la ternura de su tacto me proporcionó un calor profundo e inesperado. Algo nuevo y desconocido. Lo deseché.

Concéntrate.

—¿Pudiste entregarle las aceitunas al mercader? —pregunté, regresando a la misión—. ¿Serán útiles para hacer aceite?

—Sí, sí. Ha prometido enviarnos una botella de vuelta al pueblo y dice que comprará gustosamente más olivas si estas resultan satisfactorias.

Tomé un poco del delicioso caldo. —Mmm, maravilloso, querido. —El apodo cariñoso salió con facilidad, de forma natural, y agradecí que el vapor ocultara el repentino rubor de mis mejillas.

La noche transcurrió bajo el engaño de que estábamos casados. Nos alojaron en una habitación con una sola cama. Yo estaba acostumbrada a compartir mi cama con otros hombres, pero con Diego era distinto. Él volvió a entrar en la habitación, quitándose la máscara de marido y sacando un trozo de papel de su bolso. Empezó a hablar y el cambio repentino en su actitud rompió el hechizo.

—Luciana, mañana tenemos que quedarnos en la ciudad para negociar una ruta para las próximas entregas. Toledo y Segovia son las ciudades más cercanas a nosotros desde Madrid, y necesitamos aliados. Tengo entendido que el embajador Prieto tiene una casa aquí, ¿no es así?

—Sí, la tiene. Ha hablado de ella antes, pero...

—Cuando regresemos a Madrid, es importante que reforcemos ese contacto. ¿Qué te parece?

Se me encogió el estómago. —Claro, podríamos considerar aprovechar mejor ese contacto. Quizás es hora de que vayamos más allá de nuestras prioridades actuales hacia un propósito mayor para *Els Artistes*.

Las llamas de la chimenea se reflejaban en sus anteojos, parpadeando. Habíamos tenido éxito, pero esta idea de un propósito mayor me obligaría a volver a mi vida en el burdel para extraer información del embajador y de otros, de la misma forma que antes.

Dale a un pájaro a probar la libertad y jamás querrá volver a su jaula.

—¿Qué ocurre? —preguntó Diego, con un tono que se suavizaba por la preocupación.

—Nada. No es nada. No había salido de Madrid antes de hoy, ¿lo sabías?

Cerró su libro, con el rostro enternecido al darse cuenta de lo que había significado este día para mí.

—No lo sabía. Nunca me has contado mucho sobre tu vida antes del burdel. Solo sé que naciste en La Latina, hija de un impresor.

—Cuando era más joven y mi padre aún vivía, solía insistirle para que me llevara al mar. Lo más cerca que he estado nunca del agua fue el Manzanares.

Ambos reímos suavemente ante la comparación patética. El Manzanares no era más que un hilo de agua, casi seco. Bajo la luz tenue de la chimenea, los bordes afilados de nuestra realidad se suavizaron. Se acercó más a mí, con la voz convertida en un murmullo íntimo.

—Luci, lo has hecho muy bien hoy. Debo admitir que estaba nervioso cuando te ofreciste para esta tarea. No me malinterpretes, creo que eres una mujer increíble; este proyecto empezó gracias a tu brillantez. Pero no esperaba que hoy todo saliera tan bien.

Se inclinó hacia delante y sus labios rozaron brevemente mi mejilla, imitando su beso "de casados" de antes, pero esta vez lo dio él. Se me cortó la respiración. No me aparté. Él no se acercó más, pero el silencio entre nosotros se tensó con sentimientos no expresados.

—Hacemos un buen equipo, Diego —susurré, dándome cuenta de cuánto dependía de él, no solo como colega, sino también como refugio—. Tu planificación lo hizo fácil. Las instrucciones detalladas que me diste en nuestro viaje hacia aquí, con la precisión con la que sabías todo. Incluso las contraseñas. Si no fuera por tu planificación, esta parte de la carga habría sido muchísimo más pesada.

Sus ojos, normalmente escudados por su intelecto, estaban dejando su alma totalmente al descubierto en este momento. Me miró con una ternura que me robó el propósito, la determinación y el aliento. No solo me sentí deseada; me sentí vista.

—Tú eres quien hace que todo sea posible. Y... yo quiero hacer que las cosas sean posibles para ti también —dijo, su voz ronca.

Se quitó suavemente los anteojos, dejándolos en la mesilla de noche. Sin ellos, sus ojos parecían más grandes, más honestos. Los clavó en los míos, inclinándose. Yo no me moví; no pude. Sus labios rozaron los míos con una presión delicada y exploratoria que planteaba una pregunta en lugar de exigir placer. No se parecía en nada a los besos bruscos y transaccionales a los que estaba acostumbrada. El suyo era una confirmación lenta y hermosa del calor que se había estado gestando entre nosotros durante todo el día —o quizás— durante los últimos dos años.

Cuando finalmente se retiró, apoyó su frente contra la mía.

—No quiero que te sientas incómoda. Me acabo de dar cuenta de que llevo enamorado de ti muchísimo tiempo —confesó, con la voz temblorosa—. Nunca pensé que lo confirmaría así. Había mantenido esos sentimientos bajo llave.

Me eché hacia atrás, alejándome de él, con el corazón

golpeándome el pecho y el estómago revuelto mientras sus palabras calaban. No podía permitirme imaginar un mundo en el que nuestro amor pudiera florecer. Al menos, no en este momento.

—Diego, y...

Me tomó la mano, llevándome hacia él de nuevo. —¿No sientes lo mismo por mí?

Cerré los ojos, sintiendo el calor de su tacto en mi palma subirme hasta el pecho. —No, no es eso. Nunca he tenido intimidad con alguien a quien quiero profundamente. Sabes lo importante que eres para mí.

—No deseo tu cuerpo. Busco refugio en tu corazón —dijo él.

Las lágrimas brotaron de mis ojos, cayendo por mi mejilla. Él las secó, estrechándome contra su pecho. En ese momento, me sentí en paz.

Mañana podíamos regresar a nuestra misión. Esta noche, solo existíamos nosotros.

53

ET NOS CEDAMUS AMORI

Luciana

Madrid, España – 1808

Regresamos a Madrid victoriosos, demostrándole al resto del grupo que éramos capaces no solo de liderar a *Els Artistes,* sino también de entregar las escrituras y nuestra propia propaganda sin problemas en los pueblos cercanos. Ahora, nadie pondría en duda nuestra autoridad.

Diego había acudido al burdel varios días seguidos, consciente de que yo retomaría mis deberes como cortesana; algo que ninguno de los dos podía ignorar tras habernos dado cuenta, en Segovia, del amor que nos teníamos. En ocasiones, quererle me resultaba abrumador. El acto de amar no era una carga, pero la posibilidad del dolor que traía consigo sí lo era. Consideré dejarlo. Le diría que me hechizó nuestra pasión, pero que no le amaba de verdad. Sin embargo, él me conocía lo suficiente como para ver a través de esa mentira.

—No me importa lo que tengamos que hacer; lo único que

deseo es que hallemos la forma de estar juntos, aunque sea por momentos breves, fuera de aquí —dijo él.

Caminé de un lado a otro de mi alcoba. —¿Cómo? ¿Cómo convenceríamos a madama Magdalena de dejarme marchar de nuevo durante días?

—Hay algo que deseo consultarte. Se trata de otra misión para Els Artistes que podría concederte, bueno, concedernos, otra oportunidad. No obstante, será un desafío, considerando al pelotón de Roca.

Me acerqué, intrigada. —¿De qué se trata?

—Han llegado noticias de que una pieza que el embajador Prieto tiene en su casona debe ser trasladada a Francia. Contactó directamente a Renato mientras estábamos fuera, y ayer me reuní con él. Es un retrato excepcional de aquella pintora morisca del Renacimiento que me mencionaste.

—Espera. ¿Es una obra de BVR? —pregunté.

—Así es.

El júbilo pulsó en mi interior. —¿Es la pieza de la que habíamos hablado? ¿U otra?

—Sí, la misma que comentamos.

—Beatriz Velázquez de Rossi, ese es su nombre. Eso es lo que significan las siglas BVR.

Me quedé maravillada ante tal información. El embajador Prieto me había dicho que no se sabía lo suficiente sobre ella, pero Diego había cumplido mi petición y lo había averiguado. No podía explicarlo, pero sentía que preservar su obra me importaba tanto como desafiar a la propia Inquisición.

—¿Dónde te has enterado de esto? —pregunté.

—Por uno de nuestros informantes en Els Artistes. Fue él quien se la regaló al embajador. Prieto también me facilitó una lista que ha creado la Inquisición: los artistas que tienen en el punto de mira. Ella figura entre ellos. Quieren quemar el cuadro por el hecho de que Velázquez no era solo mujer, sino también morisca.

Diego continuó exponiendo el plan. Una vez allí, la misión era sencilla. El retrato se separaría de su marco y se enrollaría en una alfombra. Llevaríamos la alfombra hasta Portbou, donde se embarcaría en un barco rumbo a Marsella. Allí, una de nuestras células la recogería y la llevaría a una casa franca para volver a montarla. Una vez restaurada, la entregarían al taller de nuestro contacto, donde el personal del embajador la recuperaría.

El embajador pagaría una suma enorme por el trabajo, incluyendo una cantidad sustancial para madama Magdalena por mis servicios durante un mes entero.

—Esta podría ser nuestra oportunidad para sacarte del burdel. Podríamos dirigir Els Artistes desde Barcelona.

—¿Y qué hay de tu vida aquí? —pregunté.

—Hace tiempo que he considerado cerrar la librería y trasladarla a otra parte. —Se acercó a mí—. El ejército de Napoleón ya ha entrado para apoyar la invasión de Portugal, pero se rumorea que el ejército francés va a tomar España. Dicen los rumores que invadirán Madrid primero. Lo mejor para nosotros será estar lejos de ese caos.

—¿A dónde iríamos? —dije.

—Tengo un contacto que podría darnos alojamiento una vez que hayamos terminado. Podríamos ultimar el plan entonces. Piénsalo. Ambos planes.

Tras saborear la pizca de libertad que me otorgó la última misión, había empezado a entender algo de mí misma. El arte era mi forma de ver el mundo más allá de mi jaula.

En cuanto a la pintura...

Recordé haberla visto en casa del embajador todos esos años atrás, cautivada por la libertad que esa mujer exudaba en el lienzo, con un pecho al descubierto mientras el otro lo cubría con una túnica. Salía de una bañera en lo que parecía un hogar rural. Ella también merecía estar en un lugar donde fuera venerada, no destruida.

—Diego, sí. Hagámoslo. Entreguemos esa pintura.

Sus ojos brillaron. —¿Sabes qué más hay en Portbou?

—¿Qué?

—El mar.

54

LA HIJA DEL IMPRESOR

Luciana

Madrid, España – 1808

Llené mi baúl con las pocas cosas que me pertenecían. Vestidos de gala que me habían regalado visitantes ilustres. Un poco de dinero que había ganado y que podría proporcionarme seguridad si fuera necesario. Un medallón que había sido de mi madre antes de que falleciera. La última carta de mi padre desde la cárcel.

Antes de que madama Magdalena me encontrara, yo era la hija del impresor. Era un título que llevé con orgullo durante toda mi infancia, observando a mi padre trabajar en su imprenta. Él me enseñó a colocar las letras y a leer. También me enseñó a leer entre líneas y a descubrir los secretos que la gente intercambia dentro de las historietas. Vivíamos en un pequeño alojamiento sobre la imprenta y todo el mundo le conocía. Subía a casa para la siesta y nos reíamos mientras hacíamos planes para ir al mar.

Todo aquello se desvaneció cuando mi madre murió.

La enfermedad se la llevó lentamente, consumiendo la mayor parte de mi infancia. Comenzó con un dolor agudo en la espalda, luego en el pecho. Cuando llegó la muerte, ya no podía caminar ni hablar. A menudo me preguntaba si su alma se había marchado mucho antes de que su cuerpo se rindiera.

Al cumplir los quince años, la Inquisición se llevó a mi padre en mitad de la noche. Imprimía panfletos en secreto, libros considerados "inmorales". Me enviaba cartas desde la cárcel, instándome a permanecer en casa y a no salir. Me advertía sobre los peligros que acechaban fuera de la seguridad de nuestras paredes. Con el tiempo, la Inquisición también se llevó eso. Me dejaron en la calle para que me las arreglara sola, sin una moneda. Busqué trabajo, diciéndoles a otros que haría cualquier cosa para salir adelante. Remendar su ropa, limpiar sus suelos, cocinar su comida. Pero sus esposas me tenían miedo.

Supe desde muy pronto que mi apariencia era distinta de la de las demás. Mis pechos eran grandes, mis caderas anchas. Provenía de una familia trabajadora, pero no poseía los rasgos de la clase obrera. Mis dientes no estaban astillados ni podridos, y no tenía hijos; mi cuerpo estaba intacto, libre de los estragos de la desnutrición.

Cuando madama Magdalena me encontró, halló una mina de oro.

—Las cosas que podríamos lograr con este rostro —dijo, sosteniendo mi barbilla entre sus manos regordetas—. Tienes buenas curvas. A mis clientes les encantará.

Yo estaba famélica, rebuscando entre la basura en busca de sobras.

—Te daré una vida que nunca has tenido, hija. Estarás rodeada de dinero, hombres y poder. Primero aprenderás de las otras chicas, luego tendrás tus pruebas.

Los primeros días fueron los peores de soportar. La dureza del tacto, la sensación de impotencia bajo la furia de los hombres. Sentirse usada. Cuando empiezas en el burdel, te toca lo peor. Todo cambió cuando Roca se encaprichó conmigo; entonces todos los demás generales y embajadores me querían. Ya no les asustaban mis ojos: les seducían.

—Es como si estuvieras con dos mujeres a la vez —dijo uno tras salir de mi alcoba una noche.

Madama Magdalena me concedía privilegios especiales por los clientes que atraía el cotilleo. Había encontrado poder en mi posición. Si no podía cambiar mi destino, encontraría formas de ser útil a la sociedad más allá del placer masculino. Mi suerte en la vida había sido culpa de la Inquisición. Me lo habían arrebatado todo. Sabía que algún día lo recuperaría.

Tras saborear la vida más allá de los confines del burdel, había llegado el momento de que todo esto terminara.

Ahora comprendía que madama Magdalena no había conocido otra forma de vivir y que había construido la suya sobre la explotación de los demás. Todos nosotros, de alguna manera, explotábamos a otros para lograr lo que queríamos. Yo intercambiaba placer por secretos y dinero. Intercambiaba mis conocimientos para ayudar a derrocar un sistema que ya no funcionaba, dentro de una sociedad de la que no deseaba formar parte. No de esta manera.

Nunca dejaría de luchar hasta ver al último cardenal despojado de sus vestiduras. Pero no sería desde aquí. No desde esta realidad. A partir de mañana, mi vida cambiaría. Se erigiría sobre la fuerza que descubrí, el poder que aprendí a dominar y, con suerte, el amor.

55

PORTBOU

Luciana

Portbou, España – 1808

Tardamos quince días en llegar a Portbou en carruaje, parando solo para descansar y dormir. Los paisajes españoles eran impresionantes y cambiaban cada día. Dejando atrás la imponente sierra de Madrid, atravesamos cañones desérticos con llanuras de tonos rojizos y anaranjados. Al llegar a Cataluña, el aire cambió. Diego me dijo que la pesadez que sentía en el ambiente era la sal del mar.

Vi el mar por primera vez mientras el carruaje avanzaba por la costa y atravesaba los montes. Imaginé que sabía a lágrimas, a sal y a tristeza; el sueño que siempre había compartido con mi padre vino a mi mente.

—¡Mirad! ¡Mirad! —Tiraba de su camisa cada vez que el océano aparecía a la vista.

—Tendrás más oportunidades de ver el mar —dijo Diego con voz mesurada—. Podrás venir cuando quieras. Siempre y cuando, por supuesto, llevemos esta aventura hasta el final.

Sentí un escalofrío repentino. Un miedo que se instaló en lo más profundo de mi estómago.

—Repasemos los planes para la entrega del cuadro de BVR —dije con firmeza—. La información que me proporcionó el embajador la última vez que le vi fue que su contacto recogería la pieza en Marsella.

—Llegaremos a Portbou en breve y entregaremos la mercancía por la tarde. El barco que transportará la alfombra por el Mediterráneo hasta el puerto de Marsella no estará disponible hasta entonces. Debemos asegurarnos de que no nos vean. He traído otras prendas para que te vistas de hombre en la mañana. He estado pensando en el general Roca durante el viaje. ¿Dónde dijiste que estaría estacionado su pelotón?

—En Barcelona.

No lo había visto desde nuestro último encuentro en el burdel. Con el ejército de Napoleón acechando y el pelotón de Roca concentrado en seguir las migajas que les habíamos dejado en Barcelona, era probable que estuviera ocupado con asuntos militares.

—Bien. Entonces no debería ser asunto nuestro. —Él frunció ligeramente el ceño, haciendo una pausa antes de mirarme—. Dime, ¿alguna vez te enamoraste de alguno de tus clientes? —preguntó Diego.

—No — Dije sin dudarlo.

El único en quien sentía que podía confiar era el embajador Prieto. Y eso se debía a que su interés por mí era por compañía, no por intimidad.

Diego arqueó las cejas. —¿En serio?

—¿Por qué pareces tan sorprendido? Ha sido un agente de apoyo para Els Artistes. Confía en mí, confía en ti. —Mi tono rayaba en la ira.

Levantó las manos. —Entiendo. Solo pensé que todos los que pagaban por una...

—¿Pagaban por una dama de la noche? Gracias por el

recordatorio, Diego. Tenía la impresión de que me veías de otra manera. Siento que tus preguntas demuestran posesividad. Ahora dime, ¿cuál es la intención real de traerme a esta misión? ¿Qué más hay para mí?

Parecía confundido por mi interrogatorio repentino. —Pues... tu libertad. Una vida lejos de...

—Una vida lejos del burdel es solo el comienzo —dije abruptamente—. Permíteme recordarte que mi rol aquí es entregar la pintura y aprovechar las conexiones que conseguí con mi cuerpo e ingenio para asegurarle un viaje seguro. No he recorrido todo este camino para que mi libertad se reduzca a ser tu amante. Vine por la libertad de ser yo misma. No cambiaré una jaula por otra. ¿Entendido?

Me miró fijamente durante un largo y ansioso momento, entendiendo que mi determinación era absoluta. Me di cuenta de que él también se había visto herido por mis palabras, pero no pensaba retractarme.

—Disculpa. No te veo así en absoluto. Te doy mi palabra.

Me giré hacia la ventana. —Bien. Entonces, ciñámonos a nuestro plan.

56

LOS FRANCESES

Luciana

Portbou, España – 1808

Caminamos en un silencio ensordecedor a través del largo puerto al caer la noche, llevando la alfombra bien enrollada al hombro. Esta misión requería la máxima concentración de todos los implicados, pues los puertos tenían mala fama por su peligro. Más aún para una mujer, aunque disfrazada de marinero, me sentía protegida frente a las amenazas.

A lo lejos, vi un grupo de prostitutas amontonadas alrededor de los barcos, desesperadas por conseguir un cliente. Un escalofrío recorrió mi espalda, evocándome las indignidades y brutalidades que seguro soportaban en un lugar como este, donde los hombres desembarcaban. Estos clientes no eran de alto rango; eran, en su mayoría, marineros indigentes. Diego me había advertido de que muchos habían sido galeotes.

Estábamos casi sobre el muelle, donde nuestra nave nos aguardaba, cuando un silbido agudo y penetrante rasgó el denso aire.

—¡Alto ahí!

Cerré los ojos, elevando una plegaria silenciosa para que no fuera por nosotros. Diego apresuró el paso, susurrándome:

—Apresúrate, ya estamos cerca, mantén el paso.

—¡Dije alto!

Un soldado galopó hacia nosotros, cortándonos el acceso al puerto. Nos quedamos petrificados.

—Perdonadnos, señor, no pudimos oírle —dijo Diego con un tono amistoso y suave, fingiendo ser de cuna humilde—. ¿Cuál parece ser el problema?

Los ojos del oficial, duros y recelosos, realizaron una inspección minuciosa de nuestras personas. Escondí el rostro tras la alfombra enrollada.

—¿Qué carga es esa que lleváis? —preguntó, sin desmontar.

—Estamos entregando una alfombra, señor, a una nave cercana que la transportará con la marea. Llevo conmigo los documentos de compra, por si requiere revisarlos.

El oficial hizo un gesto despectivo con la mano.

—No es necesario. El puerto está cerrado. La nación está gravemente comprometida, pues el ejército de Napoleón ha tomado Madrid. Se espera que otros pelotones crucen la frontera esta misma noche. Portbou no se verá afectado directamente, pero estamos preparados para todo. El mar es una amante traicionera que da paso a la tierra.

Un pavor paralizante me atenazó la garganta y el corazón, convirtiendo mi sangre en salmuera helada. La alfombra, nuestro medio para trasladar aquel secreto precioso, de repente parecía un féretro de plomo sobre mi hombro. Mi respiración se cortó en un estertor jadeante mientras la plena y terrible verdad de sus palabras me calaba: estábamos atrapados. Madrid había caído, y con ella, nuestra seguridad.

—¿Oh... no hay otro medio de llegar a los barcos? ¿Quizás mañana? —La voz de Diego se quebró, haciendo eco de mis propios temores.

El rostro del oficial se ensombreció.

—Debéis marcharos de Portbou de inmediato. Buscad cobijo y no salgáis de vuestros hogares. Después de esta noche, España ya no será el país que habéis conocido.

57

LA ENCRUCIJADA

Luciana

Portbou, España – 1808

Buscamos cobijo en vano. Cada hogar en Portbou había sido atrancado por sus moradores mientras se preparaban para la guerra inminente. Nos refugiamos en un establo abandonado, ocultando la alfombra enrollada mientras ideábamos un plan de huida. No era solo la pintura lo que debía llegar a Francia; nosotros también requeríamos amparo.

Imaginé el tumulto en Madrid, con el ejército de Napoleón sin dejar un alma viva. El dolor de saber que la ciudad donde nací había sido tomada me hundía y, sin embargo, un rayo de esperanza nació en mi interior. ¿Los franceses aceptarían la Inquisición? ¿Existía la posibilidad de que derrocaran a la Iglesia?

Mi padre me había enseñado sobre el reinado de Napoleón y el laicismo que surgió con su poder en Francia. No estaba a favor de la muerte de mi pueblo ni de la pérdida de nuestra identidad española, pero si esto significaba que la Inquisición podría ser derribada, una parte de mí deseaba que ese fuera el único resultado de la guerra. De repente, me surgió un pensamiento: Francia podría ser nuestra respuesta.

—Diego, ¿y si nos dirigimos a la frontera francesa por nuestra cuenta?

Él sopesó mi propuesta. —¿Te refieres a llevar la alfombra hasta la frontera y cruzarla junto con ella?

—Sí. —Busqué el mapa que habíamos traído. La luz de la luna apenas proporcionaba suficiente claridad para iluminar lo que necesitábamos. No estamos lejos. Con el pueblo dormido, podríamos ingeniárnoslas para robar caballos y llegar a la frontera al amanecer.

—¿Y el ejército? Deben haber más soldados por aquí, Luciana.

—¿Qué sugieres que hagamos, entonces? Nos encontrarán por la mañana si nos quedamos aquí.

Diego sacudió la cabeza; se encontraba lejos de sus conocimientos académicos. —¿Y si intentamos regresar al puerto, al barco que debía haberse llevado la alfombra? Quizás ellos sepan de alguna forma.

Algo en mi interior me decía que no, pero en la desesperación del momento, accedí a acompañarle. Salimos del establo en puntillas, dejando la alfombra enrollada tras el heno. Me quité el gorro para aliviar la presión en mi cabeza, exponiendo mi cabello a la noche.

Las calles estaban tan vacías que el pueblo parecía abandonado. Cada persiana cerrada.

—Por aquí. —Diego señaló un lado del muelle que no habíamos cruzado antes—. Es aquí.

Doblamos la esquina de la calle cuando sentí una mano conocida sobre mi hombro. Entonces, su voz:

—¿A dónde crees que vas, Luciana?

Me giré para encontrar al general Roca alzándose imponente sobre mí.

58

BOTAS SOBRE EL TERRENO

Luciana

Portbou, España – 1808

¡DIEGO! ¡CORRE!

Me zafé del agarre brutal de Roca con la fluidez desesperada de una serpiente. Mi único pensamiento era la imperiosa necesidad de ocultarme. Corrí sin rumbo, buscando amparo, con los pulmones ardiéndome en el pecho. La negrura abrumadora de la noche, que antes consideraba mi aliada, ahora me traicionaba.

En el caos de mi huida, perdí de vista a Diego. Al principio, había oído sus botas alejándose de donde estábamos, golpeando contra el suelo. Ahora, el único sonido que viajaba a través de la noche era mi propia respiración entrecortada. Pasé a trompicones por varios establos; mis dedos se raspaban contra la madera tosca y astillada y contra los pestillos, intentando forzar cada puerta en vano. Estaban selladas ante la advertencia de que los franceses acechaban España.

Los gritos de Roca surgieron de inmediato tras de mí,

cortando el silencio con un bramido que me heló hasta el tuétano. Estaba sobre mí, lo bastante cerca como para oír el tintinear de su espada contra el uniforme. El olor de su sudor furioso me alcanzó, devolviéndome los recuerdos de su tacto violento en el burdel. No podía permitir que volviera a infligirme ese dolor, y mucho menos que destruyera mi misión.

Rodeé el puerto, deteniéndome un instante para inspeccionar mis opciones. La piedra resbaladiza del muelle apareció bajo mis pies; no había ni una nave a la vista. Mi única esperanza de escape era sumergirme en el agua.

El olor a salitre y lodo me recordó que debía decidir rápido.

Piensa, Luciana. Piensa.

Entonces me di cuenta de que no sabía nadar. Mi destino yacía en las profundidades desconocidas del agua o con Roca. Y en ese paralizante momento de duda, él me atrapó.

La fuerza demoledora de su cuerpo se impactó contra mí, arrebatándome el aliento del pecho con un golpe seco mientras caía contra una roca. Sentí el calor de la sangre fresca goteando de mi frente, pero no podía alcanzarla con la mano para limpiarla.

—Te tengo, Luciana. Veamos tu cara bonita, cubierta de sangre —soltó una carcajada y luego su rostro se tornó serio—. ¿Qué haces fuera de la ciudad, tan lejos de *El Jardín*? Seguramente *ella* no sabe que estás aquí... —Su voz se apagó mientras la comprensión cruzaba su semblante. Roca era un bruto, pero no un necio.

Envolvió mi cuello con su mano.— Espero que no estés aquí por la razón que imagino... —susurró contra mi rostro—. Fui muy claro. Nuestros secretos debían quedar entre nosotros.

59

ARTE O VIDA

Luciana

Portbou, España – 1808

Los gritos fuera de mi celda me despertaron de mi desmayo. Seguidos por los disparos y el sordo caminar de las botas mientras alguien era ejecutado. El dolor que emanaba de mi frente era un recordatorio punzante de mi captura. *No, no, no, no, Dios, no.*

Percibí la cercanía de una ventana, aunque no su ubicación precisa. No fue hasta que intenté moverme cuando me di cuenta de que estaba encadenada a la pared. *Roca.*

—¡SOCORRO! —Mis gritos se ahogaron en el tumulto del mundo exterior. Me había apretado las cadenas tan firmemente que apenas podía alcanzar mi rostro.

—Nadie la escucha —declaró la voz ronca de un hombre. La oscuridad era tan profunda que no sabía si estábamos en la misma celda. Me agité presa del pánico, causándome más dolor —. ¡Eh, eh, no! Es peor; se lo aseguro. Mantenga la calma o las ratas vendrán a por usted. Tienen gusto por la sangre, las ratas.

—¿Cómo sabe que estoy sangrando?

—Cada alma arrastrada aquí por los soldados entra sangrando. No son conocidos por ser gente amable ni gentil; se lo aseguro.

En esto tenía razón. Roca era un hombre especialmente bruto; me sorprendía que no me hubiera lastimado más.

Pasaron unas horas; el clamor exterior disminuyó y la puerta de los calabozos se abrió de golpe. Siguieron tres golpes secos y luego un farol me apuntó directamente.

—Luci. —Roca sonrió de forma inquietante—. Nos volvemos a ver.

Tomé aire y le escupí en la cara. —¡¿Por qué estoy atada, general?!

Se limpió la saliva, desviando la mirada hacia un lado. —Eso, querida mía, no lo sé. Tú estás a punto de informarme.

Gemí. Tenía que mantener la compostura por mi propia seguridad. Necesitaba protegerme.

—No hay nada que contar. Estoy aquí por negocios de madama Magdalena. Estoy atendiendo a un cliente.

—¿Entonces por qué huiste? Me conoces demasiado bien.

—No te reconocí al principio; te tomé por otro... temía que fueras un soldado francés. Creía que estabas en Barcelona.

—¡Bah! ¿Un soldado francés? ¡Me tienes en un desprecio absoluto! —Acercó su rostro al mío—. Estás mucho menos guapa con sangre en la cara que con el carmín del burdel. Ahora dime, ¿quién te envió a este lugar? ¿Eres una informante?

—No.

Sus ojos se volvieron salvajes mientras golpeaba la pared junto a mi cabeza con la mano. Me encogí. —No. Me. Mientas. Luciana. ¿Quién era el hombre que estaba contigo?

—No lo sé.

—¿Por qué estás aquí?

—No lo sé.

—Muy bien. Que lo decida tu terquedad, puta.

Los soldados me arrastraron por una escalera estrecha hasta un suelo de guijarros fríos. La sala estaba iluminada por una sola lámpara de aceite parpadeante. Roca encendía un fuego en la chimenea de piedra.

Olia el hierro y el óxido de la sangre seca en el suelo. En el centro de la habitación, un pesado bloque de madera, rodeado de cadenas y herramientas de metal oxidadas, me amenazaba con su fuerza. Había oído hablar de este artefacto antes. La garrucha. Era utilizada por la Inquisición para torturar a sus prisioneros. Un tirón seco y el hombro se dislocaría.

—¿No tienes cosas mejores que atender, Roca, que torturar a una pobre dama de la noche? —escupí.

—Siempre tengo tiempo para ti, Luci, ya lo sabes —dijo con una sonrisa fría y delgada—. Tienes una opción. Puedes descansar aquí hasta que el resto del pueblo sea saqueado y los soldados hayan avanzado hacia Madrid, o podemos empezar con los métodos. Sé que tu lengua es terca, pero créeme, las articulaciones no lo son. Conozco bien cada rincón de tu cuerpo.

Confirmé lo que supe desde la primera vez que yací con él: el dolor físico era la única forma que Roca conocía para lograr lo que quería.

—Vete al diablo, Roca.

Él se rio. —Una respuesta con brío. No habría esperado menos de ti. Divirtámonos un poco antes de quebrarte. Emmanuel, ¿tendrías el honor de traerme a la joven?

El soldado me agarró con brusquedad, atando mis brazos a mi espalda con una cuerda áspera y pasándola por la polea del anillo del techo.

—Solo te pido un nombre, Luciana: el de la persona con la

que trabajas. —Se acercó lo suficiente para que pudiera oler su aliento—. ¿Para quién espías?

Apreté los dientes, sacudiendo la cabeza. —No espío para nadie. Soy una mujer libre.

—¿Ah, sí? —Hizo un gesto hacia Emmanuel, quien agarró la manivela del cabrestante.

Un dolor abrasador me recorrió los brazos mientras me levantaban un palmo del suelo.

—Un simple aperitivo de lo que está por venir —dijo Roca, observando mi lucha—. Tus brazos empezarán a ceder en breve.

Jadeé, incapaz de gritar mientras el dolor me comprimía el pecho.

—El nombre. Puedes elegir salvarte o morir. —Caminó a mi alrededor, pero todo lo que pude emitir fue un grito agudo —. Suéltala, Emmanuel.

La breve liberación desplomó mi cuerpo por el aire; un crujido estruendoso amortiguó todo sonido a mi alrededor.

—Esto es solo el principio. Podemos continuar con otros métodos si lo estás disfrutando demasiado —dijo él—. Conserva lo que queda de tu belleza, querida; la necesitarás cuando regreses al burdel.

La rabia estalló en mi interior mientras encontraba mi voz a través del dolor. —Yo... nunca... volveré al burdel. Después de esta noche. Después de que escape de este infierno, ¡no volverás a verme jamás!

Luego vinieron los hierros, que sujetaron mis pies. Después, sus puños. Los golpes tenían el placer de llevarme a lagunas de inconsciencia. Cuando empezó a desnudarse, luché por mantenerme despierta. Esto no lo permitiría.

—¡No! —gemí—. No.

Se detuvo, sorprendido de que ahora rechazara lo que había vendido durante años. Tirada allí, rota y ensangrentada, con la muerte tan cerca que podía saborearla, la verdad se hizo clara:

había sobrevivido entregándome. Ya no más. Había usado el placer como poder. No dejaría que él lo convirtiera en mi prisión.

¿Pero de qué había servido todo?

Los franceses habían llegado. Su ejército arrasaría España, arrastrando consigo a la Iglesia y a la monarquía en una nueva ola de violencia.

Diego había huido. Nuestro vínculo como aliados y amantes era la ilusión de un destino que no nos correspondía. Pero me mostró que el poder de amar existía en mi interior.

Todo por lo que había luchado —la libertad de expresión de los artistas, para Beatriz y las mujeres como ella— acabaría triunfando, conmigo o sin mí. ¿Quería que Roca fuera quien decidiera si vivía o moría? ¿Sería el último rostro que vería?

Vida o arte. Arte o vida.

Vida.

Arte.

¿No eran lo mismo? ¿No compartía Beatriz trozos de sí misma a través de su pintura? Pedazos de su alma que sobrevivirían a su cuerpo durante siglos. El arte era la única inmortalidad que teníamos.

Mi mente volvió a la alfombra abandonada bajo el heno. Si Diego no podía volver por ella, ¿qué pasaría con la pintura? Habían intentado silenciar a Beatriz en su época para que fuera olvidada y no lo fue.

No permitiría que Roca me obligara a elegir entre la vida y el arte. Todo este tiempo que intenté derrocar a la Inquisición por la libertad de los demás, había negociado con la mía. Pero incluso ahora, lo que podía negociar podría darme más que recuperar mi vida en el burdel. Podría incluso permitirme continuar esta lucha y salvar el legado de BVR. Dale a un pájaro una pizca de libertad y nunca querrá volver a su jaula.

—Te diré el nombre —dije débilmente—. Con una condición.

Él se subió los pantalones. —¿Qué condición es esa?

—No me violarás. Ni ahora ni nunca. Me llevarás a la frontera con Francia, a un hospital. Te lo diré cuando lleguemos. Las ubicaciones. Los informantes. Dónde encontrar lo que requieres. Te lo diré todo. Y desaparecerás de mi vida.

Había estado dispuesta a morir por el arte; ahora estaba dispuesta a *vivir* por él. ¿No es eso lo que inspira el arte, la emoción pura, la vida sin adulterar? Diego había tenido razón: no valía la pena morir por ello.

Roca miró a Emmanuel, considerando esta tregua. Mi corazón latía con fuerza, esperando que el trato fuera suficiente.

—Envolvedla en los sacos de patatas y echadla al carro. Yo me encargaré del resto.

60

EL ARTE DE VIVIR

Mar

Madrid, España– 2024

¡Sácame! ¡Sácame de aquí! —grité.

La voz de Almaguer se oía distante:

—Mar, aún no hemos resuelto lo que pasó en esta vida. Pasa al siguiente evento importante y entonces te sacaré.

Me resistí. —¡No! ¡No! ¡Sácame ahora mismo! ¡Me están torturando, por favor!

—Pasa a la siguiente parte de esta vida; estás muy cerca... —insistió Almaguer.

Recordando las reglas de la hipnosis que ella me había explicado en nuestra primera cita, abrí los ojos y regresé a la habitación.

Me quedé tendida en el sofá del consultorio de Almaguer, empapada de un sudor frío, paralizada. Lo único que sentía era un dolor irradiante que me subía en oleadas desde los pies hasta la cabeza. Cerré los ojos de nuevo.

—Mar, ¿estás bien? —preguntó Almaguer, con tono alarmado.

Tenía la boca demasiado seca para responder. Intenté levantar los brazos para quitarme las ataduras imaginarias, pero los sentía increíblemente pesados. Mis músculos se contrajeron, imitando la agonía de los huesos rotos que había sufrido en una vida pasada.

Ella se levantó de su silla y se acercó, notando que yo temblaba. Me cubrió con la manta de lana y se sentó en el borde del sofá.

—Intenta cerrar los ojos y respira profundamente tres veces, Mar. Salir así de una regresión a vidas pasadas puede ser muy duro para el cuerpo y la psique. Pero ya estás a salvo. Ya volviste. Estás aquí, en mi consulta. Mírame cuando estés lista.

Seguí su consejo; mi cuerpo se fue relajando mientras abría los ojos otra vez y me quedaba mirando al techo.

—Yo... yo era una prostituta —tartamudeé—. Me torturaron porque estaba contrabandeando obras de arte. Pero era fuerte, mentalmente. Aunque fue tan... doloroso. Era un dolor distinto al de Beatriz. Este era físico en todo el sentido de la palabra. El dolor se sentía tan real.

Arrastré la mirada hacia Almaguer, que seguía sentada en la esquina del sofá. —¿Qué más sentiste en esa vida?

—Ella tenía una confianza en sí misma... sabía cómo usar su cuerpo para conseguir lo que quería.

—¿Te refieres al sexo? —dijo Almaguer.

—Sí. Lo usaba como una herramienta. No permitía que sus circunstancias la convirtieran en víctima —dije.

Almaguer se puso de pie, caminó hasta su silla y se sentó de nuevo. —Es una afirmación interesante. ¿Ves cómo ese tema se refleja en tu vida actual?

—Sí. El desapego. Ese patrón de desconectarme emocionalmente por completo de los hombres e ir directo al sexo. A lo físico. Pero ¿qué significa esto? Corté la sesión antes de que pudiéramos saber cómo terminó su vida.

—Estamos aquí ahora. Todo pasa por algo. Quizás tu alma no quería o no necesitaba saber qué pasaba después. Ya tienes todo lo necesario para seguir adelante en esta vida.

—¿Y qué es eso exactamente?

—Tu experiencia con la regresión es curiosa, Mar, porque la mayoría de la gente no recuerda nada o no tiene estas reflexiones fuera de los breves momentos en los que regresan. Sin embargo, tú casi las relatas como si las estuvieras viviendo otra vez. Están muy presentes en tu inconsciente. No sé cuál es el camino a seguir para ti; eso te toca decidirlo. Ahora que conoces la raíz de tu patrón, depende de ti si quieres seguir en esa dirección o no.

Dario me vino a la mente; nuestro beso. La ausencia de algo más físico quizás había dejado espacio para algo más.

—Creo que ya sé lo que voy a hacer.

61

FLORENCIA

Mar

Florencia, Italia – 2024

En 1817, el autor francés Marie-Henri Beyle visitó Florencia y se enamoró. No de un hombre o de una mujer, sino de una ciudad tan hermosa que le provocó un abanico de emociones. Desmayos, confusión, el corazón a mil por hora. Creyó que se estaba muriendo, pero no. Era solo su cuerpo reaccionando ante la inmensa belleza del arte y la arquitectura de la ciudad toscana. Años después, el término "síndrome de Stendhal" o "síndrome de Florencia" se hizo famoso cuando sus contemporáneos empezaron a llegar en masa a la ciudad, absortos por su belleza sublime.

En 2024, yo estaba cayendo bajo el mismo hechizo.

Dario y yo estábamos sentados en los escalones de Santa María del Fiore, comiendo focaccias al sonido de las campanas que marcaban la hora. Dario le daba sorbos a su *limonata rossa* mientras compartía el itinerario de nuestro primer día por la ciudad.

—He desenterrado algunas cositas sobre BVR y creo que hoy podemos visitar los lugares donde creció. De hecho, el *palazzo* está cerca de aquí. También está el estudio de Sandro Botticelli, donde terminó su primera obra y, bueno, creo que allí fue donde empezó el retrato del que me hablaste en tu correo.

Tragué un pedazo de tomate seco, asintiendo a todo lo que decía. Bajo la luz del mediodía, los edificios brillaban en un ocre intenso y en un ámbar desvaído. La silueta redonda del Duomo resaltaba contra un cielo azul sin nubes. Nunca antes había estado en Florencia, pero aun así me sentía increíblemente conectada con ella. Sabía cómo era la ciudad cuando Beatriz caminaba por sus calles, cuando estaba en su apogeo durante el Renacimiento. Florencia tenía ahora un lugar especial en la historia de mi alma. La compañía de Dario tampoco era un mal complemento.

—¿Ella hablaba italiano en ese entonces? —pregunté, dándole otro mordisco a la focaccia—. ¿Cómo conoció a Sandro Botticelli?

—Fue en una fiesta, o al menos eso fue lo que escribió en sus diarios más adelante —comenzó él. En las dos semanas desde su regreso a Florencia, se había reunido con Giulia y había recopilado información sobre BVR. Ella le había prestado algunos de los diarios a Dario para su investigación. También se enteró por su madre de que su tío había trabajado en una exposición de la misma pintora en Nueva York allá por los años 80.

—Y no, no hablaba el italiano que conocemos hoy. Probablemente italiano toscano, que luego se convirtió en la base del italiano actual. Hablaba español perfectamente y probablemente un poco de latín, ya que era una mujer culta.

—Me parece una locura que una mujer de esa época tenga este tipo de historia y que nadie la haya compartido antes. Sé tan poco de ella. ¿Por qué no la estudian en las escuelas de arte?

Él frunció el ceño. —*Certo*, pero como verás cuando te enseñe un poco de su trasfondo y revisemos los documentos que armé, ella fue una pieza muy importante del arte en algunos de los pueblos pequeños de la Toscana y de Emilia-Romaña, aunque su identidad se mantuviera en secreto. Dozza, ese pueblo que mencionaste allá en Madrid, es donde vivió.

Terminamos nuestras focaccias aprovechando que no había tantos turistas y que podíamos entrar en Santa María del Fiore, donde comenzaba el recorrido. La escala imponente de la catedral era tan impresionante por dentro como por fuera. Una iluminación suave bañaba el interior, amplio pero austero, en total contraste con el exterior tan elaborado. Entonces, en la cúpula de Brunelleschi, el *Juicio Final* de Vasari y Zuccari se arremolinaba sobre nosotros. Me quedé sin aliento, imaginando el trabajo intenso que debió costarles terminar aquello, especialmente en aquella época.

—¿Cómo vas a superar esto? —bromeé.

Él me miró desde su gran estatura. —Ay, Mar, espera a ver el resto. Esto es solo el *aperitivo*.

Salimos de la catedral a la luz del sol que caía sobre la piazza en largas pinceladas doradas. Poniéndose sus gafas de sol, se metió las manos en los bolsillos, guiándome por Via dei Calzaiuoli hacia la Piazza della Signoria. Nos detuvimos bajo la Loggia, ante la presencia del Perseo sosteniendo la cabeza de Medusa, las Sabinas contorsionándose hacia el cielo y, por supuesto, el David de Miguel Ángel montando guardia.

—*Allora*, justo por ese pasillo de allá, ¿ves ese *palazzo* al final de la calle? —preguntó—. Ahí es donde vivió Beatriz con su familia cuando se mudaron por primera vez a Florencia. Esta plaza no era así cuando ella vivía. La mayoría de estos artistas ni siquiera habían nacido. Miguel Ángel era solo un niño en esa época. Su padre, que trabajaba para la corte de los Médici, necesitaba estar cerca de ellos y les dieron esta casa.

Recordé el escenario de mi visita a esa vida pasada,

sintiendo el *déjà vu* en mis huesos. Aunque hubieran pasado 500 años, el alma recordaba.

Me llevó hacia el otro lado de la plaza, bajando por otra calle donde otro palazzo, ahora convertido en hotel, se escondía en una esquina. —Y aquí es donde vivió más tarde, cuando se casó con Niccolò de Rossi.

Niccolò de Rossi. Su nombre me dio escalofríos.

El recorrido continuó cruzando el Arno por el Ponte Vecchio. El agua brillaba bajo las estelas formadas por los patos y los kayaks en el bullicio tranquilo. Artistas callejeros, pintores y músicos bordeaban el río mientras cruzábamos y la ciudad se volvía más suave. Los edificios imponentes dieron paso a casas viejas y pálidas cubiertas de hiedra, que nos condujeron hacia una colina.

—¿Ahora vamos a escalar? —pregunté.

Él marcó el camino. —Sí, esto no tiene nada que ver con Beatriz, pero es un buen lugar para detenernos... tal vez para conocernos mejor.

El sendero subía suavemente y luego se empinaba. Los cipreses bordeaban el camino, proyectando sus largas sombras sobre el empedrado. Subimos en silencio, con nuestros pasos marcando el tiempo. Para cuando llegamos al Piazzale Michelangelo, la luz había cambiado. Florencia resplandecía bajo un manto dorado digno de una película. En ese momento, supe cómo se sintió Stendhal. Esa experiencia extracorpórea, la grandeza cósmica de una ciudad que fue construida para ser adorada.

—*Bellissima*, ¿no? —Dario sonrió ampliamente. No me había dado cuenta de que estábamos junto a la barandilla, hombro con hombro. La brisa cálida acariciaba mis rizos y, a lo lejos, las campanas de la iglesia volvieron a sonar. A pesar de tanta belleza, mi cuerpo todavía no podía ignorar el roce de su hombro contra el mío. Me di cuenta entonces de que me estaba mirando.

—Ahora que estamos los dos aquí en Florencia, tengo el mismo sentimiento que tú tuviste antes... el primer día que nos conocimos. Como si nos conociéramos desde hace mucho más tiempo. —Sus palabras hicieron eco en el viento.

Lo miré, atrapando mi reflejo en las pupilas de sus ojos oscuros.

—Si tan solo creyeras en las almas gemelas.

62

GALERÍA DE LOS UFFIZI

Mar

Florencia, Italia – 2024

Nos despertamos temprano, enfocados en la tarea del día: averiguar qué llevó a BVR a mudarse a Cuba, y quién fue su inspiración para pintar ese retrato que se parecía a mí. Caminé de puntillas hacia la cocina, donde Dario ya estaba llenando una cafetera moka con café.

—*Buongiorno*. ¿Café? —me lanzó su sonrisa de niño.

—Sí. Por favor. *Grazie* —bostecé.

Desayunamos en silencio, nos vestimos y nos dirigimos a la Galería Uffizi, donde se encontraban la mayoría de las obras notables en las que BVR había colaborado. El día prometía lluvia, con nubes intermitentes que teñían la ciudad de una tristeza medieval. Pasamos de largo un reguero de turistas que serpenteaban por el patio semiabierto, donde las dos galerías largas se conectan a través del pasillo que Vasari diseñó hace siglos. Dario me coló por una puerta trasera y subimos las escaleras; su trabajo en el mundo del arte le permitía esos lujos.

Nuestros pasos apresurados se amortiguaban en la piedra pulida, guiándonos finalmente hasta la galería.

Me empezó a contar la historia del lugar, cómo los Médici encargaron su construcción para alardear de su poder en los años 1500. Cosimo de Médici le confió al arquitecto Giorgio Vasari la creación de esa formidable estructura para las oficinas judiciales de Florencia. Poco se imaginaban en aquel entonces que, 500 años después, sería el hogar de algunos de los pintores más famosos de la historia. Paseamos por las salas, observando la evolución del color y de las formas. Finalmente, llegamos al Renacimiento temprano, la época en la que BVR vivía.

—Ella no pintó estos exactamente, pero sí trabajó en algunos. Al parecer, era muy buena con los detalles, sobre todo los botánicos —explicó Dario.

Como artista y mujer, me imaginé los riesgos que BVR debió asumir para participar en este tipo de trabajo. Casi todos los nombres en las placas eran de hombres. Aunque su vida influyó en la obra de artistas que conocemos hoy, su nombre era un misterio.

—Mira estos de aquí —señaló una de las primeras obras de Rafael—. Entre los hallazgos de mi tío estaba que ella enseñó en el mismo estudio donde él aprendió a pintar.

Me quedé en shock.

—*Vieni*, Mar. —Me extendió la mano hacia otra sala. Pasamos bajo techos abovedados con frescos y paredes llenas de rostros de santos y de nobleza olvidada. Al doblar una esquina, el aire cambió, como si la sala estuviera aguantando la respiración. La iluminación se parecía a la luz de la luna, filtrada por los ventanales tintados.

El cuadro era increíblemente grande: Venus naciendo de la espuma del mar sobre su concha. Me di cuenta de que estaba conteniendo el aliento.

—Ella pintó las flores y fue modelo para Botticelli… o eso me dice Giulia.

Lo recordé. Ella estaba posando como Venus cuando regresé a mi vida como ella. Admiré cada pincelada, sintiendo esa libertad de crear algo nuevo.

Dario se acercó al cuadro y señaló las flores. —¿Ves esto? Es su trabajo. Botticelli no dejaba que ningún otro estudiante lo ayudara con esto, pero a ella sí se lo permitió. Confiaba en ella.

De repente, una visión me sacudió y una ola de dolor inmenso me invadió. Tropecé, agarrándome a los brazos de Dario mientras mis rodillas flaqueaban. Me vino una imagen: una habitación llena de ventanas, con el olor a nácar... a óxido. Los pintores conocen sus herramientas. Cerré los ojos, apretándome el puente de la nariz, pero los *flashbacks* seguían llegando.

—Dario —gemí—. Tenemos que irnos. Ahora mismo.

Él se acercó preocupado. —Mar, *tesoro*, ¿quieres que busque un médico? —Su voz cambió. Su cara también. Salté de la silla, sacudiendo la cabeza para recuperar la visión. ¿Qué carajo estaba pasando?

—¿Qué sientes, Mar? Quizás si subimos a la terraza y tomas algo con azúcar...

No tenía hambre; era un dolor emocional. Un nudo en el pecho que me dejaba sin aliento. Lloré hasta que me rendí al duelo. Eso era: duelo. Vi un océano inmenso, un barco. Un jardín con flores... ¿O era un cementerio? No sabía si revivía la muerte de Papi o la de Beatriz. Quizás no había diferencia.

—Ya basta por hoy. *Basta*. Llévame a casa.

Pasé el resto de la tarde en un sueño febril. Al despertar, eran las siete de la noche. Oí a Dario tarareando en la cocina y el olor a caldo inundaba el apartamento. Revisé mi teléfono y vi una foto de Tania con los perros en el parque: "¡Te extrañamos, Mami!" Respondí con una carita feliz y busqué el contacto de Almaguer.

Normalmente le escribiría un mensaje, pero esto era

urgente. El teléfono sonó dos veces hasta que escuché su voz clara desde Madrid.

—¿Hola? ¿Mar? —Noté su preocupación.

—Siento llamarte así de la nada… pero es que pasó algo muy raro hoy. Siento que tiene que ver con una vida pasada y no solo con Beatriz. Estoy en Florencia y me siento… como si me persiguiera un fantasma.

Le detallé todo: la conexión con el cuadro, con Dario y el dolor que vino después.

—Hm… Parece que hay una conexión de vida pasada ahí. Tenemos que descifrar qué intenta iluminar para ti. Fuera de eso, ¿cómo estás? ¿Todo bien?

—Uf —resoplé—. No pensé que este viaje fuera a ser tan intenso. ¿Por qué no puede ser fácil?

Ella se rio. Podía oírla trasteando con algo en su cocina. —Ay, Mar, porque entonces no aprenderías. El amor y el dolor nos hacen avanzar. Recuerda que los cuartos oscuros siguen oscuros hasta que prendes el interruptor. Intenta disfrutar de tu tiempo con Dario. No te preocupes por las lecciones ni por sanar perfectamente. Tómate una copa de vino, relájate y programamos una regresión para la semana que viene.

Me levanté de la cama, me hice un moño y salí de la habitación. Era un lugar acogedor de dos habitaciones frente a un patio interior. Dario estaba inclinado sobre una olla, tarareando algo con los audífonos puestos. Me acerqué y le puse una mano en la espalda para no asustarlo.

—¡Ey! —sonrió—. Te estoy haciendo un *brodo*. Espero que te guste. He estado preocupado por ti toda la tarde.

—Gracias, me siento mejor. La siesta me ayudó —dije—. ¡Esa sopa huele divina!

Cenamos y el caldo me dejó en un estado de profunda paz.

—Podemos saltarnos lo de mañana si no te sientes bien —dijo él entre sorbos.

—No, no, vamos a ir. Vinimos a esto y no me lo voy a perder por un tropezón en el camino.

63

GIULIA GIORDANO

Mar

Florencia, Italia – 2024

Giulia Giordano vivía en un apartamento colorido en Via Sant'Antonino. Ella estaba a cargo del edificio que su familia había poseído durante siglos. En la parte trasera de la propiedad se encontraba lo que solía ser el estudio de Sandro Botticelli.

—Mi *bis bis bis biiiiis nonna*, Clarice, era la dueña de la casa original con su esposo —dijo con su acento italiano marcado mientras nos daba un recorrido breve pero majestuoso—. Solía ser un *palazzo*, pero también un espacio donde se reunía una sociedad secreta llamada la *Casa dei Fiori*. Ella era muy cercana a Botticelli en esa época, apoyando a las mujeres en las artes. Antes de la revolución religiosa y de todo aquello.

El edificio ahora estaba habitado por estudiantes extranjeros de todo el mundo. Algunos apartamentos se alquilaban por Airbnb y quedaban muy pocos inquilinos florentinos. Al igual que el edificio de Dario, tenía un árbol en medio del patio; era tan alto que superaba toda la estructura. Me quedé mirándolo, admirando su resistencia a lo largo de siglos de cambios, guerras y conquistas.

—Te gusta el árbol, ¿no? Es un almendro de unos 800 años, *io penso*. Hay otro parecido cerca de aquí, en otro edificio. Es donde estaba la residencia del poeta Dante Lupo —comentó, llevándonos al espacio donde solía estar el estudio.

Ese nombre fue como un golpe en el estómago. Me llevé la mano al pecho al sentir que el duelo de ayer regresaba.

—¿Dante Lupo? —preguntó Dario.

Ella asintió con la barbilla. —Eh, su fama se ha desvanecido con los años. Los italianos... tenemos tantos grandes artistas, pero él fue prominente en el Renacimiento temprano.

—*Bene, ma*, ¿en qué calle vivía exactamente? —preguntó él.

Ella forcejeó con las llaves en una pesada puerta de metal. —Ah, *caro*, eso no sé. Había una residencia donde vivían muchos artistas de la época, en Via del Giglio. Quizá allí.

Tras varios intentos, abrió la puerta. Una nube de polvo flotó en el aire y entramos. —¡*Ragazzi*, es aquí! No es tan glamuroso como esperaríamos, pero aquí es donde Beatrice empezó sus clases de pintura, donde se pintó *El nacimiento de Venus*.

El estudio ahora era un depósito de muebles olvidados.

—Giulia, ¿sabes por qué se fundó la *Fiori*? ¿Por qué Botticelli estaba interesado en invertir en mujeres artistas? —pregunté.

Me miró con curiosidad. —Siempre estuvieron interesados en las mujeres. Solo que nunca les dieron el crédito que merecían. Mar, ¿crees que hoy lo hacemos mejor? ¿A cuántas mujeres artistas conoces que reciben el reconocimiento que merecen? ¿Que sean tan conocidas como sus contemporáneos hombres y no las vean solo como "lindas" o "creativas"? Lo que hizo la *Fiori* fue darles la oportunidad de trabajar en lo que querían, no solo ser amas de casa u objetos para sus esposos y la sociedad.

Miré las paredes altas del estudio, manchadas por los años y la humedad. Incluso en mi propio trabajo, luchaba constantemente por competir con muralistas hombres. Había perdido la cuenta de cuántas veces me dijeron que las mujeres no deberían estar subidas en grúas, y mucho menos con latas de pintura en las manos. Cuando terminaba una pieza, se impresionaban, como si siempre hubieran estado esperando que fracasara. Para mí nunca se había tratado de género; yo pintaba mis experiencias, mi inspiración. ¿Por qué no podía tratarse simplemente de nuestro arte único, en lugar del sexo con el que nacimos?

También sabía que mujeres como BVR no tenían el lujo de hacerse esas preguntas. Ella podía considerarse afortunada por haber nacido en una familia que le permitió educarse. Mi generación sí podía preguntar. Eso ya era un avance enorme.

Antes de irnos, Giulia nos pidió que esperáramos. Regresó con un sobre de manila grande, lleno de cartas y correspondencia entre la *Signora* Clarice, algunas de las *Fiori* y BVR. No había sentido que podía confiar en nosotros hasta que vio lo interesados que estábamos de verdad. Le agradecimos la ayuda y prometimos devolver las cartas en cuanto tuviéramos respuestas. Tras echar un último vistazo al estudio, salimos a las bulliciosas calles florentinas, caminando hacia el apartamento de Dario en silencio.

—¿Quieres tomar un café? —preguntó Dario, metiendo una mano en el bolsillo de sus jeans—. Son casi las seis. Los pájaros que te gustaron el otro día empezarán a danzar.

Podía sentir su sonrisa aunque no lo estuviera mirando. Desde la noche en que casi ocurrió algo en su casa de Madrid, había estado ignorando mis sentimientos por él. Cada vez que veía el sol en sus ojos, o me encontraba sonriendo al oírlo tararear por las mañanas, me recordaba a mí misma que él quería ir despacio.

—Sí, dale —dije—. Me vendría bien un poco de cafeína y creo que podemos ir revisando algunas de estas cartas.

Elegimos un lugar en una plaza cercana. Dario sacó una carta emocionado.

—¡*Guarda*, Mar! Esta es de Clarice para BVR.

Queridísima Amapola,

Mis más cálidas felicitaciones por tu boda. Ruego que te traiga toda la felicidad. Espero con ansias nuestra próxima tarde de bordado juntas; un mensajero ha traído hilos nuevos hermosos. Te veré el próximo martes.

Tu amiga,
Clarice

En mi regresión, BVR se escapaba para pintar y no podía decírselo a su familia. Seguimos revisando otras cartas, todas crípticas. Todas mencionaban nombres de flores y se dirigían a "Amapola", no a BVR, lo que nos hizo creer que ese era su nombre oculto. Finalmente, confirmamos mis recuerdos de Dozza.

—Me pregunto por qué se fue a vivir a ese pueblo... —dije. No recordaba muchos detalles de mi regresión... excepto que allí fue donde Dante había muerto en sus brazos.

Dario estaba concentrado en una carta en particular, con el ceño fruncido. —Dario —le di un toquecito—. ¿Me oíste?

Él levantó la mano mientras terminaba de leer. Luego me pasó el papel. —Mira esto. Es un poema de Dante Lupo. El poeta que mencionó Giulia.

Leí la página, sonrojándome por el contenido. No era solo un poema; era un poema erótico.

—¿Crees que era sobre ella? ¿Sobre BVR? —pregunté, aún pensando en los versos.

Él se rio. —¡Por supuesto! ¡No iba a ser sobre Clarice!

—¡Uno nunca sabe! —me encogí de hombros—. Quizás le gustaban mayores. Yo no juzgo.

Encontramos varias más, abriendo otra caja de Pandora. Yo sabía que ella no se había casado con Dante, solo que no hallaba cómo decírselo a Dario. El sol ya se estaba poniendo.

—Recojamos todo. Podemos seguir después de cenar —dije, sacando dos euros. Dario me los devolvió.

—Invito yo —dijo, pagando los *macchiatos*—. Te iba a preguntar si te gustaría cenar en otro sitio esta noche. Hay un lugar en la ciudad, comida florentina auténtica... nada de trampas para turistas. ¿Qué dices?

Sorprendida pero aliviada de no tener que andar con rodeos en su apartamento, acepté la invitación.

64

CENA EN EL ARNO

Mar

Florencia, Italia – 2024

Regresamos al apartamento y cada uno se retiró a su habitación en silencio. Pensé en ponerme algo sencillo, pero encontré un vestido de seda azul que Tania había colado en mi maleta "por si acaso" surgía una ocasión como esta.

A diferencia de la ropa cómoda que solía elegir, el vestido se ceñía a mis curvas; una abertura en el muslo derecho revelaba el resultado de años de ballet. El escote pronunciado delineaba mis pechos firmes y el tatuaje de líneas finas en mi esternón. La espalda estaba descubierta, donde un tatuaje de un pincel y tres amapolas decoraba el centro de mis hombros. Solté una risita, pensando en mi vida pasada como Luciana, dueña de esa misma confianza en mi cuerpo y mi apariencia.

—Es latina, de eso no hay duda —suspiré mirándome en el espejo. Podía oír la voz conservadora de mi madre resonando en mi subconsciente:

"Eso es para muchachas de pechos chiquitos, Mar."

Ya, Mami, *shut up*. Puedo ponerme lo que me dé la gana.

Me recogí el pelo en un moño desordenado, me puse un poco de labial y salí a la sala. Dario me estaba esperando, mirando su teléfono. Se quedó de piedra cuando me vio.

—¡Oh, guau! —Se levantó y se arregló la camisa negra—. Estás, eh... *bellissima*.

Me sonrojé. —¿Nos vamos?

Ya en la calle, me ofreció su brazo mientras caminábamos hacia el Ponte Vecchio. El roce de mi brazo contra el suyo me provocó un golpe de calor. Un cielo despejado iluminaba el camino hacia un restaurante acogedor en el puente, con apenas unas pocas mesas. Un hombre mayor, bajito y delgado, con un bigote gris enorme, salió a recibirnos.

—¡Dario! —Lo abrazó afectuosamente, casi tambaleándose por el peso de la estatura gigante de Dario—. ¿Y quién es ella? ¿*La tua ragazza*?

Dario se sonrojó, dándole unas palmaditas en la espalda al viejo. —No, no, una *amica*, Mar. —Se giró hacia mí—. Él es Maurizio.

—*Piacere* —dije en mi italiano a medio armar. Maurizio nos llevó al interior del diminuto restaurante, donde nos esperaba una mesa para dos junto a una ventana con vistas al Arno, con la rueda de la fortuna de Florencia brillando a nuestras espaldas.

Noté que Dario me observaba mientras yo asimilaba la escena. Maurizio se acercó de nuevo, esta vez con una botella de vino en la mano.

—*Brunello di Montalcino*, de la región de la Toscana para la encantadora pareja —dijo, antes de que pudiéramos corregirlo —. *Per favore*, dejen que yo traiga los platos esta noche; no se arrepentirán. Les daré nuestras especialidades.

La comida llegó como una sinfonía, cada plato subiendo de intensidad hacia el siguiente, con precisión. Primero, *crostini di fegatini* y una mezcla de embutidos como *prosciutto*, *finocchiona* y *coppa*, servidos con queso pecorino y aceitunas. El vino seguía fluyendo mientras pasábamos a la pasta: *pici cacio e pepe* y *pappardelle al cinghiale*. El jabalí era un manjar común en estas tierras. Cada sorbo de vino y cada bocado nos relajaban más, dejando atrás la incomodidad de las noches anteriores. Para cuando llegó la *bistecca alla fiorentina*, un enorme chuletón, ya estábamos un poco achispados discutiendo los pormenores de la vida amorosa de BVR.

—Qué europeo de parte de Beatriz, haber tenido un amante —me reí—. Con razón le fluía tanto la creatividad.

Él resopló contra su copa. —Oye, no la juzgues. Su esposo pudo haber estado fuera durante mucho tiempo. Ella necesitaba satisfacer sus deseos. En aquel entonces no tenían aplicaciones de citas, ¿sabes?

—Qué bueno. No es como si nos estuvieran haciendo un gran favor hoy en día. —Me serví papas asadas con romero en el plato—. En esa época, no podías elegir a quién amar y ahora tienes tantas opciones que terminas sin elegir a nadie.

—O eligiendo a demasiada gente —se rio él—. Es una moda de estos tiempos, ¿no?

—Más bien miedo al compromiso y al amor. Nos da tanto miedo que nos lastimen que ni siquiera lo intentamos. —Alcancé mi copa de vino—. ¿Es por eso que tú no sales con nadie?

Él bajó la mirada a la mesa, jugueteando con una migaja de pan antes de volver a mirarme. —No, no es por eso. Estuve saliendo con alguien. Era encantadora. Pero no encajábamos. Íbamos en direcciones distintas. Como te dije, quiero sentir que tengo una elección en cómo entro en una relación. No quiero simplemente tropezarme con una.

Le dio un sorbo a su vino. —¿Todavía crees en las almas gemelas? Nunca me lo dijiste.

—No estoy segura. Creo que sí, aunque ya no estoy convencida de creer en ese tipo de amor —dije. —Quizás no estoy hecha para el tipo de amor que ofrecen estos tiempos.

No mencioné la maldición familiar. Ni que había regresado a mis vidas pasadas para entender por qué me sentía tan desconectada en mis relaciones.

—Si pudieras describir el tipo de amor que quieres, ¿cómo sería? —Vació el resto de la botella en nuestras copas.

—Quiero un amor vibrante y liberador. De esos que te hacen ver el mundo en colores porque profundizan la forma en que experimentas la vida. Quiero que sea sólido. Seguro. No del tipo que tira la toalla al primer signo de tormenta o de intensidad. Estoy harta de una compañía tan tenue que tienes que andar en puntillas, en vez de correr hacia ella. No quiero un amor que posea a alguien. Quiero dejar atrás los matices opacos de las caricias superficiales y el sexo vacío para construir algo tan brillante y lleno de esperanza que se sienta como un arcoíris —respondí, sorprendida de mi propia claridad.

A estas alturas, el vino me había quitado cualquier rastro de filtro.

—Entonces, lo que estás diciendo es que quieres un amor incondicional —dijo él.

—Sí.

Dario me observó en silencio. Mi monólogo era suficiente para espantar a cualquiera, pero ya no me importaba. Él había sido claro desde el principio sobre su deseo de tomarse su tiempo.

—*Torta della nonna* y dos copas de *vin santo.* ¿La comida estuvo buena? —Maurizio rompió nuestra seriedad.

—Oh, maravilloso —dije—. ¡Ojalá tuviera más estómagos!

Dario sonrió cortésmente, volvió a mirarme y esperó a que Maurizio se alejara.

—Creo que deberíamos hacer un viaje a Dozza —dijo—. Será un punto de inflexión para tu investigación. Se menciona mucho en las cartas y es donde ella vivió.

—¿Cuándo? —dije con la boca llena de postre.

Él tomó una cucharada, dejándola suspendida en el aire. —Pasado mañana creo que es un buen momento.

—Me parece perfecto —dije, alcanzando el vino dulce.

—Mar —comenzó él, con los ojos abriéndose como dos pozos de café—. Te mereces tu arcoíris.

65

EL MURAL GIGANTE

Mar

Dozza, Italia – 2024

Dos días después, Dario me recogió en la entrada de su edificio en una moto negra. Me quedé con la boca abierta.

—¿Nos vamos en esto? —Cuando salió esta mañana a buscar "nuestro transporte" y me dijo que me pusiera pantalones, no me esperaba que estuviéramos dos horas montados en una moto.

—Mar, soy italiano. ¿Qué esperabas? ¿Un SUV Chevrolet? —Se bajó de la moto y me pasó un casco. El poeta melancólico de la semana anterior se había transformado en un motociclista temerario. Ahora entendía perfectamente a qué se refería Lizzie McGuire con eso de que "de esto están hechos los sueños".

Al haberme criado en Miami, las motos eran sinónimo de muerte y de donación de órganos. Si tenías una moto, eras un imprudente con ganas de morir.

—¿Tú estás seguro de que sabes manejar esta cosa? —le dije, todavía peleándome con el casco.

Él se burló. —Por supuesto que sé llevar una moto, Mar. Es la segunda cosa que nos enseñan en Roma, después de hacer gnocchi con nuestras *nonnas* y de caminar.

—O sea que es la tercera cosa. —Me acerqué a la moto—. Esas fueron tres cosas.

Él levantó las manos al aire, poniendo los ojos en blanco. —*Madonna mia* —suspiró—. *Dai*, súbete y confía en mí. Lo único que tienes que hacer es agarrarte fuerte y disfrutar del paisaje de la Toscana y Emilia-Romaña.

Me aferré a su cuerpo mientras dejábamos atrás la ciudad; el Duomo se convirtió en un sombrero rojo diminuto en los espejos retrovisores. Muy pronto salimos del tráfico y nos encontramos en las colinas toscanas, bañadas por viñedos verdes y olivos. Las flores silvestres y las amapolas salpicaban los campos, sirviendo de guías vibrantes hacia nuestro destino. Empecé a relajar el agarre, dejando que el ronroneo del motor me calmara, mientras los Apeninos aparecían como gigantes dormidos ante nosotros. De vez en cuando, pasábamos por iglesias abandonadas, granjas de piedra y ovejas pastando. Hasta que, finalmente, el camino cambió, llevándonos a través de huertos de cerezos hasta una colina que revelaba un pequeño pueblo medieval.

Dozza. Está tan escondido que podrías pasarlo de largo si no fuera por la fortaleza gigantesca que se alza sobre las colinas. Estacionamos la moto y caminamos por las pocas calles de este pueblito. De inmediato, me topé con un mural enorme, del tamaño de un edificio, que me dejó tiesa.

—¡Dario! ¡Mira! ¡Hay murales por todos lados!

Él sonrió. —Sí, lo sé. El pueblo es famoso por esto...

—¡¿Qué?! ¡¿Y me lo vienes a decir ahora?! —Lo empujé jugando y salí corriendo delante de él como una niña—. ¿Cómo pudiste guardarte esa información?

Se metió las manos en los bolsillos, caminando tímidamente hacia mí. —Existe algo llamado Google, Mar. Deberías probar buscar los lugares a los que vas antes de subirte a una moto con un desconocido.

Me quedé sin palabras y luego corrí hacia una plaza rodeada de murales. Uno me llamó la atención especialmente: pintada sobre un reloj, una madre sentaba a su hijo sobre la curva de la estructura circular. Detrás de ellos, una explosión de colores reflejaba su vínculo puro.

—Aquí organizan un evento cada dos años. Se llama la Bienal del Muro Pintado —me dijo Dario mientras yo seguía absorbiendo cada pieza de arte. Mi tipo de arte—. Invitan a artistas a pintar las paredes de la ciudad. Quizás algún día podrías venir tú.

Le lancé una mirada. —¡Ay, Dios mío, ¿te imaginas?! ¡Eso sería increíble!

El pueblo estaba en silencio, tal vez por ser domingo; el murmullo de las familias que cenaban en sus casas se filtraba por las paredes de piedra mientras caminábamos como intrusos. Había otros turistas tomando fotos de los murales. Debía haber al menos doscientos, cada uno único.

—Así que ella vivió aquí —le dije a Dario mientras paseábamos—. Una pintora viviendo en una ciudad que luego se convertiría en una obra de arte viva suspendida en el campo de Emilia-Romaña.

También recordé que Dante murió aquí. Los recuerdos estaban volviendo.

—¿Crees que alguien sepa de ella aquí? —pregunté.

Llegamos al borde del pueblo, contemplando las impresionantes vistas desde lo alto de las colinas verdes. Me detuve un momento, respirando el aire fresco que solo se encuentra en el campo.

—¡Mar! —Dario gritó mi nombre—. ¡Mar, *vieni—affrettati*!

Corrí hacia él; estaba pálido, en shock, mirando la pared de una casa que daba a las afueras del pueblo. Allí estaba. O mejor dicho, allí estaba *yo*. La misma pintura diminuta que había empezado todo esto se alzaba sobre nosotros como un gigante. Mi ojo verde y mi ojo castaño miraban el mismo paisaje que nos rodeaba.

Dario y yo nos miramos y luego volvimos a clavar la vista en el mural, en silencio. ¿Quién era el artista? ¿Quién conocía esa pintura y la puso ahí? ¿Sería la misma persona que se la regaló al Museo del Prado y luego a mí?

Dario estaba pasmado, con las mismas preguntas dándole vueltas en la cabeza.

—Dario, hay algo que tengo que contarte.

66

CONFESIONES

Mar

Dozza, Italia – 2024

Se lo conté todo. Desde la primera regresión a vidas pasadas hasta mis sospechas de que él era Dante.

—¿Estás loca, Mar? ¿Te estás escuchando? —Se alejó de mí apurado, dirigiéndose hacia la moto.

Atolondrada, lo seguí, tratando de alcanzarlo.

—¡Oye! ¿Vas a ponerte así y no me vas a hablar? No es como si supiéramos que esto iba a pasar —le dije—. ¿A dónde vas?

No me respondió, manteniendo el paso. Lo agarré del brazo, obligándolo a girarse hacia mí. —¡Dario!

Él gruñó, mirándome con una expresión de dolor. —¿Tú de verdad te crees todo lo que estás diciendo? ¿Que de pronto somos esas personas de hace 500 años, y que tenemos un contrato y bla, bla, bla? *¡È un cazzo!* ¡Hay que estar loca para creerse eso, Mar! Es lo mismo que te he estado diciendo todo este tiempo sobre ese amor predestinado. No es real. El amor es cuando dos personas hacen que funcione. No funciona por arte de magia.

Di un paso atrás, levantando los brazos. —Bueno, yo tampoco creía en esas cosas, pero ahora que lo he vivido y he visto pruebas de mis vidas pasadas, no puedo simplemente ignorarte a *TI* ni lo que siento por ti.

—Todo eso está en tu cabeza, Mar. Alguien te hizo daño y ahora buscas respuestas porque ninguna de tus relaciones ha funcionado. Estás sufriendo y odias admitir que cometiste un error, ¡por eso no confías ni en ti ni en nadie más!

Sus palabras reabrieron heridas de meses atrás, exponiendo mi tristeza y volteándola en mi contra como un arma.

—Yo sé lo que he vivido, Dario.

—¿Y qué vas a hacer? ¿Nos vamos a casar porque no tuvimos la oportunidad hace 500 años? Qué puntería la del destino, ¿no?

Sentí la frustración burbujeando en mi interior. Finalmente había encontrado respuestas sobre quién era BVR, solo para darme cuenta de que la conexión que sentía con ella venía de algo más profundo: compartíamos la misma alma. Por muy absurdo que sonara, tenía sentido. La incapacidad de las mujeres de mi linaje para amar. Mi propia devoción al arte. La forma en que regresé a su casa y encontré el retrato allí esperándome. La conexión inexplicable que sentí al ver a Dario. Durante el último año, había buscado respuestas en mis vidas pasadas. Ahora las había encontrado. El único problema era que yo no era la única implicada.

—Volvamos a Florencia, Dario. Esto ha sido demasiado para un solo día. Creo que los dos necesitamos procesarlo.

Sin decir una palabra, volteó y siguió caminando.

67

¿POR QUÉ LO LLAMAN BLUES?

Mar

Florencia, Italia – 2024

El viaje de regreso fue largo y silencioso. El paisaje menos poético. Dario me dejó frente a su edificio y me dio las llaves mientras aparcaba la moto. Entré en el edificio color azafrán, que ya se me hacía conocido; pasé de largo la escalera y fui hacia el almendro en medio del patio. Sus hojas frescas eran de un verde brillante contra el cielo que se tornaba azul pálido. Me apoyé en él y saqué el teléfono para responderle a Tania. Me había mandado un mensaje antes preguntándome cómo iba el viaje.

"Te extraño un montón, a ti y a los perros. Ojalá estuvieras aquí para hablar. Nos vemos pronto", escribí.

Al fin pude identificar esa extraña sensación de familiaridad que sentía desde que llegué a Florencia. Los sueños en los que recorría la ciudad en la Edad Media. La reacción de mi cuerpo al ver *El nacimiento de Venus* en persona. No me lo estaba imaginando. Mi alma estaba recordando. Siempre había sido yo —en un cuerpo diferente, en un tiempo diferente, viviendo una vida distinta que me llevaba una y otra vez a la misma esquina.

Dario abrió la puerta del edificio, encontrándome junto al árbol mientras se dirigía a la escalera. Cambió de rumbo y caminó hacia mí, pasándose las manos por su pelo oscuro y alborotado por el casco.

—¿Crees que aquí es donde vivía Dante y que por eso elegí este apartamento? —Miró las hojas caídas en el suelo, pateándolas ligeramente.

Suspiré. —No sé; es difícil de comprobar. A veces solo tienes que confiar.

—Mar, *mi dispiace*. Siento haber reaccionado así... —empezó—. Es que no confío en estas cosas. Mi familia... se dejó llevar por ideas de este tipo toda su vida y no los llevó a ninguna parte más que a... Siento que es manipulación. Ves lo que quieres ver.

Me despegué del árbol, dejando la mano en el tronco un segundo más. —Está bien, Dario. Lo entiendo. —Caminé hacia él, marcando el paso de vuelta al apartamento—. Vamos a dejarlo descansar el resto del día, ¿ok?

Cuatro horas después, me desperté a oscuras, con el ruido de Dario preparando algo en la cocina. Me había quedado muerta en cuanto entramos; me tiré en el sofá a mirar las molduras del techo y me hundí en un sueño profundo. Caminé de puntillas para que no me oyera y me metí en la ducha para que el agua se llevara todo lo que había pasado hoy. Todo se sentía tan pesado que todavía no parecía real que hubiera ocurrido esa misma mañana. Mi tiempo en Florencia se acababa, dándome una vía de escape hacia mi propia línea temporal, mi propia vida. Para procesarlo todo bajo mis propios términos.

Dario me esperaba con una copa de vino blanco frío cuando salí del baño. Su humor había pasado de melancólico a animado en cuestión de horas.

—Hice *cena* para los dos, ya que nos saltamos el *pranzo*. —El vino era como una ofrenda de paz—. Espero que te gusten los *tortellini in brodo*.

Le di un sorbo a la copa. —Oh, *grazie*. Creo que nunca los he probado.

—Es un plato típico de Bolonia... Me pareció apropiado para el día que hemos tenido. Además, no llegaste a probar nada de la gastronomía de Emilia-Romaña.

Me senté en el mismo sitio donde estuvimos juntos por primera vez. Sirvió el caldo con la pasta rellena en forma de anillo y espolvoreó perejil fresco por encima; luego tomó asiento frente a mí. El caldo caliente funcionó como un bálsamo, aliviando la pesadez del día y convirtiéndose en consuelo. De vez en cuando, nuestras miradas se cruzaban y una sonrisa suave asomaba en nuestros labios. Ninguno quería romper el hielo. Eso significaría tener una conversación difícil para la que no estábamos listos: ¿qué hacemos con lo nuestro? ¿Qué pasa ahora? ¿Todo esto es una locura? ¿O sería una locura no rendirnos al impulso que nos llama a los dos?

En papel, él era todo lo que me atraía. Veníamos de un mundo compartido de arte y literatura, las mismas cosas que alimentaban mi alma. Nos conocíamos desde hacía siglos, al parecer, aunque viéndolo frente a mí ahora, sentía la realidad: apenas lo conocía. Era un lienzo en blanco. Y su comportamiento de hoy me había mostrado un lado suyo que me daba ganas de salir corriendo en la dirección opuesta.

—¿Estás lista para volver a España?

Solté un suspiro involuntario. —Creo que sí. Tengo mucho de qué hablar con mi terapeuta.

Los dos nos reímos.

—¿Te gusta el *blues*?

—¿El género musical? —me burlé.

Pareció sorprendido cuando captó el sarcasmo. —No, como el periodo de la historia del arte.

Solté una carcajada. —Me encantan Etta James y Mamie Smith… y si me lo permites, Amy Winehouse.

Arqueó una ceja. —No la considero una cantante de *blues* per se, pero te lo permito porque era increíble.

Se apartó de la mesa y tomó mi mano, dejando atrás su servilleta y los restos del caldo. Me indicó un asiento en su sofá y luego fue hacia un pequeño mueble de madera; sacó dos copitas de grappa y vertió un líquido verde y herbáceo en ellas. Me entregó una.

—Esta grappa es casera —dijo, brindando conmigo—. La hace una *nonna* del edificio. Me da un poco con la esperanza de que me case con su *nipotina. Salute.*

El licor me hizo toser. Él siguió caminando por la habitación mientras yo me cubría con una manta.

—A veces, cuando las palabras no alcanzan, lo mejor que podemos hacer es pedírselas prestadas a alguien más.

Agarró el banjo que estaba apoyado contra la pared y se sentó a mi lado. Las notas sonaron suaves al principio, como un susurro; sus dedos apenas rozaban las cuerdas. Cerré los ojos, sintiendo la vibración en todo mi cuerpo. Había una tristeza, una melancolía en el aire que no podía sacudirme, pero también la misma electricidad que sentí la primera noche.

Él también tenía los ojos cerrados mientras tocaba una melodía que no lograba identificar. —Cuando era niño, nos mudábamos mucho por lo que le pasó a mi tío. Murió antes de que yo naciera y mi familia decía que yo era su reencarnación. *Immagina quanta responsabilità.*

—Lo siento, Dario —dije—. Quizás nunca debimos haber abierto esta caja de Pandora.

—Pero ya está abierta, Mar —dijo mientras rasgueaba—. Ahora lo sé, y no puedo dejar de armar el rompecabezas, de pensar en eso, y lo que es peor…

Me miró intensamente, con una mezcla de anhelo y deseo.

—Lo peor es que he estado tratando de evitar lo que siento por ti en estas últimas semanas. Cuando oigo tu risa estrepitosa, o cuando veo cómo jugueteas con el anillo de tu dedo medio cuando estás observando algo... *Mi sento come se stessi impazzendo*. Siento que voy a perder la cabeza.

Sentí que se me subían los colores; el alcohol revelaba mi vulnerabilidad mientras sus palabras fluían como si acompañaran la música. Dejó el banjo a un lado y se acercó hasta encontrar mis manos. Luego, simplemente me miró.

—¿Qué quieres, Dario? —pregunté, aterrorizada de que la respuesta no fuera yo.

Puso su mano suavemente en mi cara y las vi todas. Todas las vidas en las que nos habíamos encontrado; el dolor de perdernos otra vez. En una, solo nos cruzamos. En otra, nunca nos conocimos. A ambos se nos escaparon las lágrimas. Se acercó más, sus ojos clavados en los míos, con el aroma de las hierbas del licor en su aliento.

—*Adesso*, solo quiero besarte —susurró antes de juntar sus labios con los míos. Mi cuerpo se rindió al suyo, encontrando el calor que mi alma había buscado durante siglos. Me besó el cuello con ternura y volvió a mi boca como si fuera una máscara de oxígeno. El corazón me martilleaba en el pecho mientras, impacientemente, le quitaba la camisa, recorriendo su pecho con besos suaves.

Apartando la manta que aún tenía en las piernas, me llevó a su habitación, donde techos abovedados y frescos descascarados rodeaban una cama de cuatro postes. Me recostó con delicadeza, quitándome primero los pantalones y luego la camiseta. Me abrió las piernas, presionándose contra mi centro mientras me besaba. Podía sentir su dureza a través de la ropa —necesitaba más.

Gimió suavemente, rodeando mis pechos con sus manos y bajando la cabeza hacia mis muslos. En pleno éxtasis, hundí mis manos en su pelo, guiándolo hacia mi centro. Me miró, sonriendo, mientras me quitaba la ropa interior y la tiraba a un lado, provocando escalofríos por mi espalda. Su lengua se sentía suave contra mi clítoris; mi humedad bajaba por mis piernas. Mi cuerpo temblaba.

Sintiendo mi satisfacción, se volteó a mi lado. El deseo me puso de rodillas y me senté sobre él. Mis manos bajaron lentamente por su pecho antes de que mis dedos encontraran el cierre de su pantalón, trabajando cada vez más rápido. Me detuve al ver su miembro perfectamente esculpido. Arqueé las cejas.

Su risa llenó la habitación mientras me jalaba sobre él, gruñendo de anticipación. Mi cuerpo se envolvió en el suyo mientras él forcejeaba para abrir un condón y me lo daba para que se lo pusiera. —Espera, espera —me agarró la cara con sus manos grandes—. Mar, ¿estás segura de que quieres hacer esto? No quiero que nosotros...

—Si lo echamos a perder, lo echamos a perder —dije—. Ahora solo quiero hacerte el amor y olvidarme de todo lo demás.

—*Dio, amore* —gimió—. Ahora sí que voy a perder la cabeza.

Me bajé lentamente sobre él y empecé a cabalgarlo, guiando su rostro hacia mis pechos. —No pierdas la cabeza —dije suavemente—. Solo piérdete en mí esta noche.

Pasamos el resto de la noche descubriendo cada rincón del otro, hasta que finalmente nos quedamos dormidos horas después. Nuestro apetito no disminuyó con el sueño; aumentó con el amanecer.

Solo parábamos para comer algo rápido, algunas veces terminando conmigo sobre la mesa del comedor y su boca entre mis muslos. Afuera, el manto de la lluvia nos dio permiso para perdernos en el otro sin pensar en agendas ni horarios.

Solamente quedaba una cosa por descubrir en este viaje: nosotros mismos. Todo lo demás se revelaría a su tiempo.

68

LA REGRESIÓN FINAL

Mar

Florencia, Italia – 2024

Cerré la puerta de la habitación de Dario mientras él estaba fuera para reunirme con Almaguer por Zoom.

—¿Estás bien? —preguntó Almaguer—. Te noto un poco...

—Triste. Estoy triste. Hundida, la verdad. Los últimos días han sido demasiado —dije—. Siento que estoy encontrando las respuestas a mis heridas, pero también abriendo otras nuevas. Tenemos que sentarnos a tomar un café y charlar en cuanto esté de vuelta en Madrid. Hay tanto que desempacar.

Ella se quitó las gafas, mirándome por un momento con algo parecido al orgullo.

—Eso es bueno. Has recorrido un camino muy largo. De hecho, creo que esta debería ser nuestra última regresión, al menos por ahora.

—¿Qué? ¿De verdad? —Sentí una mezcla de miedo y alivio.

Pensé en los últimos meses, en todo el progreso que había logrado. Incluso abrirme de nuevo a Dario había sido un gran paso. Ser vulnerable. Confiar en mí misma lo suficiente como para atravesar el dolor. Todo lo que quedaba por hacer era encontrar la última pieza de mi depresión y entender por qué la tristeza no se terminaba de ir.

—Va a ser diferente a las otras que has hecho, pero podría ser la pieza que falta para ayudarte a sentirte mejor. ¿Estás lista, Mar?

—Sí.

69

EL SUEÑO AMERICANO

Miguel

Nueva York, Nueva York – 1985

Dicen que el segundo año después de emigrar es el más fácil. Para mí, fue el cuarto. En el último año, muchas cosas habían cambiado. Mami y yo logramos mudarnos a nuestro propio rincón, aunque fuera chiquito. Ella consiguió otro trabajo. Y yo solté el trabajo de porquería que tenía de barman en Tito's por la posición de mis sueños en Galerías Macondo, donde podía cultivar mi pasión por el arte.

Galerías Macondo era un mundo aparte de la barra mugrienta de Tito's. Atrás quedaron los sofás de látex pegajosos, los menús con costras llenos de cosas dudosas y el desfile interminable de borrachos. Mi nuevo lugar de trabajo tenía paredes blancas e impecables, lienzos vibrantes y el murmullo de la admiración contenida.

Como sugería su nombre —inspirado en la obra maestra de Gabriel García Márquez, *Cien años de soledad*—, Macondo aspiraba a crear un mundo enteramente nuevo para todo el que entrara. ¿Y quién estaba allí para asegurar que salieran con los bolsillos más ligeros y las paredes bellamente adornadas? Yo, por supuesto.

Mientras las galerías vecinas vendían imitaciones baratas de Jackson Pollock, cubismo a medio cocinar e instalaciones que parecían proyectos de fin de semana de un niño de primaria, Macondo tenía una misión: defender el arte latinoamericano en Nueva York.

La dueña de la galería, Ariana Martí, encarnaba esa misión. Hija de una reina de belleza puertorriqueña y de un exiliado cubano, Ariana venía de "familia". Sí, centrales azucareros, fincas inmensas y una riqueza mítica. También tenía una larga cola de pretendientes locos por convertirla en su "mujercita". ¿Ariana? A ella no le interesaban ni los diamantes ni la devoción. Su única pasión era sacar a la luz el arte latino, especialmente el creado por mujeres.

Recientemente, me había lanzado de cabeza a un proyecto especial, algo sin precedentes: descubrir la obra de mujeres artistas del periodo colonial. La mayoría eran pobres e invisibles para la historia, pero una conferencia en la Universidad de Columbia me cambió la vida. Estaba esperando a que mi ex terminara su clase, matando el tiempo, cuando me metí, por casualidad, en una charla sobre una sociedad secreta en la Florencia del Renacimiento que, de alguna manera, conectaba con Cuba entre 1530 y 1550.

Después de la charla, prácticamente asalté al profesor —seguro lo maté del susto— con mi ráfaga de preguntas. ¿Quién era esta misteriosa mujer que documentó los horrores de la esclavitud? ¿Cómo se llamaba? ¿Había registros que pudieran probar su historia? ¿Podría yo montar una exposición con su obra? Y lo más importante, ¿podía traer sus piezas a Nueva York?

El profesor, intrigado por mi entusiasmo, me dio su número y así empezaron meses de negociaciones. Pero la burocracia cubana se movía más lento que el fango. Finalmente, recibimos respuesta de un pariente lejano de la pintora... que llevaba muerta desde hace casi cinco siglos. Como tantos otros en la isla, el sobrino estaba "pelao", sin un quilo y sin nada más. Y lo entiendo. Yo pasé por eso. Cuando vives en la isla, estás demasiado ocupado averiguando cómo vas a sobrevivir como para interesarte vagamente por el legado de un ancestro. Aun así, me contó que ella había llegado a Trinidad en 1530 con sus dos hijos adultos y una criada, y que siguió pintando en secreto.

Sí, había piezas que podíamos adquirir. Sí, se podían vender. Pero había dos condiciones. Primero, una de las piezas nunca podría venderse, solo conservarse y heredarse. Segundo, su nombre completo nunca podía revelarse. Solo sus iniciales: BVR.

Cuando le presenté el proyecto a Ariana, su emoción fue total. —¡Haz lo que quieras; confío en ti! —me dijo, mientras se acomodaba su afro voluminoso—. ¿Cuándo crees que lo tendrás listo? Necesitaré tiempo para convencer a mis padres con todo este cuento del "arte colonizador", tú sabes.

—¿*Esquiusmi*? Ella no era una colonizadora —le dije, sacudiendo la cabeza—. *Nuh-uh*. Vino por su cuenta, con sus hijos y su criada, a bordo de un barco cualquiera. Hay tanto de su historia que aún no sabemos, pero, según los bocetos que mandó el sobrino, ella documentó vívidamente la vida de los esclavos yorubas y taínos. Era algo inaudito para una mujer, y ni se diga para...

—¿Sabemos si era blanca?

Me quedé frío ante la pregunta. —Digo, lo asumí —admití —. Ahora me pica más la curiosidad.

—¿Cómo es que se llamaba? —preguntó ella.

—Beatriz Velázquez de Rossi. Pero solo tenemos permitido llamarla BVR.

Ariana se apoyó en su escritorio, de brazos cruzados, con una expresión entre curiosa y calculadora. —Es interesante que nadie, aparte del profesor, hubiera oído hablar de ella antes. Está bien, si vamos a hacer esto, necesitamos todos los datos y asegurarnos de verificarlos. No le quito mérito al trabajo que has hecho ni a las negociaciones de estos meses, pero no podemos poner en riesgo la galería.

Respiré profundo, ordenando mis ideas. —Te entiendo. Pero por lo que me dijo el sobrino, BVR no era una aficionada o una ama de casa que pintaba para pasar el rato. Tuvo formación formal en Florencia antes de venir a Cuba. Mencionó su conexión con una sociedad secreta de artistas... mujeres que trabajaban bajo seudónimos porque era la única forma de que su arte se notara en Florencia. En Cuba, pintó casi exclusivamente sobre la esclavitud. No tenemos mucho de su época en Italia; probablemente no podía viajar con cuadros a bordo de un barco transatlántico en el Renacimiento. Pero estas pinturas que hizo en Cuba son radicales. Las vi en las fotos que el profesor compartió durante su charla. No son solo escenas, son emociones: la angustia, la resiliencia, la pura humanidad de los esclavos. Al parecer, usaba pigmentos que nadie había visto antes, elaborados a partir de plantas y minerales nativos. Incluso en los retratos, sus colores tienen una vibración que no es real. Creo que esto puede ser un antes y un después para nosotros.

Ariana levantó una ceja, intrigada. —Okey. Okey. Solo quiero asegurarme de que esto no sea un mito que alguien se inventó para vender cuatro cuadros y ganarse unos pesos. Estamos construyendo una reputación aquí.

Me reí, negando con la cabeza. —Confía en mí, Ari; yo soy escéptico por defecto. Pero los detalles son demasiado específicos como para ignorarlos. Además, el profesor dio la cara por las piezas. Un profesor de Columbia no se jugaría el cuello por una estafa.

Dos días después, llegó una carta del sobrino de BVR. Me encontraba caminando de un lado a otro por la estrecha biblioteca del apartamento del profesor. Los estantes atestados de libros viejos se alzaban a mi alrededor, y su olor a humedad se mezclaba con el rastro de tabaco de su pipa de siempre. El último giro de esta saga me tenía los nervios de punta: ahora el sobrino insistía en acompañar el arte para asegurar su paso seguro a los Estados Unidos.

—Esto me huele a gato encerrado —mascullé, tirando las manos al aire—. ¿Quién carajo se cree que es? ¿El Rey de España? ¿Y cómo espera que le saquemos una visa de la nada? —Alcé la voz sin que me importara. Lo absurdo de todo resultaba desesperante.

—A ver, Miguel —dijo el profesor, soltando el humo con una calma desesperante. Estaba sentado en su sillón de cuero gastado, luciendo como el cliché viviente de un intelectual viejo.

—¡Yo sé lo que es esto! Y ahora quiero ver el arte antes de que él ponga un pie aquí. ¿Y si es todo falso? ¿Una estafa?

Me sentía frustrado por varias razones. Yo sabía que irse de la isla era la prioridad de muchos cubanos. Yo mismo me había ido en el Mariel años atrás.

—No es una farsa —dijo el profesor, con voz firme pero ofendida—. Yo mismo he visto las piezas. ¿De dónde crees que saqué la mitad del material para mis clases? Pero dime, Miguel... ¿Tú no harías lo mismo en su lugar? Si estuvieras atrapado en esa isla, ¿no aprovecharías cualquier oportunidad para salir? Todos hemos oído que la cosa en Cuba está cada vez peor con la situación política. A menos que sea un revolucionario, hay muchas probabilidades de que esté intentando usar esto como una oportunidad para irse. El problema es que quizás no tengamos los medios para ayudarlo, lo que pondría en riesgo nuestro proyecto.

Sus palabras me cayeron como una bofetada. Odio cuando la gente tiene razón. Especialmente cuando su razón pone en duda mi propia moralidad. Por supuesto que yo haría lo mismo. ¿Quién no? Este hombre no solo guardaba las obras de su tataratataratía; también guardaba las llaves de su escape y estaba jugando sus cartas a la perfección. Quizás en algún momento pensó que esas piezas eran solo un pasatiempo de una mujer que vivió hace siglos, que nunca llegarían a nada, o que podría venderlas en un mercado callejero en La Habana para ganarse la vida. Había muchos artistas subiendo como la espuma en la isla... Roberto Fabelo, por ejemplo, con esos retratos oníricos que parecen saltar sobre los espectadores.

Suspiré, dejando que la rabia se disipara lo suficiente como para que entrara un poco de claridad. —Bueeeeno —dije por fin—. Vamos a ver qué podemos hacer y ofrecerle una solución. Pero que mande algunas piezas por adelantado primero. No voy a arriesgar todo lo que hemos trabajado sin pruebas. Si nosotros vamos a invertir en esto, él también tiene que hacerlo.

El profesor asintió, con una leve sonrisa asomándose bajo su pipa. —Me parece justo, Miguel. Vamos a redactar una respuesta y a hacer la llamada.

70

DELILAH

Miguel

Nueva York, Nueva York —1985

Pasé por la oficina de correos cerca del río Hudson para enviar la carta de Fernando. La primavera había envuelto a Manhattan en un hechizo; su magia se desplegaba en flores que nunca antes había visto. Algunas eran pequeñas y blancas, con centros de un amarillo dorado que irradiaban como soles diminutos, sus pétalos puntiagudos extendiéndose como pinceladas de un artista. Otras eran más altas: tulipanes flamígeros en rojos y naranjas intensos, y esos bulbos esféricos extraños con cabezas espinosas que me recordaban a dientes de león gigantes atrapados en medio de un deseo.

En mi tierra conocía las orquídeas, los girasoles y las rosas, pero estas se sentían extranjeras, como códigos secretos de un mundo que aún estaba aprendiendo a descifrar. Incluso ahora, a cuatro años de haber salido de Cuba, las estaciones aquí todavía me sorprendían.

El aire era una contradicción. Fresco, con un susurro de calidez, cargado de un sinfín de olores: el toque dulzón del agua del río, el aroma embriagador de las flores y ese trasfondo siempre presente de la mugre de Manhattan, la basura y el rastro de peligro. Era un perfume tan complejo y agridulce como Alessandro, mi amor perdido, que rondaba mis pensamientos aunque estuviera a un océano de distancia.

Desde que se fue, apresuraba el paso al caminar por la ciudad, a pesar de que la pierna me dolía desde hacía meses. Era como si, acelerando, pudiera dejar atrás su recuerdo, como si pudiera ir más rápido que el amor, o lo que quedara de él, grabado en mí. Pero hoy bajé el ritmo. Hoy dejé que el viento me llevara de vuelta a él: al azul penetrante de sus ojos, a su barba oscura sombreando un rostro esculpido por el sol y el mar. El olor a espresso que quedaba en su aliento, mezclado con la aspereza ocasional de un cigarro que encendía solo cuando se despertaba poético, hablando de Neruda o Montale.

Quería contarle lo de BVR, la carta, el profesor. Anhelaba compartir mis miedos de que todo se cayera como un castillo de naipes ante mí. Él sabría exactamente qué decir o cómo apaciguar esta ansiedad. Pero se había ido.

Habían pasado seis meses desde que se marchó a Sicilia. “Es mi *mamma*. No puedo explicarlo, pero me tengo que ir”, dijo un miércoles y para el lunes ya era un fantasma. “Escribiré, te explicaré”, prometió. Pero el buzón se mantuvo vacío lo suficiente como para enseñarme a no esperar más.

—Así son los italianos —declaró mi amiga Carmen cuando él se fue, con la voz cargada de autoridad y ese leve arrastre que te da el vino barato. Lo servía en una taza desportillada, de esas que siempre usábamos cuando el presupuesto estaba más apretado que los vestidos que ella se ponía para ir al club a bailar salsa. Carmen, siempre leal y brutal, estaba decidida a llenar el silencio con sus verdades. —Son maestros del engaño.

Hizo una pausa justa para soltar la pullita.

—Seguro conoció a alguien más, Migue —dijo, entornando sus ojos oscuros como si retándome a discutir—. Y no supo cómo decírtelo. Olvídate de eso.

Olvídalo. Pasa la página. Lo hacía sonar tan fácil.

Solo dejé escapar una lágrima, esperando que sus palabras se infectaran, que envenenaran el amor que aún sentía por él y lo transformaran en algo soportable, como la rabia o la indiferencia. Pero aquí estaba yo, sentado a la orilla del río tanto tiempo después, y el veneno no había funcionado. Lo único que sentía era tristeza.

Sus palabras no me pegaron porque no le creía. No del todo. Nuestro amor fue tan puro, tan real, que no había forma de que él fuera el hombre a quien ella se refería.

Pero quizás ese era el problema. Los humanos somos así de complicados, ¿no? Cargamos el amor y la traición en las mismas manos y mezclamos la devoción con el engaño como un cóctel mal medido. Quizás sí conoció a alguien más. O quizás lo que dijo sobre Sicilia y su madre era verdad. Miré hacia el río, con su superficie brillando bajo la luz intensa del día, y dejé que la pregunta se quedara ahí, sin respuesta. Dondequiera que estuviera, mi único deseo era que estuviera a salvo, que estuviera bien y que, tal vez algún día, yo pudiera caminar por Manhattan sin esperar que su voz me atrapara por sorpresa.

~

Una pintura llegó a la puerta de Galerías Macondo tres meses después. El cartero tocó el cristal de la galería con el paquete envuelto en una muselina gastada, copias amarillentas del diario *Granma* y un tubo improvisado que lo mantenía todo unido. Traje el paquete dentro con cuidado, como si cargara a un recién nacido. El periódico cubano delataba de dónde venía.

Mi pasado escalofriante regresó de golpe. De repente sentí el sabor del agua salada en el aire, incluso aquí, en la seguridad de mi trabajo.

Lo desempaqué con una delicadeza extrema, aunque la pintura parecía decidida a liberarse sola, saliendo de su confinamiento tan rápido como una mariposa de su capullo, abriendo las alas de par en par. La pintura era pequeña; ocupaba apenas una cuarta parte de mi escritorio, pero los ojos grises de la mujer frente a mí eran más grandes que la habitación donde yo estaba. Su piel, del color de un cacao puro, parecía brillar contra las hojas de palma del fondo. Sus trenzas estaban envueltas con prolijidad en una tela blanca, dejando ver solo el nacimiento de su pelo. Recorrí con los dedos suavemente los bordes del lienzo y noté un nombre escrito al dorso: *Delilah*.

El retrato era más vibrante e impresionante que las pinturas que había visto en la charla del profesor en Columbia. Se me apretó el estómago y una ola de duelo me invadió al mirarlo más de cerca. Aunque esta pintura se había terminado hace casi cuatro siglos, de alguna manera me sentía conectado con ella. Era como si Delilah y yo nos hubiéramos conocido, como si su dolor fuera el mío. El contraste de su piel contra un cielo azul radiante y palmeras de todos los tonos de verde era insignificante en comparación con la realidad de su vida. Una vez más, ella había cruzado el océano en contra de su voluntad hacia una tierra desconocida, a un lugar donde ahora sería exhibida para dar a otros una idea de lo que era ser prisionera de un destino desafortunado.

El envoltorio tenía una sorpresa más: una carta de Fernando. Había enviado a *Delilah* como parte de nuestro trato oficial. Ella era la prueba de que su palabra valía. El momento no podía ser más perfecto. Estábamos a punto de abandonar el proyecto por completo; Ariana me presionaba para que enfocáramos la atención en otros artistas.

Abrí el sobre, desdoblando varias hojas de papel pegadas con una sola grapa.

La Habana, Cuba, abril de 1985

Estimado Miguel Ángel:

Le pido disculpas de antemano por la demora en responderle respecto a las pinturas de mi antepasada, Beatriz. Como usted sabe, mi familia ha custodiado estas obras durante más de cuatro siglos, honrando sus deseos. Mi tía escapó a Trinidad cuando comenzó la colonización española en Cuba. En resumen, las pinturas van más allá de lo que ella vio; son un testimonio de lo que vivió. Pasó sus últimos años aquí, vio a sus hijos formar familias y dejó cada pieza de arte que poseía —con pocas excepciones— aquí, en Cuba.

Como le he mencionado en nuestra correspondencia anterior, solo quedamos unos pocos parientes consanguíneos vivos. Yo soy uno de ellos; su tataratataranieta es la otra. Antes de confirmar mi acuerdo con usted, tuve que recibir el permiso de ella para enviar la obra de Beatriz a una galería en Nueva York. Como usted debe saber, la confianza no es fácil de encontrar hoy en día, especialmente con gente de afuera. Pero eso no viene al caso; debido a su insistencia y a nuestra investigación sobre su galería y el profesor, hemos decidido enviarle las pinturas con la esperanza de que la obra de Beatriz sobreviva, como lo ha hecho durante todos estos años.

Dada la situación actual en la isla, nuestra familia planea irse pronto y las pinturas no viajarán con nosotros. No podemos arriesgarnos a que el gobierno las confisque o las retenga. Adjunto a esta carta, le envío las condiciones

LEGALES DE NUESTRO ACUERDO, QUIÉN RECIBIRÁ EL PAGO DE LAS PIEZAS EN EFECTIVO EN LOS ESTADOS UNIDOS (ME LLEGARÁ A TRAVÉS DE UNA PERSONA DE CONFIANZA) Y DÓNDE DEBE RECOGERLAS EN MIAMI.

UNA VEZ QUE RECIBA LA PRIMERA PARTE DEL PAGO, RECIBIRÁ LAS PRIMERAS 20 PINTURAS. TRAS EL PAGO FINAL, RECIBIRÁ TODO EL RESTO E INCLUSO LE ENVIARÉ UNAS CARTAS QUE ENCONTRAMOS PEGADAS AL DORSO DE ALGUNAS PIEZAS.

COMO MUESTRA DE NUESTRA CONFIANZA, LE HE ENVIADO UNA PINTURA DE REGALO: DELILAH. ELLA ERA UNA ESCLAVA YORUBA TRAÍDA A TRINIDAD EN 1515. VIVIÓ EN LA MISMA CASA QUE BEATRIZ, DONDE EVENTUALMENTE SE HICIERON CERCANAS, AUNQUE ESTO ERA ALGO INAUDITO EN AQUELLA ÉPOCA.

LO ÚNICO QUE PEDIMOS ES QUE CUIDE BIEN LA OBRA DE BVR, LE DÉ UN NOMBRE Y SE ASEGURE DE ELEVAR LA POSICIÓN DE CUBA EN EL MUNDO DEL ARTE.

ASHÉ PA' TI,
FERNANDO VARELA

No me había dado cuenta hasta que terminé de leer la carta de la sonrisa que se me había dibujado en la cara. ¡ESOOOO COÑOOOOOOO! Nunca había conquistado nada, pero sentía que tenía el mundo en mis manos, a mi alcance, y que podía con todo. El hombre que hace un año estaba sirviendo mesas en el SoHo ahora estaba curando su primera exposición de arte en Nueva York.

¡Lo logré, Diosito! ¡Lo. Lo-gré!

Corriendo hacia el teléfono, marqué el número de la casa de Ariana, pero no contestó. Entonces, llamé al profesor. Su voz pausada respondió al otro lado. Noté enseguida que tenía la pipa en la boca.

—¡Profe, lo logramos, *meng*! —grité emocionado.

—Espera, ¿qué? —Su tono se animó—. ¿A qué te refieres?

Se me escapó una carcajada. —Ay, profesor, tiene que bajar a la galería. Hay alguien aquí que quiero que conozca. Se llama Delilah.

71

EL CÁNCER GAY

Miguel

Union City, New Jersey — 1985

Mami pone un plato de arroz blanco, frijoles negros y pollo empanizado frente a mí en la mesa cuadrada de nuestro apartamento en Jersey. No me mira cuando lo hace, ni siquiera mira el plato. Tiene la vista clavada en el noticiero que retumba al otro lado de la sala.

Las noticias sobre el SIDA, o el "cáncer gay", como lo están llamando, propagándose por todos los Estados Unidos, suenan en uno de los pocos canales hispanos del país. La voz severa del reportero rebota en las paredes del pequeño apartamento, llenando cada rincón de un miedo espeso.

—Mami —la llamo, pero ella está perdida en el mundo trágico que las noticias le están pintando—. ¡Mami! —le grito.

Ella da un brinco. —¡Ay, Miguel Ángel! Me vas a matar del corazón.

—¿Yo te voy a dar un infarto? ¿Y no Pepito, el amarillista,

con su periodismo sensacionalista, que te pasas viendo todo el día?

Mami, como muchos cubanos de su generación, ve las noticias y sus telenovelas religiosamente. Los días en que no trabaja, se clava en cada pronóstico y, cuando está fuera de la casa, sintoniza la radio.

Regresa a la mesa con su plato en una mano y un bol de ensalada de lechuga y tomate en la otra. —Tengo que estar informada sobre lo que pasa con esta enfermedad, mi amor. Me preocupo por ti, por Ale...

La cortina de vapor que sale de sus frijoles disfraza mi mueca de desprecio cuando menciona el nombre de mi ex.

—Mami, no hay de qué preocuparse. —Busco su mano al otro lado de la mesa, cubierta por un mantel que encontró en oferta en una tienda de a dólar. Está decorado con girasoles, lo que ella interpretó como una señal favorable de la Virgencita de la Caridad.

La patrona de Cuba requiere un cariñito de vez en cuando, y como el precio de los girasoles naturales estaba por las nubes para ofrendarle, este mantelito tendría que servir. Esperemos que la Virgencita entienda que la cosa está apretada en esta economía.

—Ay, mijito. —Las lágrimas asoman a sus ojos cansados. Ayer trabajó todo el día en la factoría y pasó la noche entera cuidando a la señora Metz, a quien operaron de la cadera—. Te imaginas, hemos llegado tan lejos para que tú te me enfermes con esa cosa tan fea. Dios tiene que ayudarnos, protegerte.

—Mami, solo porque soy gay no significa que me vaya a dar SIDA. Eso no funciona así. No es como si hubiera un radar en el aire que dijera: "¡Oh mira, un maricón!", y entonces nos da. —Mastico antes de seguir—. Ni siquiera sabemos de verdad cómo pasa, y a estas alturas, los gays no son los únicos que se están enfermando. ¿Me entendiste? No puedes creer todo lo que sale en las noticias ni lo que te cuenta Caridad. No te preocupes más.

Sabía que decirle que no se preocupara era por gusto. Ella se ha preocupado por mí desde el momento en que se dio cuenta de que me interesaba más Manuel que Camila en la primaria. Desde que me chivatearon con el director y un día me llevaron a un campamento para sacarme el maricón a golpes. Durante años, ella no podía mirarme cuando yo andaba por la casa sin camisa, con miedo de ver las cicatrices en mi cuerpo. Preguntándose qué pudo haber hecho para que nunca terminaran ahí.

Pero no fue culpa suya. No era una culpa. Incluso en mis días más oscuros, cuando pensaba que quizás mi homosexualidad podía "curarse", sabía muy en el fondo que el problema no era yo, sino la sociedad en la que nací. No solo ya era mulatico o jabao, sino que, para colmo, me gustaban los hombres. Y no había paliza, trabajo forzado ni novia que pudiera cambiar eso.

Me tomó años hacer las paces con eso. Aceptarme. Entender que con quién me acostaba no era asunto de nadie. Aun así, la epidemia del SIDA golpeó al mundo como una maldición de los dioses. Justo cuando pensábamos que la comunidad gay, al menos en los Estados Unidos, estaba encontrando su lugar, la enfermedad nos convirtió en *persona non grata* otra vez.

Las enfermedades le recuerdan a la gente su propia mortalidad y le roban la moral cuando la supervivencia está en juego. Lo curioso era que nadie, sano o enfermo, podía salvarse de eso.

Comimos el resto del almuerzo en silencio mientras el noticiero daba paso a repeticiones de una telenovela vieja. Cuando ambos terminamos, me levanté y fui a la cocina a colar un cafecito antes de irme al trabajo. Mami, rendida por el cansancio del día anterior, se quedó en la mesa jugueteando con un grano de arroz. Casi siempre se fajaba conmigo si yo lavaba los platos o hacía el café, pero hoy la mezcla de preocupación y agotamiento le ganó.

—Emilia, mira —la jodo, llamándola por su nombre—. Tómate tu cafecito y vete a echar una siestecita. ¿Trabajas esta noche?

Suspira. —No, mijito. Me voy a ver con tu tía Teresita y vamos a jugar dominó en casa de una amiga.

Me inclino para darle un beso en la frente cuando empiezo a toser descontroladamente. Mami se levanta de un salto y corre a la cocina a buscar un vaso de agua. Llevo tiempo con esa tos; es como un turista que se quedó más tiempo de lo que dice su visa.

—Tienes que ir a que te revisen esa tos, Miguel —me pelea —. La tienes desde que regresaste del hospital hace meses.

—Ya, Mami, no exageres. —Trato de calmarle los nervios—. Me siento bien. Es solo un catarro por el cambio de tiempo.

La verdad era que me sentía fatal desde que salí del hospital. Estaba agotado, incluso cuando dormía por lo que parecían días. Todo me seguía doliendo, algo que los médicos dijeron que era normal.

—Llama al médico hoy, mijo. Dile que te chequee todo.

Con "todo", ella se refería al VIH.

72

MIAMI

Miguel

Miami, Florida — 1985

Durante los siguientes meses, mi vida se convirtió en Beatriz Velázquez de Rossi. Como las relaciones entre Estados Unidos y Cuba estaban tensas, sacar las pinturas de mi isla natal se volvió una tarea hercúlea. No era tan fácil como meterlo todo en una caja y mandarlo. También aprendí que, aunque sus cuadros tenían un valor histórico enorme para nosotros, su familia siempre los había visto como un simple pasatiempo. "Cosas de mujeres".

Fernando y yo encontramos la manera de cruzarlas por el estrecho de la Florida hasta Miami, adonde yo volaría para recogerlas. Mami estaba emocionada de que yo visitara Miami porque todo el mundo decía que era como visitar un pedacito de Cuba. Era el lugar con la mayor población cubana del país. Pero también estaba un poco indecisa porque *Scarface* había salido hace dos años y todo el mundo pensaba que los refugiados del Mariel éramos capos de la cocaína.

—Ay, Mami, por favor —le dije mientras empacaba la maleta—. Yo no voy a ir a ninguna fiesta ni a casa de nadie ni nada de eso. Me voy a quedar con tu amiga Tamara. Me voy a ver con la cuñada del hermano de Fernando, que es la que tiene los cuadros; le pago y viro para acá. Ay, Mami, pero me dijeron que allá hay unas cafeterías que tienen batido de mamey. Voy a regresar con por lo menos diez kilos de más de todos los batidos que me voy a tomar. Y por supuesto, te traigo a ti también, pa' que te pongas gordita.

Ella doblaba medias, nerviosa, en el borde de mi cama, poniéndolas junto a mi ropa interior dentro de la maleta.

—Dios mío santo —suspiró, hablando con su Dios—. ¿De dónde saqué yo a este muchacho?

Puse los ojos en blanco. —Mamiiii, te pones tan dramática. ¿Por qué no puedes alegrarte de que por fin tenga oportunidades de hacer las cosas que amo? De que no tengo que ser bartender y regresar en la última guagua, para despertarme a las 6 de la mañana y coger la primera guagua de vuelta a Manhattan.

—No, mijito. Yo estoy feliz. Estoy feliz de que estés haciendo cosas, pero me pongo nerviosa. Tú sabes que yo soy una vieja… y que tú eres lo único que yo tengo en este mundo, mijo. Aguanto la respiración cada vez que sales de esta casa. Si algo te pasara…

—Mami, nada malo me va a pasar, ¿ok? Yo he sobrevivido a cosas espantosas. Esto es todo belleza. ¿No lo ves? Alégrate por mí, no sueltes toda esa ansiedad al mundo porque entonces la atraes. —Le sequé una lágrima de la cara—. Tú no quieres hacer eso, ¿verdad?

—Claro que no —ella lloriqueó—. Solavaya.

Al día siguiente, volé a Florida. Si el aire en Nueva York todavía estaba frío, la humedad de Miami me devolvió a Cuba. Desde el avión vimos la costa, donde los terrenos llanos me esperaban bajo un sol abrasador. Se me había olvidado cuánto extrañaba este clima. Tamara, una amiga de Mami que había venido con nosotros en el Mariel, me recogió en el aeropuerto. Tenía el pelo teñido de un rojo Kool-Aid. Ni Celia Cruz se atrevería a tanto. En cuanto terminara con todo este asunto de BVR, buscaría la forma de decirle que deberíamos irnos por un tono más cobre. "No te preocupes. Yo te ayudo. Llevo años tiñéndole el pelo a Mami". Nada derrite más el corazón de una vieja cubana que un mulatón dándole consejos de belleza y mimándola. *De nada.*

Llegamos a Hialeah para recoger las pinturas. Parecía que me habían transportado de vuelta a la isla. Los viejos pasaban el rato en los portales jugando dominó. Las mujeres barrían la entrada de sus casas mientras chismeaban con las vecinas. Para muchos cubanos, casi todas nuestras conversaciones se centraban en la familia de allá, la familia de acá, en quejarnos de alguna bobería o alardear de nuestros éxitos.

Tamara parqueó su "transportation" —como ella llamaba a su Chevrolet de 1962— frente a una casita azul con una cerca amarilla. Se notaba desde afuera que la casa estaba dividida en varios apartamentos porque, por el costado, había varias puertas con letras.

—Serán solo unos minutos, Tama. ¿Quieres bajar? —pregunté, esperando que dijera que no.

—No, no, mijito. Me quedo aquí afuera fumándome un cigarrito mientras tú haces tus negocios. Aquí te espero.

Al bajar del carro, empujé la reja amarilla, que chirrió mientras me deslizaba hacia el otro lado. La carta de Fernando decía que era el apartamento "B" y que preguntara por Gretel. Para mi desgracia, los apartamentos no estaban en orden y el "B" estaba al final de la fila de puertas en lugar de al frente. Toqué tres veces y una mujer mayor abrió la puerta. Podría haber pasado por María Callas, la famosa soprano; su piel pálida y su cuello alargado me miraron de arriba abajo.

—¿Sí? —Estaba confundida con mi presencia.

—Buenas, mi nombre es Miguel. Soy amigo de Fernando. Busco a Gretel.

Sus ojos oscuros todavía me escaneaban, pero se relajó un poco cuando mencioné a Gretel.

—¡Gretelcitaaaaaaaaaaaa! —gritó, todavía agarrada al marco de la puerta—. Te buscan. Un tal Miguel. —Esta interacción era lo más cubano que me iba a pasar en la vida.

Desde el fondo del pasillo, apareció una mujer joven y alta, con una complexión similar a la de la tía. Tenía ondas suaves recogidas de su cara llena de pecas. Su pelo negro hacía resaltar sus ojos color miel y sus labios carnosos en forma de corazón. Tenía una ciruela en la mano, que guardó en el delantal que cubría un vestido amarillo con florecitas.

—Gracias, tía —dijo—. No te preocupes, Miguel es amigo de Fernandito.

Con un gruñido pausado, la tía se retiró hacia la cocina.

—Entra, por favor. Siento que mi tía sea un poco intimidante a veces, pero hay mucho bandolero en Miami. Tú sabes. —Se rio—. Siéntate, por favor, siéntate.

Calculando por su comportamiento, no debía tener más de 20 o 21 años. Su cara era tan inocente que, si yo no fuera un hombre honrado, podría haberla engañado y haberme largado con los cuadros ahí mismo.

—¿Cafecito? —Soltó un grito de ¡Mamiiiiii!, llamando a su madre. Si la tía que me recibió era la luna, esta otra mujer era el sol. A diferencia del porte de su hermana, ella era más bajita y rellenita, con un pelo castaño entrecano precioso y ojos de color café muy cálidos. Se acercó como si me conociera de toda la vida y me dio un beso enorme en la mejilla.

—¡Ay, Miguel, te estábamos esperando! —dijo—. ¡Ay! Casi se me olvida presentarme, qué loca. Soy Mariana, la mamá de Gretelcita.

Se fue disparada a la cocina a preparar el café antes de que pudiera responder, dejándome solo con Gretel otra vez.

—Entonces, Gretel. —Agarré el maletín donde traía el dinero—. Aquí está el dinero, tal como le prometí a Fernando. Sé que dijimos que lo dividiríamos en dos, pero si tienes todas las pinturas, estoy dispuesto a dártelo todo hoy mismo.

Su cara se puso seria y miró hacia donde se había ido la tía antes de hablar.

—Miguel, no estoy segura de si lo sabes o si Fernando te lo dijo, pero yo misma traje las pinturas.

Me puse eufórico con la noticia.

—Son veinte pinturas. Llegué hace solo unas semanas después de que mi mamá logró sacarme. No pude traer el resto porque Fernando estaba preocupado por ti. Temía que te echaras para atrás con el trato y entonces él se quedaría sin nada y...

Mariana trajo cafecito y pastelitos de guayaba a la mesa.

—A ver, Miguel —Mariana tomó el mando—. Tenemos los cuadros aquí. Quiero que los veas, pero tenemos que llevarlos a tu carro porque a mi hermana le daría un síncope si supiera que Gretelcita los trajo de Cuba en su maleta. Ella es muy conservadora, tú sabes, y no está de acuerdo con esas cosas. No sé si Gretelcita te dijo, pero mi otra hija va a traer el resto de las pinturas. Se supone que llega a finales de mes. Vamos a usar parte del dinero que nos des hoy para comprarle el pasaje.

—Bueno —suspiré—. Esperaba irme con todas las pinturas hoy porque venir a Miami es muy caro para nosotros en la galería, pero si es la única forma, ni modo. Déjame verlas.

Llevamos las maletas al "transportation" de Tamara, que estaba gozando con la música disco en la radio. Me reí. —Eso, Tama.

Había veinte pinturas enrolladas con cuidado en cilindros. Algunas eran más grandes que otras, pero la mayoría tenían el tamaño justo para que una mujer joven las cargara sin levantar sospechas por callejones y en ciudades, que es lo que imagino que BVR hacía con ellas.

Abrí cada una para asegurarme de que la mercancía estuviera completa. Piezas de fechas tan tempranas como 1493, traídas desde Florencia, se revelaron ante mis ojos. También había algunas de los años 1500, al parecer, de su tiempo en Cuba. El corazón se me volcó al tenerlas en mis manos.

—Muchísimas gracias —les dije a Gretel y a su madre—. Este es un regalo increíble. Le haremos justicia en la galería.

Se agarraron de las manos y sonrieron. Tamara se unió al momento de magia que nos unía a todos en ese portal de Hialeah.

—Las veo a finales de mes —dije, abrazándolas a las dos.

Para los estándares cubanos, a esas alturas, ya éramos familia.

73

DESENVOLVIENDO

Miguel

Nueva York, Nueva York — 1985

Después de tres días bajo el sol de la Florida, me recibieron la lluvia de verano y el sofocante clima de Nueva Jersey. Llamé al profesor y a Ariana desde Miami para darles las buenas noticias y me esperaban con ansias. El profesor hasta me fue a buscar al aeropuerto en su Jaguar, que olía al interior de una caja de puros.

Ariana estaba en la puerta de la galería, fumándose un cigarro con nerviosismo.

—¡Ay, Dios mío! ¿Están todas ahí? —Chillamos y empezamos a dar saltitos, agarrados de las manos, antes de entrar las maletas a la galería. En menos de cinco minutos, todas las piezas estaban desenrolladas y empezamos a clasificarlas por fecha y estilo.

—¡Esto es exquisito! —exclamó Ariana—. Esta inauguración será algo sin precedentes. ¡Lo tengo clarísimo!

El profesor había traído su lupa y estaba inspeccionando

cada pintura al detalle. De vez en cuando soltaba un "mmm". No le dimos importancia hasta que los "mmm" se convirtieron en "¡aaah!", y nos picó la curiosidad.

—Okey, ya está bueno, ¿qué pasa? El suspenso nos está matando.

—Es que me estoy fijando... Es algo muy peculiar, de verdad. No me había dado cuenta antes cuando las vi en mi viaje a La Habana, pero a uno se le pueden escapar cosas, ya saben —balbuceó—. Miren más de cerca ahí, a través de la lupa. ¿Ven la escritura que hay sobre la pintura? Muy delicada, muy astuta de su parte, la verdad.

Ariana miró primero. Yo marcaba el paso con el pie, apurándola. Me pasó la lupa y entonces lo vi: la caligrafía sobre el óleo. Estaba en latín.

—¿Está solo en esta pintura o en todas? —pregunté.

El profesor se rió entre dientes. —Está en todas. Parece que nuestra doña Beatriz Velázquez de Rossi era mucho más astuta de lo que pensábamos. Ahora vamos a necesitar a alguien que entienda el latín —y la época— para descifrar esto. Creo que conozco a la persona exacta que nos puede ayudar. Voy a hacer una llamada.

Golpeó su bastón dos veces contra el suelo y salió de la galería con una sonrisa de oreja a oreja.

Con el tiempo, Ariana se fue. Beatriz Velázquez de Rossi y yo nos quedamos solos en la galería. Había muchas caras detrás de este enigma de pintora. Hasta ahora, de todos los cuadros, *Margarita* era mi favorito. Su rostro alargado y oscuro, con rasgos afilados y elegantes, roto por una sonrisa y unos ojos achinados. Casi podía sentir el calor del Caribe irradiando. A pesar de todas las pinturas que logramos conseguir de Fernandito, no habíamos encontrado ni una sola con el nombre de la autora. Muchas tenían nombres de flores, especialmente las más antiguas.

Me pregunto cómo sería ella o cómo podríamos describirla.

En solo unas semanas recogeríamos las últimas piezas y la exposición se estrenaría meses después. Por un instante, me olvidé de que tenía el corazón roto, me olvidé de mi tos y parecía que la vida finalmente se estaba enderezando.

Ariana y yo empezamos a montar la exposición en cuanto recibimos las pinturas. Había mucho que organizar, desde encontrar los marcos adecuados hasta averiguar si alguna pieza necesitaba restauración. Habían estado "en el clóset" durante siglos. Algo de lo que yo sabía un par de cosas.

Queríamos honrar los orígenes españoles, italianos y cubanos de las pinturas, sin ofender a ninguna de las partes. Había muy poca información sobre ella, pero el profesor prometió investigar más a fondo. Él la había sacado a la luz y ahora tenía la oportunidad de verla brillar. Me parecía una locura que hasta ahora nunca la hubieran mencionado. Era como si la historia la hubiera borrado y nadie se hubiera molestado en darle el reconocimiento o el lugar que se merecía.

—Migue, siento que estamos al borde de algo grande —dijo Ariana.

—Yo también.

—¿No te parece increíble que esta mujer se pasara la vida entera escondiendo quién era de verdad... sus talentos?

—No tenía mucha opción. Incluso hoy, mucha gente todavía se esconde detrás de una máscara, de un apellido, de una identidad. Todavía nos queda un largo camino por recorrer.

—Mmm-hmmm —asintió ella—. Especialmente en estos tiempos locos. Por cierto, ¿llamaste al médico por lo de la tos?

—Sí, ya. Estoy seguro de que no es nada; voy la semana que viene.

74

LA FIESTA

Miguel

Nueva York, Nueva York —1985

El profesor nos invitó a una fiesta de unos amigos suyos de Columbia. Pensó que podríamos "hacer buenos contactos y quizás pescar a uno o dos patrocinadores" para el evento. Sabía que los bolsillos de Ariana eran profundos, pero a la galería no le venían mal nuevos mecenas, especialmente en medio de la creación de una nueva instalación.

Desempolvé la ropa más elegante que tenía. Un traje azul marino que me traje de Cuba y una camisa blanca que Mami se pasó el día anterior metiendo y sacando en cloro para dejarla lo más blanca posible. Me puse gel en los rizos, me eché toda la colonia que pude y me fui al *soirée* del profesor. El evento era en el Upper East Side, así que ya sabía que me iban a confundir con uno de los camareros. No importa; llevé mi estilo y mi encanto, listo para darlo todo con tal de asegurar los fondos para mi exposición. Ariana me esperaba en la puerta del edificio, vestida para impresionar y con un alisado perfecto.

—Fuiste al salón dominicano que queda a dos cuadras de la galería, ¿verdad? —me reí.

—Tú sabes que yo solo dejo que Altagracia me ponga los rulos. ¿Pensaste que me iba a aparecer en esta fiesta de blancos ricos sin parecer la heredera que soy? Miguel, la gente se está volviendo progresista, pero no tanto. Y tú sabes que, por alguna razón, los blancos no saben qué hacer con ellos mismos cuando ven un pelo con textura, así que mejor vamos a lo seguro. Además, me veo divina.

Era cierto. No podías quitarle los ojos de encima. Ariana era una de esas mujeres que dominan una habitación. No era solo su belleza, aunque era guapísima; era su energía la que te ponía en órbita. Su elegancia, su confianza, su dinero.

El profesor estaba allí para recibirnos, con la pipa en la boca. Su entusiasmo por este proyecto era palpable mientras nos presentaba a todos en la fiesta, con el orgullo de un padre cuyo hijo se acaba de graduar de medicina. Este proyecto era tanto nuestro como suyo. Él quería que esta información saliera al mundo, a la sociedad.

Champaña, whisky y bocaditos de cangrejo nos bombardeaban por todos lados. Hablamos y hablamos de BVR, alardeando de su arte, tanto que empezó a sonar como la nueva Frida Kahlo.

Ariana y yo encontramos un rincón para fumar y chismear. Ya estaba decidido que yo me quedaría de este lado del río esta noche después de todo lo que me había tomado.

—Ari, en serio, te has convertido en mi mejor amiga aquí. No me importa que seas mi jefa —balbuceé, levantando mi copa de vino blanco.

—¡Ay, *darling*! No digo esto a menudo, pero tú eres de los míos. No sé qué sería de la galería, o de mí, sin ti —dijo soltando el humo—. Estoy tan emocionada de que estés aquí.

Estábamos en medio de una carcajada cuando la cara de

Ari se puso seria, como si viera un fantasma. Dio una última calada.

—Migu...

Su voz cortó la advertencia de ella.

—¿Puedo unirme a las risas?

El corazón me dio un vuelco mientras intentaba mantener la compostura al oír esa voz tan familiar. Me giré hacia él.

—Alessandro. ¿Qué haces tú aquí?

—No quise colarme en la fiesta. —Lanzó una sonrisa tímida—. Solo quería decir *ciao* a mis viejos amigos.

Bufé, dejando mi copa de vino en una mesa de centro cercana. —Perdona, Ari. —Me di la vuelta y me fui.

—¡Miguel! —gritó ella—. ¿A dónde vas?

Me volví. —Si no regreso, nos vemos en tu casa.

Salí disparado de la fiesta sin siquiera agarrar mi abrigo. ¿Qué importa? El calor del alcohol, mezclado con el empingue que sentía, era más que suficiente abrigo para una noche. Estábamos en el piso 34, y aunque sabía que apretar el botón del ascensor insistentemente no haría que llegara más rápido, tenía que descargar mi rabia en algún lado.

¿Quién carajo se cree que es? ¿Aparecerse aquí así? Sin previo aviso, como si nada hubiera pasado. Como si me hubiera escrito todos los meses. ¿Cuándo regresó? Justo cuando se abrió la puerta del ascensor, él dobló la esquina detrás de mí, alcanzándome.

Cojones, ¿tenía que ser tan guapo? Se había arreglado la barba y el pelo, dejando ver los rasgos cincelados de su rostro.

—¡Miguel, *aspetta*! —Metió la mano entre las puertas del ascensor cuando se cerraban. Se abrieron como cortinas en la noche inaugural de este espectáculo de mierda.

—¡No entres! —le advertí—. De verdad que no estoy para esto aquí, Alessandro.

—Déjame explicarte. Sal del ascensor. Errr... podemos hablar y te cuento todo lo que pasó.

—No. No quiero saber todo lo que pasó. Tuviste un año entero para buscarme. Tenías un millón de formas de contactarme.

Toda la rabia y la tristeza que reprimí durante un año estaban ahora en ebullición. Los ojos se me llenaron de lágrimas que me sequé con furia. —¿Qué haces aquí?

—Por favor, sal... —empezó él.

—Oye, no voy a salir del ascensor. Responde mi pregunta y déjame ir.

—Yo... —vaciló—. Estoy aquí por ti.

Me burlé. —¿Por mí?

—Sí, por ti. —Se metió las manos en los bolsillos—. El profesor me habló de tu descubrimiento, la pintora. Dijo que necesitabas a un experto en latín para ayudar con la exposición. Miguel, te prometo que las cosas son más complicadas de lo que puedes entender. Sé que la cagué. *Cazzo*. No tienes que perdonarme, pero al menos déjame explicarte qué fue lo que pasó.

—No —dije con firmeza—. No quiero explicaciones. Viví con tu fantasma en cada esquina de esta ciudad durante un año. Lo que sea que tuvimos está enterrado y no tengo intención de desenterrarlo. El profesor se equivocó. No necesitamos a nadie que ayude con la parte del latín. Así que, por favor, regresa a donde sea que estabas, donde no me necesitabas. Tú no eres el único que tiene derecho a elegir cuándo marcharse.

Las puertas del ascensor se cerraron y me derrumbé; las lágrimas caían sobre la camisa que Mami se pasó dos días planchando. Mientras bajaba de la fiesta que celebraba mi nueva vida en esta ciudad, en este país, mi pasado había vuelto para perseguirme. Un recordatorio amargo de que todavía se me salía el corazón al oír su voz.

Alessandro bajó tras de mí, sin aliento por haber bajado corriendo las escaleras, y cerró la puerta del edificio para evitar que me fuera.

—Cinco minutos —suplicó—. Después puedes volver a odiarme.

75

AMOR A LA SICILIANA

Miguel

Nueva York, Nueva York—1985

Nos sentamos en la acera, bajo el frío de la noche. El único sonido entre nosotros era nuestra respiración y los carros que pasaban por la calle. Sabes que la cosa está mal cuando un siciliano y un cubano no sueltan ni una palabra. Normalmente, la gente tiene que mandarnos a callar. Nos llaman escandalosos y ruidosos. "Esos isleños". Le había dado treinta minutos para hablar y su vacilación me estaba impacientando.

—Alessandro, si no quieres hablar o no tienes nada que decir, te puedes ir para tu casa. Yo estoy bien. La verdad, me vendría bien estar solo un rato —dije, rompiendo el silencio.

Abrió la boca para hablar, pero no le salieron las palabras. Tenía la cabeza gacha, con lo que yo esperaba que fuera vergüenza. —*Dai*, Miguel —dijo finalmente—. Yo... esto no es tan fácil para mí. Por favor. Es que no sé por dónde empezar.

—Mira, empieza por el momento en que te fuiste de Nueva

York por tres días y, en su lugar, desapareciste durante un año. Me parece un buen comienzo. Además, ya perdiste quince minutos decidiéndote.

—Fui a Italia a cuidar a mi *mamma*, como te dije. Las cosas estaban mucho peor de lo que esperaba, eh. La mafia, la Cosa Nostra, todavía está en todas partes en Sicilia. Es parte de la vida diaria. Un terror constante y silencioso. Cuando me fui, nadie allí sabía que yo era gay. Pero cuando regresé, de alguna manera, mucha gente de nuestro pueblo en Siracusa ya lo sabía. Cuando llevaba a *mamma* a la clínica para su tratamiento, susurraban: "*Guarda, guarda il frocio e sua mamma*".

Podía sentir su dolor mientras me lo contaba todo, trayéndome recuerdos del miedo que yo mismo soporté en mi adolescencia, e incluso después, solo por ser yo mismo. Cuando eres gay, aunque no digas nada, aunque intentes ocultar tu identidad, siempre queda una astilla de tu verdad. Si alguien sabía lo que escondías y no le caías bien, empezaban rumores que podían costarte la vida o, peor aún, traer vergüenza a tu familia.

Aunque la familia de Alessandro era muy respetada en Siracusa, la Cosa Nostra se enteró de que el hijo de los Romano no se había mudado a Nueva York para trabajar como profesor; era un *frocio* que buscaba que se lo tiraran hombres. Empezaron subiéndole el alquiler al negocio de sastrería de su madre, luego exigiendo trajes gratis para sus hombres. Un día, la hermana de Alessandro se negó a diseñar un traje de cachemira para Lino Dipinto, un capo local. Al día siguiente, ni un solo hospital, desde Siracusa hasta Noto, quiso darles oxígeno para su madre. Alessandro tuvo que manejar hasta Catania, fuera del alcance de Dipinto, donde un viejo amigo de la universidad le vendió tres tanques.

—Quería contactarte, Miguel; quería contarte lo que estaba pasando, pero si interceptaban las cartas, o incluso las llamadas, me habrían matado. Ponen bombas en los carros o hacen que parezca que tuviste un accidente una mañana mientras pescabas. —Se retorció las manos—. *Ma*, tenía que cuidar de *mia famiglia*. Sé que tú entiendes eso. Sé que tú también harías cualquier cosa por tu mami y tus tías si tuvieras que hacerlo.

Cabrón, sabía perfectamente dónde estaban mis puntos débiles. Lo miré. —¿Tú me hubieras perdonado si yo no te hubiera dicho nada y hubiera regresado como si nada hubiera pasado? ¿Así, como si nada?

Me agarró la mano. —No, no, *non è* como si nada. Miguel, *io so* que te hice daño y que no hice las cosas de la forma correcta. *Lo so*. Sé que también piensas que todo esto es *un cazzo*, una mentira, *ma ti prego, perdonami*. Ya enterré a mi madre. Mi hermana está a salvo. Pude haberme quedado en Roma, pero regresé aquí para estar contigo.

Sus últimas palabras me tomaron por sorpresa. Siempre cuestioné la sinceridad de ese encanto suyo. Lo miré con los ojos muy abiertos. Dios mío, ¿qué hago? Sus ojos azules me daban ganas de zambullirme en las aguas claras de su alma y rendirme a la corriente. Podía pelear con él eternamente, mantenerme firme en mi orgullo, o podía perdonarlo y seguir adelante. Había una cosa más que necesitaba saber para tomar mi decisión.

—¿Sabías que tuve un accidente el año pasado? —pregunté.

—No, para nada. Te habría buscado si lo hubiera sabido, lo prometo. ¿Qué pasó?

—Me atropelló un carro mientras caminaba a casa desde el trabajo —dije—. Hicieron falta catorce unidades de sangre, nueve descargas al corazón y varios minutos de compresiones para traerme de vuelta a la vida. Al conductor se le había trabado el casete; estaba tratando de arreglarlo, tan distraído que no me vio cruzando la calle. Siempre hay algún comemierda.

Alessandro se puso en pie, pasándose las manos por la cabeza.

—La ambulancia llegó rápido; mi gente no. Nadie supo dónde estaba durante tres días; simplemente desaparecí. Me había olvidado de la billetera en la galería. Tuve tres costillas rotas, el fémur fracturado, una conmoción cerebral y dos heridas en la cabeza. Todo eso encima de la decepción que me dejaste. He sanado de casi todo, excepto por una cojera leve. Y esta tos que no se me quita... El legado de las costillas rotas, supongo.

76

"ABANDONAD TODA ESPERANZA"

Miguel

Nueva York, Nueva York — 1985

Corrimos al loft de Alessandro en la esquina de St. Marks' Place, justo encima de una pizzería. Volví a subir los tres tramos de escaleras que llevaban al pequeño letrero en su puerta que decía: *"Abandonad toda esperanza, los que entráis aquí"*.

La frase era la línea más citada del *Infierno* de Dante, el primer libro de la *Divina Comedia*. Fue así como Alessandro y yo conectamos inicialmente. Me había visto leyendo mientras esperaba a que pasara una tormenta de nieve cuando trabajaba en Tito's.

Un nuevo pensamiento me cruzó por la mente.

¿Cuánto tiempo había pasado desde la última vez que nos acostamos? Porque eso era, de seguro, lo que estaba a punto de pasar.

Con mi cuerpo aún sanando, no estaba seguro qué quedaba del fuego que alguna vez nos había consumido a ambos. Nos quedamos parados en medio de la habitación, mirándonos. Sus ondas negras con hebras grises parecían rayos de luna en medio de un apagón. La constelación de pecas que bajaba desde la nuca hasta su hombro; tres pequeñitas en la comisura del ojo, formando un triángulo. Caminó hacia mí, inclinándose para besarme.

Jalé su cara hacia la mía, besándolo fuerte, con pasión. Mi cuerpo, encendido, traicionando a mi corazón. Él soltó un gemido suave y su mano me guio hacia la cama. Sentí cómo el deseo por él subía entre mis piernas y sus manos bajaron para confirmarlo. Susurró algo en italiano que no entendí. Estaba demasiado perdido en la sensación de tenerlo cerca como para que me importara.

—Ven, bésame —le dije—. Quiero tu lengua en mi boca.

—*Non ti preoccupare, caro*. Está a punto de recorrer cada pulgada de tu cuerpo. —Su tacto era una sinfonía de contradicciones: suave, luego fuerte, luego suave otra vez, liberando esa mezcla de deseo reprimido y el conocimiento de mi fragilidad.

—No seas delicado conmigo —gemí—. Quiero sentirte, sentirte todo, duro y dentro de mí.

Con una mínima vacilación, buscó un condón en el cajón de su mesita de noche y lo dejó a un lado antes de bajar su cara hacia mi pene. Gemí cuando su lengua subió y bajó por mi miembro, deteniéndose para succionar la punta.

Ah, pinga. Qué ricooo. Hundí los dedos en su cuero cabelludo, empujándome más profundamente en su boca, dejándolo ahí hasta que se le aguaron los ojos. —¿Así? —pregunté. Él asintió.

—Qué rico, papi —continué—. Dios, tengo tantas ganas de que me des. Hazlo ya; no me tortures más.

Limpiándose la cara, se acarició su miembro, a punto de estallar, y me tendió el condón. —*Dai*, ayúdame a ponérmelo. No esperarás que yo haga todo el trabajo, ¿o sí?

Se bajó sobre mí, subiéndome las rodillas al pecho antes de

entrar. Me dolió. Estaba apretado después de tanto tiempo sin sexo.

—¿Te estoy lastimando? —Se inclinó para besarme sin empujar—. Podemos parar si te duele mucho. Podemos hacer otras...

—No. —Bajé su cara hacia la mía otra vez, metiéndole la lengua en la boca—. Te quiero adentro. Te necesito adentro, ahora mismo. Te necesito.

Y fluimos, como dos ríos destinados a encontrarse en el océano.

77

EL DIAGNÓSTICO

Miguel

Nueva York, Nueva York—1985

Ya no podía ignorar más la tos. Ni los ganglios inflamados. Mucho menos el martilleo constante en mi cabeza. Programé mi cita con el médico y fui solo, aunque Mami me había preguntado si podía acompañarme.

La luz fluorescente de los pasillos me daba escalofríos mientras la enfermera me guiaba por un corredor hasta una sala de examen: "Quítese la ropa y quédese en ropa interior; el doctor vendrá enseguida".

Se me había formado una erupción en el lugar donde anteriormente me fracturé las costillas, y la tos constante probablemente no estaba ayudando.

Ay, Virgencita, que no sea nada grave.

El doctor entró con su bata blanca. Tenía un acento de Brooklyn marcadísimo cuando me saludó. Con mi expediente en la mano, lo miraba con los ojos muy abiertos. En silencio, pasaba las hojas de un lado a otro. "Hmm. Hmmm".

¿Hmm, qué? Compadre. ¡¿Qué pasa?!

—Muy bien, Miguel. Veo que has estado entrando y saliendo de aquí para tu recuperación del accidente —siguió hojeando el expediente—. Con el doctor Abernathy.

—Sí, sí. He vuelto unas cuantas veces desde entonces porque la pierna todavía no sana... y por esta tos. Siento como si tuviera un catarro desde hace meses que no se me quita.

—Bueno, vamos a ver qué está pasando.

Sacó el estetoscopio y escuchó mis pulmones. Tosí ante el contacto frío. Luego miró la erupción en mi pecho y movió las manos hacia mis ganglios.

—Miguel, ahora necesito hacerte unas preguntas, si no te importa.

—Okey, claro —dije.

—¿Has tenido sudores nocturnos o fiebres persistentes?

—Sí.

—¿Has tenido alguna pérdida de peso inusual últimamente?

—Bueno. No he estado tan activo como antes. Probablemente he perdido algo de músculo.

—¿Eres sexualmente activo?

—¿Qué?

—¿Eres sexualmente activo con hombres... mujeres o ambos? —Me miró por encima del expediente.

—Eh... sí.

—¿Sí a qué?

—Soy sexualmente activo, señor. Tengo 33 años. ¿Quién es virgen a esta edad? —*Sapingo.*

—¿Con hombres? —preguntó con tono de juicio.

Vacilé, mirando hacia abajo a la mesa de examinación, adivinando a qué se refería. —Sí, con hombres.

—Hmm... —Pasó más páginas del archivo.

—Mis síntomas empezaron después de que vine aquí para el tratamiento tras el accidente. Yo sé que todo el mundo piensa que todos los hombres gays tenemos sexo anónimo en baños públicos sin condón, pero ese no soy yo.

—Bueno, veo aquí que recibiste varias transfusiones de sangre después de tu accidente. ¿Nadie te ha llamado por esto?

—¿Llamado? No, nadie me ha llamado. —Me devané los sesos pensando en la posibilidad de que alguien hubiera llamado a la casa y Mami hubiera respondido. No había mensajes en la máquina contestadora.

El doctor rodó su silla hacia el mostrador, sacando un vial y una aguja. Luego rodó de vuelta hacia mí.

—Miguel, necesito tu permiso para sacarte sangre para un examen. Para detectar el virus de la inmunodeficiencia humana.

Mi corazón se detuvo de puro miedo. —¿SIDA?

—Miguel, hace unos meses, llamamos a varios receptores de transfusiones de sangre que vinieron al hospital la misma semana que tú. Nos dimos cuenta de que parte de esa sangre estaba contaminada con el virus de la inmunodeficiencia humana. Se sabe qué causa el SIDA.

Sentí que mi mundo se desmoronaba mientras el aire se me escapaba de los pulmones. La sangre se me fue de la cara, reemplazada por un hormigueo. —¿Me está diciendo que yo tengo...? Pensé en Alessandro, en la noche que pasamos juntos.

—No entres en pánico por ahora. Necesitamos hacerte la prueba primero. —Sus palabras se sentían cada vez más lejanas. La habitación empezó a dar vueltas; mi respiración se acortó. —Miguel —oí mi nombre a la distancia.

—¿¡Miguel!? —Sentí que mi cuerpo colapsaba sobre la mesa de examen—. ¡Auxilio! ¡Enfermera!

Entonces, todo se volvió negro.

78

POSITIVO

Miguel

Nueva York, Nueva York—1985

VIH positivo. Esa era mi sentencia de muerte. Llegó escrita a máquina, nítida, en un papel blanco sin una sola mancha. Guardada en un sobre para que me la llevara a casa en secreto. En 1985 todavía no había cura para esto. Me reí con ironía en el subway al pensar en Mami, que siempre me decía aquello de: "Si tu mal no tiene cura...".

Bueno, Mami, esta vez mi mal de verdad que no tiene cura.

Y no es solo la enfermedad; es todo lo que viene atado a ella. El chu-chu-chú, el "seguro era un promiscuo". El estigma te mata antes que la enfermedad. Como si mucha de esa misma gente que te critica no fueran simples mortales, igualito que yo.

Coño. Ojalá me lo hubieran pegado así: en la cama con alguien que yo quería, alguien que yo elegí. Al menos habría habido calor, un orgasmo, algún momento de confianza y de placer.

Pero no. Lo mío fue un simple caso de negligencia médica,

un sistema que todavía no encontraba la forma de analizar bien las muestras de sangre. Me la metieron directo en las venas, sin margen de error. Seguro que cuando los gays no sean los únicos muriendo en masa, lo resuelven. Mientras tanto, me toca morirme.

Miré los folletos que la enfermera me dio para grupos de apoyo, los documentos de traslado para el nuevo hospital al que tendría que ir para cuidados paliativos, ya que allí no aceptaban a ningún paciente VIH+.

"Sentimos haberla cagado, pero aquí tienes un lugar donde no te van a discriminar".

79

UNA VASIJA PARA EL ALMA

Miguel

Nueva York, Nueva York —1985

Era la noche de la inauguración en la galería y yo me encontraba en un hospital del Upper West Side. Estaba lejos, incluso más lejos con el bastón en el que ahora me apoyaba. También era el único hospital disponible para personas con SIDA. Tenía cuatro horas para llegar a la exposición en SoHo y asegurarme de que todo fluyera bien. Traía conmigo una muda de ropa para la noche.

Los grupos de apoyo eran una porquería. Todo lo que hacía allí era conocer a otras personas en mi misma situación. No era exactamente como quería pasar el resto de mis días contados, pero nos daban vitaminas intravenosas y eso me hacía sentir mejor. Esta noche, necesitaba estar mejor. No como si me fuera a caer muerto en cualquier momento.

Esos pensamientos me hundieron en un ataque de pánico. Tenía las manos empapadas de sudor en el vagón del subway casi vacío, que olía a metal y a cigarros viejos. Me aferré a mi bastón. Se me secó la boca y sentí el sabor a óxido. Entonces empezó esa presión casi imperceptible en el pecho.

Respira, Miguel. Respira.

Mi corazón ignoró toda esa basura de la respiración profunda que me metió el psicólogo; martilleaba contra mi pecho con un ritmo casi ritual. El vagón se sentía demasiado chiquito, el techo demasiado bajo, mi respiración rápida y entrecortada. Las luces fluorescentes parpadeaban mientras el tren atravesaba otro túnel. Una ráfaga de calor me subió por la nuca, seguida de una ola de náuseas.

Busqué el tubo de metal frío, pero se me resbaló entre las palmas sudadas. Me agarré con más fuerza, impulsándome hacia arriba, desesperado por escapar del tren en la próxima parada, que, por casualidad, estaba cerca de la Universidad de Columbia.

—Permiso, permiso. —Me abrí paso entre las puertas hacia la plataforma, respirando ese aire caliente y pesado con mis pulmones ya golpeados.

Una voz familiar me encontró.

—¿Miguel Ángel? —Era el profesor—. Miguel Ángel, ven. —Me llevó a un banco donde me desplomé. —¿Qué está pasando? ¿Quieres ir al hospital? ¿Te sientes bien?

El mundo a nuestro alrededor empezó a suavizarse y las lágrimas encontraron el camino a mis ojos. Miré su rostro canoso, sollozando.

—No me quiero morir, profesor. No me quiero morir. No me quiero morir.

—Tranquilo, respira despacio.

—Me está matando, profesor. Esta enfermedad me va a llevar.

—Solo intenta respirar. Todos nos estamos muriendo, solo que tomamos rutas diferentes para llegar.

Le lancé una mirada que pudo haberlo matado ahí mismo.

Él ladeó la cabeza. —Solo te lo recuerdo.

—¿Usted ha estado alguna vez enfermo de muerte, profesor? ¿Justo antes de su gran momento?

—No puedo decir que haya estado nunca en tu posición y tienes todo el derecho de estar furioso, Miguel. —Puso su mano sobre la mía de forma paternal—. Sin embargo, soy un poco mayor que tú. Y si las teorías de la vida son ciertas, en algún momento, más pronto que tarde, moriré. Creo que, más o menos, en una o dos décadas. Parece mucho tiempo, pero se pasa en un abrir y cerrar de ojos. Creo que nuestros cuerpos no saben lo que se siente al morir, pero nuestras almas lo recuerdan.

—No entiendo —dije, todavía con náuseas.

—Hemos vivido muchas vidas antes de esta, Miguel. Esta no es tu primera vez aquí. También hemos muerto muchas veces. Tu alma recuerda esas muertes. Algunas pudieron ser violentas; otras, con suerte, menos. Cada una es una transición hacia otra experiencia vital, donde nuestra alma crece como un barco que navega a través del tiempo.

Nunca había oído al profesor hablar de esa manera.

—Sé amable contigo mismo, Miguel. Perdónate por los eventos que pudieron haberte traído hasta aquí, los cuales, permíteme recordarte, no fueron culpa tuya. No hay una forma correcta de vivir o de morir. Y tu estás haciendo ambas cosas con mucha valentía.

—No quiero morir con dolor. Ni estar demasiado enfermo como para moverme.

—Entonces no lo hagas. En cualquier caso, lo que quede inconcluso en esta encarnación, lo resolverás en otra.

—Profesor, ¿cómo sabe usted tanto de esto? Usted es un académico...

Él resopló. —Los académicos también tienen alma, Miguel. Tengo el presentimiento de que ya hemos tenido esta conversación en otra vida.

80

UN PADRE NUESTRO

Miguel

Nueva York, Nueva York — 1985

Padre nuestro, que estás en los cielos, santificado sea tu nombre...

La muerte está en la puerta. Puedo sentirla. Es la promesa de vida en la que nadie quiere creer hasta que llega y no nos queda más remedio que rendirnos ante ella.

Venga a nosotros tu reino, hágase tu voluntad en la tierra como en el cielo...

Nunca aprendí a rezar, al menos no al Dios que me dijeron que odia a las mujeres y a los gays. ¿Es este su castigo? Yo solía rezarles a los dioses yorubas y ahora me pregunto si ellos sentían lo mismo. Rafael, en la clínica, me está ayudando a aprender el Padre Nuestro para que pueda poner mis cargas en las manos de Dios. Él dice que Dios me ama.

Danos hoy nuestro pan de cada día...

Perdona nuestras ofensas como nosotros perdonamos a los que nos ofenden...

Esta enfermedad —esta cosa incurable que me está devorando— requiere un tipo de entendimiento que no encuentro en ningún otro lugar. Nadie te advierte de la soledad. De la rabia. Del dolor.

No nos dejes caer en la tentación y líbranos de todo mal...

La muerte está en la puerta. Puedo sentirla. Y aunque el profesor dice que esto no es realmente el final, no estoy seguro de qué encontraré al otro lado.

Hoy, le digo a la muerte: "Solo no antes del estreno de mi exposición, hija de puta".

Concédeme este deseo, Dios. De lo demás nos encargaremos cuando nos veamos.

Amén.

81

FLORES RENACENTISTAS DEL CARIBE

Miguel

Nueva York, Nueva York—1985

Beatriz, llegó nuestro día. Todo el mundo sabrá ahora quién fuiste, Beatriz. Lo prometido es deuda.

Entré en la galería con mi traje de lino color espuma de mar, ligero como el aire; se sentía como si estuviera tejido del mismísimo verano. Fui el primero en llegar.

La tela respiraba con facilidad contra mi piel, lo suficientemente suelta como para ocultar mis heridas de guerra y lo suficientemente elegante como para que todos supieran que yo era la persona detrás de todo esto. Cojeé por la galería, mientras los rostros de las mujeres que BVR convirtió en flores me devolvían la mirada. Era su propio panteón de diosas, cada una con su poder y su matiz particular. Ariana me había comprado un bastón especial para la ocasión: madera lacada en negro, suave como las teclas de un piano, con la base decorada con amapolas y girasoles en rojo y oro. El mango de plata se ajustaba perfectamente a mi mano, un símbolo de seguridad y grandeza.

La puerta se abrió detrás de mí y Ariana entró con los brazos abiertos, llenando la sala con su risa.

—¡Miguel Ángel García! ¡Lo lograste, Papi! —Se abalanzó sobre mí y su enorme pelo se enredó en el pin de mi solapa—. Ya hay un zumbido increíble con esta inauguración. Viene alguien del *New York Times* a cubrirlo y todo. Quieren entrevistarte hoy.

—¿¡A mí!? —me quedé frío—. ¡Tú eres la dueña!

—*HELLOOO*, tú lograste sacar estas pinturas de CUBA, mi amor. ¡Todo el mundo quiere saber quién eres y dónde te habías estado escondiendo! —Se detuvo a mitad de la frase—. Ya sabes a qué me refiero, *sugar*.

Primero llegaron los del catering, los barmans y los músicos. Luego, con la luz del atardecer, una multitud formó fila frente a la puerta de la galería. Para mi sorpresa, aparecieron decenas de personas. Y no solo gente que yo conocía. Miembros de la élite de Nueva York habían bajado hasta el SoHo para ver la obra de Beatriz Velázquez de Rossi. Querían el chisme de cómo esta mujer del Renacimiento llegó al Caribe y, de alguna forma, terminó en la isla de Manhattan. En las primeras horas, ya se habían vendido tres de sus cuadros.

Ariana subió al escenario, agradeciendo a todos los que vinieron a nuestra pequeña galería por su apoyo increíble. El lugar estaba tan lleno que había gente de pie en la puerta, bebiendo vino blanco en vasitos de plástico. Alessandro estaba al fondo de la sala, radiante junto al profesor.

—Y ahora, quiero pasarle el micrófono a alguien muy especial, sin quien ni siquiera sabríamos de la existencia de BVR. Debo decir que cuando él me trajo la idea, me preocupaba exponer la obra de una posible colonizadora. Eso fue hasta que Miguel me demostró que estaba equivocada. Aunque ella emigró, como tantos de nosotros lo hemos hecho de nuestros países, esta mujer vino al Caribe no para colonizar, sino para contar historias a través de su arte... y hoy nos honra compartir su trabajo y su legado. Miguel, por favor. —Me entregó el micrófono.

Podía oír el clic de las cámaras al fondo. No era solo el *Times*; también estaban el *Post*, el *Native* y el *Daily Spectator* de Columbia. La confianza que sentí toda la noche se evaporó al acercarme al micrófono, que se acopló un poco cuando lo agarré.

—Bueno... mi inglés no es muy bueno, pero espero que miren más allá de mi acento hacia lo que verdaderamente importa hoy: Beatriz. Supe de esta pintora increíble por casualidad, caminando por los pasillos de la Universidad de Columbia un día. Me colé en una conferencia sobre una mujer que hizo de mi isla su hogar. No sabemos si era rica o pobre, ni por qué eligió el lugar donde yo nací para pasar sus últimos días. Lo que sí sabía era que necesitaba saber más sobre ella. Las pinturas que ven aquí hoy estuvieron guardadas en un clóset en Trinidad durante siglos. Es un milagro que nadie las usara para prender un fogón en esos días en los que la electricidad escasea. —La multitud se rio.

—Siempre hay preguntas sobre quién es el dueño del arte. Si pertenece a un lugar específico o si debe distribuirse. Quizás nunca nos pongamos de acuerdo. Lo único que sé es que, por 500 años, a nadie le importó mirar estos rostros y pensar que merecían un espacio en el mundo. Por eso pintamos, por eso creamos, por eso escribimos y cantamos. Para darles un lugar a las cosas, para que se conozcan. Mientras curaba esta exposición, a la vez que luchaba contra la epidemia de nuestra generación, sentí el mismo impulso que Beatriz: retratar las cosas no como la gente las ve o cree verlas, sino retratar su alma. Su esencia. Estos cuerpos que cargamos cambian, se marchitan... a menudo nos traicionan. Nuestras almas están atrapadas en ellos mientras dure nuestra estancia en este planeta. Mientras miren cada una de estas imágenes esta noche, ya sea que decidan comprar una o solo admirarla, sepan que no se llevan simplemente el retrato de una mujer; se llevan su historia entera. Espero que me ayuden a que el nombre de la artista se conozca. Ella merece la misma atención que muchos de sus contemporáneos hombres y, con gusto lo digo para que me citen: no tiene nada que envidiarles. Disfruten la noche. Salud.

Al final de la velada, la galería era pura celebración. El vino fluía y las risas estallaban. Me senté cerca de la entrada, observando a los invitados comentar la exposición. En una esquina, Alessandro y el profesor hablaban apasionadamente con sus estudiantes; los gestos italianos de Alessandro hablaban más fuerte que sus palabras. Mami se había ido una hora antes con tía Teresita, Margarita, Tamara y sus amigas del trabajo. Me dio un beso antes de irse, radiante de orgullo.

—Estoy muy orgullosa de ti, mijito. Me encantó. —Me besó la frente. —Te veo en la casa.

Viendo cómo todo cobraba vida, sentí el impulso repentino de ponerme de pie y salir a la brisa de la noche. Crucé la calle, miré hacia la galería y sonreí.

82

LOS ARETES DE LA LUNA

Miguel

Nueva York, Nueva York — 1985

Al principio, no sabía a dónde iba; simplemente caminaba por Watts St. hacia Canal. La luna estaba llena, brillando sobre los edificios como una linterna que iluminaba el camino. Seguí caminando hasta llegar a la orilla del río. El parque estaba vacío para ser un jueves; el agua oscura del Hudson, inmóvil.

Me quité la chaqueta, dejándola caer primero, sintiendo cómo el peso se desvanecía. Sentí la brisa. Me acarició la cabeza, me tomó de la mano y me llevó más cerca del borde. El río estaba lo suficientemente alto como para deslizarse por él, igual que hacía cuando iba a la costa en La Habana del Este con mis primos cuando era niño. Recuerdos.

No me molesté en quitarme los pantalones, solo los zapatos, mientras me deslizaba en el agua. Se sentía como terciopelo contra mi piel caliente. Me puse de espaldas, con los ojos muy abiertos, contemplando la luna. No tenía miedo.

Los aretes que le faltan a la luna, los tengo guardados para hacerte un collar...

El agua me sostenía como el sonido de la voz de mi abuela preparándome el almuerzo cuando yo regresaba de la escuela, mientras ella cantaba con Vicentico Valdés.

Los hallé una mañana en la bruma... cuando caminaba junto al inmenso mar...

Caminemos juntos, abuela. Te he extrañado tanto, mi vieja.

Privilegio que agradezco al cielo, porque ningún poeta los pudo encontrar...

Mi cuerpo flotaba; se dejaba llevar. Mis ojos se cerraron lentamente mientras me rendía a la corriente.

Yo los guardo en un cofre dorado. Son mi única fortuna y te los voy a dar.

Las cartas están encima de la cómoda. Una nota de despedida. Mi cadenita de oro.

Ariana sabrá cómo distribuir el dinero de mis comisiones por las ventas.

Todo salió bien. Perdóname, Mami... Ale.

Los aretes que le faltan a la luna, los tengo guardados en el fondo del mar.

Y en los brazos de la diosa yoruba del río, Ochún, me fui.

83

AHOGADA EN EL DOLOR

Mar

Florencia, Italia – 2024

Ahora todo tenía sentido. Mi miedo a ahogarme, el dolor de la muerte, el sentimiento de fracaso. Lloré a moco tendido mientras Almaguer observaba desde el otro lado de la pantalla y yo soltaba los recuerdos.

—Quizás esto es lo que necesitabas ver, Mar, antes de seguir adelante —dijo Almaguer—. Déjalo salir. Libéralo.

Me llevé las manos a la cara, secándome las lágrimas.

Me quedé a solas con mi duelo por un momento, pensando en lo corta que había sido aquella vida. Pensando que ahora yo tenía la oportunidad de vivir lo que él no pudo. Dario también tenía razón: él era la reencarnación de su tío Alessandro, el amante de Miguel. Era Dante y Alessandro y todas las demás almas que me habían acompañado a través de estas vidas.

—Dime, Mar, ¿qué has aprendido de esta experiencia?

No pude dejar de llorar lo suficiente como para decírselo.

84

NUEVOS TÉRMINOS

Mar

Florencia, Italia – 2024

Estaba lista para volver a Madrid. Me desperté con los sutiles rayos del alba asomándose por la ventana de Dario. Él descansaba de lado, frente a mí. Observé cómo subía y bajaba su respiración mientras asimilaba cada detalle de su ser. Sus cejas espesas y pobladas, la curva marcada de su mandíbula, áspera por la barba oscura salpicada de canas. La cicatriz en el lado de su mejilla de cuando se cayó en el rosal de su madre. Reprimí el deseo de tocarlo y me levanté lentamente de la cama para recoger mis cosas.

Agarré algo de ropa que todavía estaba fuera y me metí en la ducha. Poco después, su pelo negro apareció en la puerta. —¿Puedo? —Señaló la ducha.

—Sí, sí, claro —me enjuagué el pelo—. Ya casi termino.

Él se alzaba sobre mí mientras el agua le caía encima. —¿Has visto alguna vez la estatua de Juno en la *Galleria dell'Accademia*? ¿Esa donde está recostada de lado?

Una diapositiva de PowerPoint cruzó mi memoria. La antigua diosa romana con sus pechos firmes, vientre suave, pecho orgulloso y la barbilla en alto. Sus ondas largas cayendo sobre ella, con una diadema que las mantenía bajo control.

—Sí, está en la sala de los modelos, si no me equivoco —dije, esparciendo jabón por todo su cuerpo.

—Anoche soñé que ella eras tú. Mi *Junone* —bromeó—. Te ves igualita a ella cuando estás desnuda. Irradiando tu poder interior.

Me reí, atrayendo su cara mojada hacia la mía para darle un beso antes de salir de la ducha, sintiéndome como una diosa. Mientras me secaba, sentí que esa conversación inevitable que veníamos evitando por días se nos aproximaba. Decidimos desayunar fuera, en la ciudad, buscando una cafetería pequeña y con poca gente para hablar de cómo seguiríamos adelante con nuestra relación.

—Dario, quiero empezar diciéndote *grazie* —dije—. En un tiempo en el que el *ghosting*, la indiferencia y los momentos pasajeros son la norma, estoy segura de que nuestra conexión puede sentirse un poco... intensa. No voy a decir que estamos destinados a estar juntos. Porque tienes razón, debe ser una elección. Pero tengo que ser honesta contigo, Dario, porque en el último año he descubierto algo sobre mí. No soy del tipo que hace *ghosting*, ni de los momentos fugaces, ni de las que se hacen las interesantes. Soy del tipo que manda cartas de amor, que te deja el último pedazo de pizza, que te ama con la puerta abierta. Y quizás sea muy pronto para tomar decisiones de "relación", y puede que ni siquiera quieras hacerlo. Pero no puedo volver a España sin que sepas cómo me siento.

Sus ojos me sonrieron de vuelta, brillando de lágrimas. Buscó mi mano. —Mar. Desde que te vi bajar de ese tranvía, lo único que he querido es sentarme contigo en la mesa de la cocina. Ir al supermercado. Hacerte el amor como si hubiera regresado de otra vida solo para eso. Ser tu amante, amigo y cómplice. Agarrarte de la mano y besarte cuando me dé la gana. Todo esto que sientes, yo también lo siento.

Hizo una pausa, tomándose un momento para pensar sus siguientes palabras. —Es solo que no es el momento adecuado para mí. Antes de que entraras en mi vida, yo tenía proyectos y planes... Ni siquiera sé cuánto tiempo estaré en Florencia. Sé que, si hacemos esto, me voy a perder a mí mismo.

A pesar de lo mucho que me dolió, lo entendí. Era la herida que había cargado durante toda su vida: la de no elegir a quién amaba, la de perder el sentido de quién era dentro de las personas que amaba.

—Pero ahora tenemos la opción de elegir, ¿no es eso algo importante? —le dije—. ¿No vale la pena pensarlo? ¿De verdad puedes seguir como si nada de esto hubiera pasado?

Me miró con una expresión de dolor. —No, claro que no. Los últimos meses los recordaré el resto de mi vida. Solo creo que es mejor que regresemos a nuestras vidas normales.

Y con esas palabras, nos habíamos perdido el uno al otro otra vez.

Las lágrimas vinieron sin llamarlas, fluyendo por sí solas. Caminé por Florencia sola. Sintiendo la agonía de saber lo que perdí aquí, lo que viví aquí. Sabiendo que nuestras almas no se habían encontrado por azar, sino que habían viajado a través del tiempo hasta que pudimos estar juntos. Ahora que podíamos elegir, que nos habíamos encontrado en un tiempo en el que la elección era nuestra, él no estaba seguro.

Si la trampa de nuestras vidas anteriores era que no podíamos estar juntos, la trampa de esta era que quizás no queríamos elegirnos el uno al otro después de todo. Fuera lo que fuera, era hora de que yo tomara a mi deseo de la mano y lo guiara, en lugar de dejar que él me guiara a mí.

Pensé en mi sesión con Almaguer... en la valentía de Miguel. Él había cargado con el dolor de todas nuestras vidas anteriores y lo había transformado. Haciendo las cosas bajo sus propios términos. Ahora, era momento de que yo hiciera lo mismo.

Después de recoger mis cosas del apartamento de Dario, él me acompañó al tranvía, donde nos despedimos en silencio, con gratitud. Y como quien pasa una página, estaba de vuelta en Madrid.

85

TREINTA

Mar

Madrid, España – 2024

Mi cumpleaños número treinta llegó ese otoño, un par de meses después de mi regreso de Italia. No había sabido nada de Dario desde entonces. Las primeras semanas lloré desesperadamente, despertándome en mitad de la noche, soñando con una vida que ya había vivido. A veces, lo veía en un sueño y le enviaba paz. Con el tiempo, los sueños se desvanecieron y aprendí a descansar.

Mis amigos prepararon tarta, velas y una fiesta enorme para celebrar mi vida, pero no pude disfrutar de nada de aquello; a pesar de todos mis intentos por sanar, mis heridas seguían abiertas. Me alejé de la fiesta mientras todos bailaban y me quedé mirándome en el espejo.

¿Qué quería yo de la vida ahora que mis veintes quedaban atrás? ¿Estaba lista para aceptarla? ¿Qué iba a hacer con todo lo que ahora sabía sobre mis vidas pasadas?

Una vez más, tenía más preguntas que respuestas. Lo único

que realmente había tenido durante todo este tiempo era a mí misma. El vino fluía a mi alrededor mientras mis amigos me bañaban con el amor que yo sabía que merecía. El amor que no tenía miedo de abrazar las partes de mí que no siempre eran una diosa. Y tendría que vivir con eso, por ahora.

—No llamo para una sesión de vidas pasadas. Solo quiero hablar —le dije a Almaguer por teléfono, parada frente a su oficina—. ¿Puedes bajar a tomar un café?

Unos minutos después, habíamos comprado unos capuchinos en Alma y buscábamos un sitio para sentarnos en la Plaza de Olavide.

—¿Cómo fue la fiesta de esa cifra tan redonda? —preguntó ella—. Siento no haber podido ir. Mi hija se graduaba ese día. ¿Cómo te sientes ahora que llevas un tiempo de vuelta?

—La fiesta estuvo bien, pero no sé, ¿sigo triste? Una parte de mí sigue avanzando. Solo estoy un poco bajoneada porque no logré romper la maldición, ¿sabes?

Ella suspiró. —Mar, ¿puedo ser sincera contigo?

—Siempre.

—Nunca ha habido una maldición. No existen tales cosas —dijo—. Sé que tú crees en ella; ha estado acechándote todo este tiempo. Pensaste que, al romperla, podrías conseguir que Dario te amara, que tu familia superaría tragedias que no podías explicar y que finalmente tendrías el cuento de hadas que nos han vendido a todos.

—¿Qué? —dije en shock.

—Creemos en las maldiciones porque nos resulta más fácil aferrarnos a ellas que tomar acción en nuestras propias vidas. Tu felicidad está en tus propias manos, Mar. Solo tienes que aceptarte, darte a ti misma el amor que buscas... el amor que mereces. Tú eres el amor que has estado buscando.

86

EL AMOR PROPIO

Mar

Madrid, España – 2024

Almaguer tenía razón. Por mucho que hubiera sufrido por lo que hizo Guille hace un año, por los eventos recientes con Dario e incluso por mi fe en la maldición... todo me dolió tan profundamente solo porque estaba buscando validación en todas partes, excepto en mi interior.

Ahora sabía exactamente lo que tenía que hacer. El camino que debía recorrer era uno de amor y perdón. ¿Cómo podía esperar amor del mundo exterior si todo este tiempo había estado rechazando el amor que sentía por mí misma? Había estado buscando las respuestas fuera: en el pasado, en mi familia y en los demás. Y las respuestas estaban aquí, en la mujer que era hoy.

Me miré al espejo, reconociendo que dentro de mí vivía una mujer de multitudes; alguien que puede ser muchas cosas a la vez: audaz y tímida, talentosa e insegura, creativa y estancada, felizmente soltera y una romántica empedernida. Me quité la armadura que había construido toda mi vida para evitar aceptarme, lista para dejar atrás el pasado de una vez por todas.

87

PERDÓN

Mar

Madrid, España – 2024

Entré en *La Vaquería* buscando desesperadamente un café, ya que llegaba tarde a una reunión con un cliente. ¡Mario! Rápido. Un manchado sin lactosa, sin azúcar. Para llevar. ¡Gracias!

Mientras esperaba mi pedido, me giré al oír una voz familiar: Guille. Estaba sentado en la mesa donde empezó nuestra historia, esta vez junto a Silvi. Él miraba por la ventana mientras ella estaba absorta en su teléfono. Él le preguntó algo, pero ella no respondió. Ya ni se miraban.

Vaya, pensé.

Aquí estábamos todos. Los mismos cuerpos, pero personas distintas. Verlo allí, en "nuestro" sitio, con ella, ya no me dolía. Era como si fuéramos desconocidos. Me di cuenta de que, finalmente, lo había perdonado.

La última vez que lo vi en mi apartamento, sentía tanto dolor que ni siquiera sabía por dónde volvería a entrar la luz.

Pensé que nuestra relación lo era todo para mí, pero si no hubiera sido por la forma en que me dejó, nunca me habría dado cuenta de lo desconectada que realmente estaba del amor.

Ahora sabía que el amor debe sentirse seguro. Debe ser un lugar de paz para ser uno mismo. Sobre todo, el corazón debe estar con quien elige estar, no con quien creemos que debemos estar porque encaja en alguna idea del amor que tenemos en la cabeza.

—Aquí tienes tu café, Mar —dijo Mario, rompiendo mi trance.

Miré a Guille una vez más antes de irme. Él levantó la cabeza, reconociéndome.

Nunca miré atrás.

Ese mismo día, le escribí una carta a Dario. Le dije que lamentaba la forma en que terminaron las cosas entre nosotros, incluso cómo empezaron.

Dario,

Espero que vivas libre y feliz con quien quieras estar. Que encuentres un amor que cumpla tus deseos de la forma en que anhelas, no por la fuerza, sino con fluidez. Porque el amor es libertad. Eso es lo que tú me has enseñado.

Le di una dirección donde podríamos encontrarnos si él así lo deseaba. De lo contrario, dejaría ir nuestro amor para siempre y estaría en paz con lo que fue.

Finalmente, puse rumbo a casa, a Miami.

Fui primero a la tumba de Papi. Su sepultura estaba vacía; su lápida descansaba junto a la de la abuela Cristina. Les llevé a ambos un ramo lleno de los girasoles que tanto amaban. Mami vino conmigo, sentada en silencio.

—Gracias, Mami —le dije—. Gracias por criarme tú sola, a pesar de todo el dolor que habrás sentido. El duelo de perder al amor de tu vida.

Me miró con la boca abierta. —Fue un honor, Mar. —Me puso las manos en la cara—. Ojalá hubiera sabido ser más dulce, dejarte forjar tu propio camino. No quería criarte con miedo, pero no conocía otra forma. Yo también estaba asustada.

—Lo sé, Mami. Vamos a hacerlo diferente de ahora en adelante.

Esa tarde, manejé sola hasta la playa. Me puse el traje de baño, entré en el agua y dejé que las olas rompieran contra mí. No tenía miedo. Cerré los ojos, dejando que la sensación del agua fluyera entre mis manos, y supe entonces en mi corazón que, todo este tiempo, el amor que movía el sol y todas las otras estrellas en mi universo era el que sentía por mí misma.

88

CAMPOS DE AMAPOLAS

Mar

Dozza, Italia – 2026

Dozza se veía completamente diferente dos años después de mi primera visita. En realidad, no había cambiado mucho, excepto que el pueblo estaba desnudo, sin los murales que antes decoraban cada rincón. El ayuntamiento me había invitado a participar en la 30.ª edición de la Bienal del Muro Pintado después de que le dediqué mi último mural en Madrid a la obra de Beatriz.

Había abierto un espacio para sanar las heridas de mi alma, honrando tanto su talento como el trabajo que Miguel Ángel inició hace más de cuarenta años. Mi alma había alcanzado este hito. Su madre, que aún vivía, me regaló sus investigaciones, dos pinturas y algunos diarios que él había escrito antes de su muerte prematura.

—Ay, mijita, prefiero que alguien traiga luz a ese periodo tan oscuro de nuestras vidas —me dijo cuando la visité en su casa de Nueva Jersey—. Anda, haz algo grande con eso.

Había algo sorprendentemente sanador en el hecho de ser vista. En trabajar en mí misma y en vivir mi propio amor. Lucas publicó un artículo sobre las mujeres olvidadas que contribuyeron al Renacimiento en una revista de arte muy importante, con Beatriz encabezando la historia. Todas las demás *Fiori*, con la ayuda de la investigación de Alessandro, también fueron mencionadas.

El pueblo, ya famoso por sus murales, cobró aún más relevancia a medida que la gente se conmovía con la historia de Beatriz y con el amor que no tuvo la oportunidad de vivir aquí. También añadieron las contribuciones de Dante al pueblo a través de sus escritos, publicando sus obras durante el evento. Después de todo, esta historia era, en parte, suya también.

Dozza bullía de anticipación mientras artistas y turistas acudían al evento de una semana. Pasé junto a pintores y organizadores de camino a la casa que habíamos alquilado para el fin de semana. Casualmente, estaba frente al campo donde Beatriz sostuvo a Dante mientras moría hace 500 años.

Vi el mural de Sol —la réplica del que vi en el Prado hace tantos años—, al que estaban dando una capa de tonos color yema de huevo en preparación para mi mural. Sol me había encontrado (o yo a ella, aún no estaba segura) y ahora era el momento de que ella descansara.

Entré en la casa, donde Lucas y Tania tomaban café en la mesa del jardín. Mami y la abuela Mariana llegarían en dos días para ver el festival; primero iban a visitar Roma y al Papa. Hasta Almaguer hizo el viaje para ver cómo mi trabajo ocupaba más espacio en blanco.

Aproveché que estaban distraídos para organizar mis materiales. Las latas de pintura, mi boceto, mis notas. Todo estaba listo y en orden, pero sentía un cosquilleo, un llamado a ir al campo donde tanto tiempo atrás Dante había perecido. Regresé a mi cuarto, preparé lo que me pondría esa noche para el evento de bienvenida de los muralistas y decidí dar un paseo antes del atardecer.

Mis pies me llevaron por un sendero hacia lo que, de lejos, parecía un campo de trigo, pero al acercarme, las vi. Miles y miles de amapolas florecidas, meciéndose en olas mientras el viento las acariciaba. Este era el campo donde estuvo su hogar original, donde ocurrió la tragedia, donde ahora la vida había tomado el mando. Todo liberado.

Pasé la mano por sus pétalos suaves, aspirando su aroma embriagador. Sentí cómo mis labios dibujaban una sonrisa. Si la terapia de regresión a vidas pasadas me había enseñado algo, era que la naturaleza eterna de nuestras almas siempre nos regala oportunidades para sanar.

El sol empezaba a ponerse, pintando el cielo con tonos naranjas, rosas y violetas sobre los campos. Respirando hondo, seguí caminando hacia un único muro de piedra con una ventana que se alzaba en medio del campo. La hierba alrededor era tan alta que apenas se percibía, como una ilusión óptica.

Llegué a la esquina cuando una figura alta emergió. No me asustó. De alguna manera, algo más grande que yo sabía que él estaría aquí, esperando. De pie allí, él sonrió como si hubiera llegado a la misma conclusión.

—Mar. —Se acercó a mí.

Busqué las palabras adecuadas para este momento. Le había pedido que nos viéramos en Florencia el año pasado, pero él no apareció.

Lo único que pude articular fue: —Dario, ¿qué haces aquí?

Él miró hacia el campo y luego a mí. —Lucas me dijo que te habían seleccionado para el festival. Tenía la intención de contactarte antes... es solo que me sentía como un idiota escribiéndote o llamándote después de tanto tiempo separados. No fui a nuestro lugar de encuentro. Me he arrepentido de no haberme arriesgado contigo desde que te fuiste de Florencia. Supongo que fui más cobarde de lo que pensaba.

—Supongo que sí —miré hacia arriba—. No te preocupes, Dario. La situación era turbia. Dolorosa. Difícil de entender. Todas las deudas están pagadas. Ambos somos libres de elegir lo que deseemos. No te guardo rencor. Estoy en un buen momento ahora.

—¿Y si mi deseo es que nos volvamos a conocer? —preguntó—. ¿Y si quiero descubrir por qué mi alma eligió volver una y otra vez para encontrarte?

Me quedé quieta, en silencio, con el corazón martilleando ante la suavidad de sus palabras. Las que había anhelado escuchar durante tanto tiempo.

—Si tus sentimientos por mí no son los mismos, si han cambiado, lo entiendo —dijo—. Dos años es mucho tiempo. Una semana, un mes... todo ha sido mucho tiempo. Pero estoy aquí para ti, ahora, Mar. Dispuesto a dar el siguiente paso si eso también es lo que tú quieres. Sé que este amor no es solo cosa del destino, ni de la suerte, ni de almas gemelas. Te he elegido cada día durante los últimos dos años y estoy dispuesto a soportar las pruebas que esto pueda traer si eso significa que puedo amarte y ser amado por ti.

Di un paso adelante, encontrando el hueco en su pecho donde apoyé mi cabeza durante nuestra última noche juntos. Me apreté contra él, absorbiendo su aroma, dejando que el atardecer sellara este momento. Luego, retrocedí, buscando su mano y entrelazándola con la mía.

—Se está haciendo de noche, *andiamo*.

FIN

NOTA DE LA AUTORA

Para todos los que lean *El sol y todas las otras estrellas*,

A menudo se dice que el duelo es el precio que pagamos por el amor. Pero a lo largo de los dos años que le tomó a esta novela florecer, he aprendido de mis propias vivencias que sentarse con el duelo es sentarse con el amor, y que convivir con ambos significa que estás vivo.

Escribir *El sol y todas las otras estrellas* fue, para mí, una forma de sanar muchos de los momentos más complejos de la vida. Durante este tiempo, me enamoré, pasé por rupturas, sufrí la pérdida de un embarazo e incluso perdí a mi amada perrita, Lucy. Aunque es una obra de ficción, este libro es un espacio donde espero que los lectores puedan hacerse las mismas preguntas que yo me hice tan a menudo durante mi viaje hacia el otro lado del duelo.

En este libro encontrarán figuras históricas, lugares y eventos inspirados en la vida real, pero transformados por mi imaginación para dar vida a esta historia. Esto incluye la personalidad de Sandro Botticelli y las contribuciones artísticas de BVR. Finalmente, aunque las experiencias de regresión a vidas pasadas aquí descritas se basan en mi experiencia personal con estas terapias, reconozco que dichas vivencias varían profundamente de una persona a otra.

Dicho esto, y aunque no sabemos con certeza cuántas vidas viviremos ni por cuántas encarnaciones pasaremos, tomen esta novela como mi muestra de gratitud por la oportunidad de coincidir en esta vida como lector y autora.

Con amor,
—Karla

AGRADECIMIENTOS

Cuando empecé a escribir *El sol y todas las otras estrellas* a mano, sentada bajo la sombra de Santa María del Fiore en Florencia, nunca imaginé que esta historia cobraría vida de la manera en que lo ha hecho. Aunque he sido escritora desde que tengo memoria, esta, mi primera novela, ha sido un trabajo transformador de amor y la obra más fiel de mi alma. Sería negligente si no compartiera mi más profunda gratitud con las personas que ayudaron a que este libro floreciera.

Primero, a Jeanell English y Tanya Sam, gracias por creer en *TSATOS* desde el mismísimo comienzo, y a todo el equipo detrás de Elizabeth & Minnie: ¡son realmente los mejores!

A mi increíble editora, Chersti Nieveen, por tu brillantez y guía inquebrantables. Me ayudaste a transformar este manuscrito en la novela que mi alma realmente quería escribir. No lo hubiera logrado sin tu perspicacia.

Un agradecimiento especial a mi querida amiga y colega autora, Yamily Habib, quien fue la primera persona en leer *TSATOS* y decirme: "Tienes que escribir esto hasta el final". También muchísimas gracias por ayudarme a traducir *TSATOS* al español. Gracias por ese impulso vital.

Ahora me dirijo a las personas en mi vida que creyeron en mí continuamente, me amaron y me sostuvieron durante este proceso.

A Mami, que me demostró que con pasión y perseverancia, cualquier sueño es posible. Gracias por los sacrificios que hiciste para que yo pudiera construir la vida de mis sueños.

A mis abuelos, Clara y Eddiwson, por ser mis pilares inquebrantables y mi inspiración constante. Su amor es un gran protagonista en este libro.

A mi gran familión cubano, que siempre ha apoyado mi espíritu creativo e inspira gran parte del amor familiar en este libro.

A mi tío Ariel, por compartir anécdotas invaluables que dieron forma a uno de mis personajes favoritos, y por inspirarme con tu vida amorosa.

A Marian, por ayudarme a transformar el mundo de *TSATOS* al español.

A Vane, por enseñarme que lo más importante que uno tiene que ser en la vida es uno mismo.

A Kris, Erika, Luis David, Emely, Tania, Daniel, Michelle y Mirtle: gracias por escuchar páginas y páginas de texto a cualquier hora del día y de la noche. Su amistad es invaluable para mí.

A Yudi, por tu asesoría y tu apoyo.

A Antonio, por ser mi Alberto.

A Milo y Lucy, mis perritos: las largas noches nunca habrían sido soportables sin su amor incondicional y sus mimos peludos.

A Agustina de Belaustegui, la verdadera Adriana Almaguer de mi vida. Gracias por guiarme a través de cada infierno y ayudarme a encontrar el amor profundo que vive en mi interior. Gracias por empujarme a escribir este libro y a verlo terminado.

A Sheila Flores y al equipo de SER, por enseñarme las complejidades y los ciclos del alma, incluyendo sus contratos sagrados.

A mi amigo y fotógrafo, Jorge Andrés Alonso, por mis fotos de autora, y por revisar los capítulos de Miguel, ayudándome a retratar su experiencia de la manera más auténtica posible.

A María Teresa: una promesa es una promesa.

A todo el equipo de *La Vaquería*, en Madrid: gracias por mantenerme alimentada, hidratada y cafeinada durante este proceso.

Finalmente, a cada mujer inmigrante allá afuera que alguna vez fue una niña soñando con ser escritora: SIGUE ADELANTE. Tu historia es importante y necesaria. Cree en ti misma y en la fuerza de tus ancestros, y construye la vida que deseas.

En gratitud.

SOBRE LA AUTORA

Karla Montalván es una escritora nacida en Cuba cuya vida ha sido marcada por la migración, la memoria y la añoranza. Nacida en La Habana en 1994, durante el "Periodo Especial", emigró a Ecuador siendo niña y más tarde se estableció en Miami junto a su familia.

Graduada del Miami Dade College y de la Universidad de Carolina del Norte en Chapel Hill, ha dedicado la última década a narrar historias centradas en la identidad, el género y la diáspora. Su trabajo ha sido publicado en *People*, *People en Español*, *Cosmopolitan* y *mitú*. *The Sun and All the Other Stars* (El sol y todas las otras estrellas) es su primera novela.

SOBRE LA EDITORIAL

Elizabeth & Minnie Publishing es una editorial independiente liderada por mujeres, dedicada a descubrir y amplificar historias que transforman nuestro entendimiento del mundo. Nombrada en honor a las abuelas de sus fundadoras, la editorial busca narrativas audaces y conmovedoras que honren la complejidad de la identidad, la historia y la imaginación.

Fundada por Jeanell English y Tanya Sam, Elizabeth & Minnie cree que los libros son catalizadores del cambio, empezando por una buena historia y una comunidad comprometida. La editorial apoya a autores emergentes y perspectivas subrepresentadas, desarrollando obras con el poder de trascender la página y llegar al cine, la televisión y el diálogo cultural.

En su esencia, Elizabeth & Minnie se compromete a elevar voces, impulsar historias y construir un panorama literario más inclusivo: un libro a la vez.